secession

Steven Uhly

DEN BLINDEN GÖTTERN

Roman

STEVEN UHLY

Den blinden Göttern

ROMAN

Erste Auflage

Lektorat: Christian Ruzicska
Korrektorat: Kristina Wengorz
www.secession-verlag.com

Gestaltung und Satz:
Erik Spiekermann, Berlin
Herstellung:
Renate Stefan, Berlin
Druck und buchbinderische Verarbeitung:
Friedrich Pustet, Regensburg
Papier Innenteil: 100g Fly 05
Papier Vor- und Nachsatz: 115g Fly 05
Papier Überzug: 130g Munken Lynx
Gesetzt aus FF Meta & FF Mark

Printed in Germany
ISBN 978-3-906910-44-4

In memoriam
Radi Zeiler

»and our little life is rounded with a sleep«

PROSPERO

Inseln der Verlorenheit

Friedrich Keller überquerte die vierspurige Straße mit ihrer schmalen Verkehrsinsel in der Mitte, um auf der anderen Seite ein Lebensmittelgeschäft zu betreten. Er hatte ein trostloses Gefühl, das ihn in letzter Zeit des Öfteren überkam, sobald der Wecker ihm morgens unmissverständlich die erste Pflicht des Tages mitteilte, die darin bestand aufzuwachen, nachdem er einen ereignislosen Schlaf absolviert hatte, der seit einiger Zeit nichts als einen vagen Eindruck von Weiß in seinem Gedächtnis hinterließ, ein Phänomen, das er sich nicht erklären konnte.
Er betrat das Geschäft, einen kleinen Supermarkt, den er seit vielen Jahren regelmäßig aufsuchte, um sich für zwei oder drei Tage zu versorgen. Hier kannte er jeden Gang, jedes Regal, jedes Produkt. Die Angestellten waren mürrisch und wortkarg, beides begrüßte er sehr, da er sich so der Illusion hingeben konnte, während des Einkaufs und vor allem an der Kasse keinem allzu menschlichen Kontakt ausgesetzt zu sein.
Nachdem er effizient eingekauft hatte – sämtliche Grundnahrungsmittel für das bevorstehende Wochenende, Spül- und Waschmittel, Mülltüten in unterschiedlichen Farben –, begab er sich auf dem kürzesten Weg zur Kasse und stellte sich in die Schlange der Wartenden.
Er warf einen Blick nach rechts zu den Tages- und Wochenzeitungen. Sogleich fuhr ihn eine Schlagzeile an:

Krise außer Kontrolle!

Er blickte weg, als wäre nichts gewesen, doch die fett gedruckten Lettern hinterließen ein Echo in seinem Innern, das lange nachhallen sollte.
Auf dem Rückweg, der ihn über den zentralen Platz seines Wohnviertels führte, wo Busse, Autos, Fußgänger, Radfahrer und Straßenbahnen sich gegenseitig nach den Regeln der Verkehrsordnung behinderten, begegnete er seiner Kollegin Irma Meyer, Abteilungsleiterin der Reiseliteratur im ersten Stock der Buchhandlung, in der sie beide arbeiteten. Irma war jung, attraktiv und ehrgeizig. Außerdem erinnerte

sie ihn entfernt an jemanden aus seiner Jugend, ohne dass er sich Genaueres eingestehen mochte.
Sie entdeckte ihn von der gegenüberliegenden Straßenseite, wo sie stand und darauf wartete, dass die Fußgängerampel auf Grün umsprang. Als dies geschah und der dichte Strom der Autos jäh unterbrochen wurde, um eine Schneise für die Fußgänger freizugeben, gingen sie aufeinander zu und begegneten sich auf der schmalen Verkehrsinsel, auf der nur Unglückliche strandeten, meist alte Leute und Gehbehinderte. Trotz des kühlen Wetters trug Irma ein weißes, geblümtes Sommerkleid, das ihr um die schlanken Beine wehte, während sie mit einem hübschen Lächeln im Gesicht direkt vor ihm stehen blieb.
Keller versuchte vergeblich, ein freundliches Gefühl zu entwickeln. Irmas Gegenwart machte ihn verlegen, und diese Verlegenheit lehnte er nun schon seit zwei Jahren, fünf Monaten und zwölf Tagen kategorisch ab.
Im letzten Moment, bevor sie den Mund öffnen und etwas hätte sagen können, ergriff Keller gequält lächelnd die Flucht und überquerte mit hastigen kleinen Schritten die zweite Fahrbahn, wobei ihn die schweren Einkaufstüten arg behinderten. Er hatte sich zu spät in Bewegung gesetzt, denn bevor er die andere Seite erreichte, wurde er von den anfahrenden Autos mit hupendem Gezeter bedacht, bis er es endlich hinübergeschafft hatte.
Erst da blickte er sich um und sah Irma allein auf der von Autos umfluteten Verkehrsinsel stehen. Sie starrte ihm mit geöffnetem Mund nach. Wie eine Schiffbrüchige wirkte sie auf ihn, und er fühlte sich ein wenig schuldig, weil er sie allein zurückgelassen hatte. Bevor Mitgefühl daraus werden konnte, wandte er rasch seinen Blick ab und bog in die Seitenstraße ein, die ihn nach Hause führen würde.
»Passionierte Liebe ist eine unwahrscheinliche Institution«, murmelte er wie zum Abschied.
Als er sein dunkelblaues, mannshohes Gartentor von fern erblickte, fühlte er sich zum ersten Mal an diesem Morgen erleichtert. Als er den Schlüsselbund aus der Hosentasche gekramt, das Tor auf- und hinter sich wieder zugesperrt hatte, überkam ihn ein erhebendes Gefühl von

Freiheit. Als ihn seine englischen Rosen mit ihren gefüllten Blüten grüßten, während er den schmalen, gepflasterten Weg zur Haustür beschritt, hörten sogar seine Handflächen auf zu schmerzen, und als er die Glastür aufgeschlossen, die fünf Stufen der sienarot gestrichenen Treppe erklommen, die massive graue Eichentür entsperrt und sein Haus betreten hatte, vergaß er Irma Meyer und alles, was bis dahin geschehen war.

Er verstaute seinen Einkauf im Kühlschrank und begab sich anschließend in die Bibliothek. Ursprünglich ein Wohnsaal von fünfzig Quadratmetern Fläche, nahm sie die gesamte Breite des Hauses ein; vier hohe Doppelfenster zur Straße hin und ein Alkoven zum Garten verliehen dem Raum ein lichtes Ambiente, das jedoch von der erdrückend wirkenden Einrichtung zunichtegemacht wurde. Alle Wände waren mit dunklen, übervollen Bücherregalen bis unter die drei Meter fünfzig hohe Stuckdecke zugestellt, nirgends gab es eine Lücke. Sein einziger Freund, der sich inzwischen nicht mehr meldete, hatte ihm während seines letzten Besuchs, der inzwischen drei Jahre zurücklag, geraten, die vielen »nutzlosen« Bücher zu digitalisieren und anschließend wegzuwerfen.

Jean, so hieß er – französische Aussprache –, arbeitete erfolgreich in der IT-Branche, außerdem spekulierte er im Auftrag eines der größten Medienclans des Landes an der Börse und vermehrte dessen Reichtum unablässig. Er erlaubte sich die Offenherzigkeit, Leute, die »heutzutage« noch Bücher kauften, als »Idioten« zu bezeichnen, während er mitten in der Bibliothek stand und seinen Blick missbilligend über die vielen Buchrücken schweifen ließ.

Wohl, weil er gefühlt hatte, dass er dieses Dictum nicht so stehen lassen konnte, hatte er sich lächelnd zu seinem Freund und Gastgeber umgewandt und hinzugefügt: »Fritz, sei kein Dummkopf! Außerdem kannst du digitalisierte Bücher überallhin mitnehmen, stell dir nur vor!«

Anschließend hatte er auf seine digitale Armbanduhr geschaut und festgestellt, dass ihm keine Zeit mehr blieb, um das geplante

gemeinsame Mittagessen einzunehmen. Dann war er gegangen und nicht mehr wiedergekommen.
Seitdem betrat nur noch Elvira, die kolumbianische Putzfrau, sein Haus. Zweimal die Woche kam sie, putzte, wusch, bügelte, staubte die Bücher ab und nannte ihn »Cherrr Federico« oder »Jefe«. Sie sprach kaum Deutsch, was er begrüßte, weil es auf diese Weise nie zu längeren Gesprächen kam.
Elvira war von Beruf Krankenschwester und in jungen Jahren vor dem gewalttätigen Vater ihres einzigen Kindes, einer inzwischen sechzehnjährigen Tochter namens Lola, weggelaufen. Seitdem lebte sie offiziell und Versicherung zahlend in Spanien, aber illegal und arbeitend in Deutschland, während Lola bei den Großeltern im heimischen Ipiales, einer unbedeutenden Stadt an der Grenze zu Ecuador, aufwuchs.
Friedrich Keller schätzte sie auf Ende vierzig, warum, wusste er selbst nicht, denn sie hätte auch sechzig oder dreißig Jahre alt sein können, ihr indianisches Gesicht ließ derartige Einschätzungen nicht zu. Er mochte Elvira eigentlich nicht, sie putzte weder in den Ecken noch unter den Möbeln, bügelte zu heiß und ruinierte ihm beim Waschen die Kleidung, weil sie sich weigerte, eine Lesebrille aufzusetzen und die Anweisungen auf den Waschzetteln zu befolgen. Er fand jedoch, dass es eine zu große Umstellung bedeuten würde, Elvira nach zehn Jahren zu entlassen und jemand noch Fremderes anzustellen.
Ihm war durchaus bewusst, dass er diesen Gedanken seit dem Tag ihrer Einstellung hegte, lediglich die Kalenderdaten hatten sich geändert. Streng betrachtet verstand er nicht, aus welchem Grund er an Elvira festhielt. Vielleicht, weil der Schritt, jemanden einzustellen, der sogar einen eigenen Hausschlüssel besaß, so groß war, dass er ihn kein zweites Mal wagte? Hatte er nicht sogar Glück gehabt mit Elvira? Sie bestahl ihn nicht, brachte niemanden mit, kam regelmäßig und ging ebenso regelmäßig wieder fort.
Er seufzte. Man muss Kompromisse eingehen, dachte er, während er sich zum Alkoven seiner Bibliothek begab, dort in seinen roten Ohrensessel setzte, das blau geblümte Kissen in seinem Rücken justierte

und nach dem Buch griff, das rechts neben ihm auf einem Beistelltischchen lag.
Es war eigentlich kein richtiges Buch, sondern eine Leimbindung aus dem Kopierladen zwei Straßen weiter südlich. Er hatte sie selbst anfertigen lassen, nachdem ihm klar geworden war, dass der Inhalt der losen Blätter lebensrettende Medizin für seinen Geist darstellte.
Der abgerissene, nach Schmutz und Alkohol riechende Mann, dessen Gesicht hinter einem ungepflegten Bart verborgen geblieben war, würde niemals in seinem ansonsten eher unzuverlässigen Gedächtnis verblassen. Eines Abends kurz vor Ladenschluss hatte er unvermittelt in der Lyrikabteilung vor ihm gestanden, in der ausgestreckten linken Hand einen Stapel loser Blätter. Kein Wort war über seine überwucherten Lippen gekommen, und als Keller nicht reagierte, hatte er den Stapel auf die nahe Theke gelegt und war gegangen. So war dieser Schatz auf ihn gekommen.
Damals hatte es eine Weile gedauert, bis er den ersten Blick hineinwarf. Er konnte nicht einmal sagen, warum er die Blätter nicht einfach einer Kollegin oder dem Papierkorb übergeben, sondern eingesteckt und dabei wie ein Dieb um sich geblickt hatte. Anschließend war er nach Hause gegangen, hatte den Stapel in einem Regalfach auf die Bücher gelegt und erst einmal vergessen. Eine Woche, zwei Wochen, drei Wochen lang.
Es war Elvira gewesen, der beim achtlosen Abstauben mehrere Blätter zu Boden segelten und die somit offiziell das Werk geöffnet hatte, denn ein Werk war es, und was für eines!
Zufall oder Fügung – kurze Zeit später hatte er die Bibliothek betreten und Elviras großes Gesäß erblickt, wie es dicht vor einem der Regale aufragte. Eines der Blätter war darunter geraten, und Elvira fischte nun im Staub danach.
Als sie es hervorgezogen und abgeklopft hatte, so dass eine kleine Wolke aus glitzernden Partikeln im Raum schwebte, erhob sie sich, drehte sich um und reichte ihm das Blatt mit den Worten: »Rrrrunterrrgefalleng.«

Er nahm es entgegen. Darauf stand in den typisch unregelmäßigen Typen einer Schreibmaschine aus den ersten Jahrzehnten des letzten Jahrhunderts:

Den blinden Göttern.
Radi Zeiler

Er blickte auf, ohne zu verstehen, doch Elvira streckte nur ihren Arm aus und wies mit einem Ausdruck, der ebenso gut vorwurfsvoll wie gleichgültig sein konnte, auf den Blätterstapel im Regal.
Nachdem sie die Bibliothek verlassen hatte, ohne einen weiteren Gedanken an den Staub unter den Regalen zu verschwenden, näherte er sich dem Stapel, zog ihn heraus und nahm im Ohrensessel Platz, um zu lesen. Genau wie jetzt.
Zwei Jahre waren seitdem vergangen, und in diesen zwei Jahren hatten die Gedichte von Radi Zeiler ihre Wirkung entfaltet, bis Friedrich Keller sich eines Tages hatte eingestehen müssen, dass er in Wahrheit nicht mehr in diesem Haus oder in dieser Bibliothek oder in diesem Sessel Geborgenheit fand, sondern nur noch in diesem Buch. Wenn er darin las, verschwanden die Niederungen des Daseins so vollständig, als hätte es sie nie gegeben und würde sie nie mehr geben.
Ganz gleich, wie banal das Thema auch sein mochte, das Radi Zeiler behandelte – Liebe, Tod oder Ähnliches –, stets verspürte Keller eine Kraft in dessen Worten, die es absurd erscheinen ließ, dass er am nächsten Morgen dem Wecker Folge leisten, sich ankleiden, ernähren und anschließend auf den Weg in die größte Buchhandlung des Viertels machen würde, um dort einen weiteren unerträglich langweiligen Tag mit lauter im besten Fall nichtssagenden Menschen zu verbringen. Nach der Lektüre von Zeiler war die Wirklichkeit noch glanzloser als sonst. Und obwohl er sich der Tatsache bewusst war, dass er vermutlich viel zu viel in dessen Verse hineininterpretierte, sie womöglich sogar missbrauchte, um seine Weltabgewandtheit noch zu steigern, gaben sie ihm etwas, das er nicht für möglich gehalten hatte: Gelassenheit. Laborgelassenheit, das musste er zugeben, denn Begegnungen

jener Art wie eben noch mit Irma Meyer ließen ihn alles Universale vergessen und brachten ihn im Handumdrehen zurück in sein individuelles Ungleichgewicht. Aber Laborgelassenheit war besser als gar keine, daran bestand kein Zweifel.

Inzwischen hätte er den Rat seines verschwundenen Freundes sogar befolgen und alle anderen Bücher wegwerfen können, auch ohne sie zu digitalisieren, denn er hatte kein einziges mehr angerührt, seit Radi Zeiler ihm sein Opus überreicht hatte und spurlos verschwunden war.

Nicht ganz spurlos allerdings. Wenige Monate nach jener Begebenheit in der Lyrikabteilung war er ihm auf der Straße begegnet. Keller war unterwegs gewesen, um einzukaufen, hatte bereits die vierspurige Ausfallstraße mit der schmalen Verkehrsinsel hinter sich gelassen und steuerte auf das Lebensmittelgeschäft zu, als ihm eine zerlumpte Gestalt auffiel, die ihm entgegenkam. Er erkannte ihn sofort, dem vom Bart überwucherten Gesicht zum Trotz.

Radi Zeiler war so betrunken, dass er nur auf das Gleichgewicht seines Körpers zu achten schien. Sein Blick war glasig und verlor sich im Unbestimmten. Er hätte seinen größten und vielleicht einzigen Bewunderer vermutlich selbst dann nicht erkannt, wenn dieser ihn an den Schultern gepackt und geschüttelt hätte. Friedrich Keller musste ihm ausweichen, denn Zeiler konnte nur noch eingeschränkt navigieren.

Als er vorbeigewankt war und seinen Geruch nach schmutzigem Leib und hochprozentigem Alkohol wie eine Schleppe hinter sich hergezogen hatte, blickte Keller ihm eine Weile nach, bevor er ihm schließlich folgte. Er tat es, ohne nachzudenken, als würde er von Zeiler einfach mitgezogen. Seinen Plan einzukaufen hatte er vollkommen vergessen.

Zeiler bog nach rechts ab, dann erneut nach rechts, so dass er nun wieder in die Richtung ging, aus der er auf der Hauptstraße gekommen war. Der Weg nach Süden Richtung Stadtmitte war lang, die Straße schmal und von alten Wohnhäusern gesäumt, eine Dorfstraße geradezu. Radi Zeiler ging langsam und methodisch, wie Betrunkene, die ein Ziel haben, es tun.

Keller folgte ihm vorsichtig, fast ängstlich, aber ohne den Blick von ihm abzuwenden. Er kam sich vor wie ein schüchterner Verehrer, und

das war er, er war es in kürzester Zeit geworden, und nun erschien Zeiler ihm wie ein Engel, den ein unbekannter Gott ihm gesandt hatte. Doch zu welchem Zweck? Und warum ein Engel in der unengelhaftesten Gestalt, die man sich vorstellen konnte? Wie war ein solcher Trunkenbold in der Lage, solche Zeilen zu schreiben?
Als wollte es ihm Antwort auf diese Frage geben, erklang in seinem Kopf eines der Gedichte von Zeiler. Es handelte davon, dass der Körper zwar ein Lebewesen sei, der Geist jedoch weder ein solches noch kein solches – eine offensichtlich paradoxale Konstruktion, deren Sinn sich Keller wie ein schemenhafter Hintergrund erschloss, vor dem eine helle, blendende Kerze stand und die genaue Sicht versperrte, wobei die Kerze paradoxerweise den Hintergrund überhaupt erst beleuchtete. Immer wieder zogen die Verse durch seine Gedanken und ähnelten darin eher einem Mantra als einem Gedicht.
Und plötzlich glaubte er zu verstehen: Zeiler war der lebende Beweis dafür, dass der Geist nichts als ein Gefangener des Körpers war, dem er Leben und Richtung gab! Das Wesen des Geistes war dagegen Freiheit, die selbst ein unter stärkstem Drogeneinfluss stehender Körper nicht zunichtemachen konnte!
Diese vermeintliche Erkenntnis beflügelte ihn in seiner verehrenden Verfolgung, und so wurde er mutiger, wagte sich bis ans Ende von Zeilers Duftschleppe, um dann allerdings erneut zurückzufallen. Der Geist zieht den Geist an, aber der Körper stößt den Körper ab, dachte er und rümpfte die Nase.
Zeiler war nun an der inneren Ringstraße angelangt, auch sie vierspurig mit einer schmalen Verkehrsinsel, die hier jedoch als begrünter Streifen zwischen zwei Bordsteinen in Erscheinung trat. Weit und breit keine Ampel. Der Verkehr war nicht dicht, sondern schnell. Zeiler aber machte keine Anstalten, stehen zu bleiben oder auch nur nach links und rechts zu schauen. Er wankte einfach weiter, und wie durch ein Wunder blieb die Straße in dieser Zeit leer.
Als Friedrich Keller dorthin gelangte, rasten Autos aus beiden Richtungen so zahlreich heran, dass es beinahe wirkte, als sollte er an der weiteren Verfolgung des Dichters gehindert werden. Dann jedoch wurde

es irgendwo rot, erneut leerten sich beide Fahrtrichtungen, und der Weg war wieder frei.
Radi Zeiler hatte sich inzwischen nach schräg rechts gewandt und stapfte nun über einen Fußweg zu jener Anhöhe, auf deren flachem Scheitel sich die ehemalige Residenz des Königs befand. Oben angelangt durchquerte er den Hofgarten auf dem kürzesten Weg und ging anschließend zwischen Theatervorplatz und spanischem Kulturinstitut weiter Richtung Altstadt.
Wohin wollte Radi Zeiler? Hatte er überhaupt ein Ziel, oder ging er einfach immer weiter? Einen Moment lang überlegte Friedrich Keller, ob er die Verfolgung abbrechen sollte. Allein, er konnte nicht anders, er musste diesem Lumpenengel, diesem stinkenden göttlichen Dichter, dessen spröde Verse ihn seit Monaten elektrisierten, weiter folgen.
Und so wurde er schließlich Zeuge, wie Radi Zeiler in einer Seitengasse des Viktualienmarktes in das Wirtshaus Zum heißen Sporn einkehrte. Friedrich Keller kannte das Etablissement aus Erzählungen lokaler Literaturgrößen, wäre jedoch niemals auf den Gedanken gekommen, es aus eigenem Antrieb aufzusuchen. Nun stand er vor der dunkel gebeizten Holzfassade einer altmodischen deutschen Kneipe und spähte durch die kleinen, gelblich getönten Fenster ins Innere, wo Radi Zeiler sich an einen freien Tisch setzte.
Eine halbe Stunde lang zögerte Keller, ging auf dem Bordstein hin und her, schaute ziellos in die Umgebung, wo dichtes Treiben herrschte – Einheimische, die auf dem Markt einkauften, Touristen aus Fernost und Fernwest, die mit Kameras bewaffnet auf alles schossen, was typisch oder urig oder traditionell wirkte, Studenten, die sich zum Plaudern auf einer der vielen Terrassen trafen, herumlungernde Gestalten, denen selbst an einem so hellen Tag das Zwielicht ins Angesicht schien –, bis er sich ein Herz fasste und das Wirtshaus betrat.
Dicke Luft empfing ihn. Die Menschen saßen dicht gedrängt an groben Holztischen, immer jeweils vier oder fünf, brüllten einander wohlwollend an und rauchten Zigaretten, tranken Bier und Spirituosen, junge Männer mit gierigen ungenauen Blicken, alte Frauen in aufreizender

Kleidung und ganz allein an einem Tisch in der Mitte des Lokals Radi Zeiler, der Dichter.
Aus scheppernden Lautsprechern drang Schlagermusik, eine leicht quiekende Frauenstimme sang frenetisch: »Er gehört zu mir wie mein Name an der Tür.«
Bevor Friedrich Keller einen klaren Gedanken fassen konnte, strebte die dicke Wirtin, eine ältliche Frau im Dirndl, deren reichliches Fett sie vor Faltenbildung bewahrte, auf ihn zu und rief: »Was darf's sein, der feine Herr?«
Ihre Vokale waren vulgär geweitet, und ihre Stimme zeugte davon, dass sie ähnlich den Marktfrauen ans Schreien gewöhnt war, ja, dass sie normalerweise schreiend sprach.
Keller räusperte sich verlegen, denn er hatte sich keinen konkreten Plan zurechtgelegt. Seine Augen huschten kurz zu Zeiler, und die Wirtin sah es mit dem geübten Blick einer Frau, deren Beruf in diesem Milieu es erforderte, stets zu wissen, was ihre Kunden wirklich wollten. Sie stemmte die Hände in die Hüften, wandte sich halb zum Dichter um und schrie anschließend zu Friedrich Keller: »Der? Das ist der Radi, der redet mit keinem, den er nicht kennt, das können Sie vergessen, feiner Herr!«
»Aber er ... er schreibt doch, nicht wahr?«, stammelte Keller wie ein Schuljunge, der zum ersten Mal bei der bewussten Wahrnehmung wogender Brüste ertappt wird.
Die Wirtin zog die Augenbrauen hoch, lachte kurz auf und rief: »Der und schreiben? Was weiß ich! Einmal hat er mir ein paar Zeilen geschenkt, ob die von ihm selbst waren?« Sie zuckte mit den Schultern, blickte sich routiniert und schnell nach allen Seiten um, damit ihr niemand entginge, der etwas bestellen wollte, fasste anschließend Friedrich Keller schärfer ins Auge, und zwar von oben bis unten, und stellte dann sachlich und erstaunlich leise fest: »Sie gehören aber nicht hierher.«
Die Lage wurde heikel für Friedrich Keller, er war ja keiner, der besonders gut improvisieren konnte. Der Drang, auf dem Absatz

kehrtzumachen und das Wirtshaus grußlos zu verlassen, wurde so übermächtig, dass er nun erst recht nichts mehr sagen konnte.
Plötzlich griff die Wirtin nach einem freien Stuhl, der an einem nahen Tisch gestanden hatte, und schrie erneut in normaler Lautstärke, während sie ihn direkt vor Radi Zeiler platzierte: »Versuchen Sie's halt! Aber trinken müssen Sie was!«
Und das klang in Kellers Ohren wie eine Aufforderung, den unbedingten Ritus einzuhalten, der allein Zugang zum Meister gewähren konnte, während ihm durchaus bewusst war, dass es bloß eine Rückversicherung ökonomischer Natur war.
Zeiler hatte überhaupt nicht reagiert, er schien sie nicht einmal wahrzunehmen. Sein Blick schwamm irgendwo auf der Tischplatte herum.
Erst als die Wirtin ihn aus nächster Nähe anbrüllte: »Radi, du, hör mal! Da ist einer, der will was von dir!«, hob er die Augen und folgte ihrem ausgestreckten Arm, an dessen Ende ein wurstdicker Zeigefinger auf Friedrich Keller wies.
Und in diesem Augenblick geschah ein Wunder: Radi Zeilers Augen wurden klar, und er erkannte den Buchhändler, dem er eben erst eine Sammlung seiner Gedichte in die Hand gedrückt hatte. Eben erst oder vor Jahrzehnten, da war Zeiler sich nicht sicher. Aber diese an Durchschnittlichkeit kaum zu überbietende Gestalt! Er winkte Friedrich Keller mit einer kurzen schwerfälligen Geste heran.
Zögernd näherte sich dieser und nahm schließlich Platz.
»Und?«
Friedrich Keller verstand nicht. Das verwilderte Gesicht vor ihm, der allgemeine Lärm im Wirtshaus, des Dichters Gestank, seine erstaunlich tiefe, kräftige Stimme, diese unvermittelte Frage – das war alles zu viel für ihn. Ohne die Flucht ergreifen zu wollen oder zu können, war er vollkommen aufgeschmissen, und so starrte er Zeiler ratlos an.
Dieser verlor schließlich die Geduld und sagte unwirsch: »Die Gedichte!«
Jetzt verstand Keller: Radi Zeiler verlangte ein kritisches Urteil. Sogleich wurde er vom verwirrten, anbetenden Leser zum Buchverkäufer. Phrasen, mit denen er gewöhnlich seine unqualifizierte Kundschaft

abspeiste, schossen ihm durch den Kopf, Standardsätze, die er im Schlaf herunterbeten konnte. Doch er sagte keinen Ton. Denn hier saß kein Kunde, hier saß ein König vor ihm, ein König von einem Autor, und der verlangte ein echtes, ein wahres Urteil zu hören.
Als Friedrich Keller sich diesen Umstand klargemacht hatte, tauchte ein einziges Wort in seinem Geist auf, und er sagte es, ohne nachzudenken, er sagte es leise und unschuldig wie ein Verliebter, der zum ersten Mal der Auserwählten seine tiefsten Gefühle gesteht: »Göttlich.«
Radi Zeiler blickte ihn einen Moment lang verdutzt an und brach anschließend in brüllendes Gelächter aus. »Göttlich! Er hat ›göttlich‹ gesagt! Göttlich!« Er schlug mit der flachen Hand auf den Tisch, dass es einen lauten Knall gab und sich alle nach ihnen umdrehten.
Friedrich Keller glaubte, im Boden versinken zu müssen. Er hatte seine Liebe gestanden und wurde verlacht.
Er irrte. Radi Zeiler lachte nicht höhnisch, sondern glücklich. Mit beiden Händen ergriff er Kellers Rechte und schüttelte sie heftig, während er immer noch »göttlich!« rief.
Die Wirtin kam herbei und stellte einen großen mit Bier gefüllten Krug vor Keller auf den Tisch. »Wie haben Sie denn das geschafft?«, fragte sie erstaunlich leise und ging, ohne eine Antwort abzuwarten.
Bei ihrem Abgang machte Radi Zeiler ihr ein Zeichen. Kurz darauf kehrte sie mit drei kleinen Gläsern zurück, in denen eine klare Flüssigkeit schwappte. Ohne weitere Umstände kippte er sich alle drei in den Rachen.
Anschließend stierte er Friedrich Keller an und dröhnte: »Trinken Sie!«
Keller gehorchte dem Imperativ des Meisters und hob den schweren Krug an seine Lippen. Seit Jahren hatte er kein Bier mehr getrunken, geschweige denn Stärkeres. In seinem Inneren aber behauptete eine leise Stimme, er dürfe dies angesichts der besonderen Umstände ruhig tun. Also trank er. Er trank unter den Augen von Radi Zeiler. Und während er trank, überkam ihn eine Art jugendlicher Übermut, er fühlte sich plötzlich in der Lage, dem Dichter etwas zu beweisen, was genau, wusste er nicht und wollte es nicht wissen, denn hier ging es allein um die Tat. Und so lehrte er den Krug in einem Zug.

In der Zwischenzeit hatte Zeiler drei weitere Gläser bestellt und bekommen. Auch die stürzte er ansatzlos hinunter.
Friedrich Keller beobachtete ihn dabei und fragte zu seiner eigenen Überraschung: »Was ist das denn für ein Zeug?«
»Sliwowitz«, brummte Zeiler, dessen Augen bereits ihren Fokus zu verlieren begannen.
Keller dagegen fühlte sich von Moment zu Moment besser, gelöster, geradezu befreit. Ohne einen weiteren Gedanken an die Lage, in der er sich befand, zu verschwenden, sagte er erstaunlich laut: »Ich habe so viele Fragen!«
»Schießen Sie los«, murmelte Zeiler kaum hörbar. Seinen Blick, der sich erneut auf der Tischplatte verlor, hob er nicht.
»Warum schreiben Sie solche Sachen und leben so?«, wollte Keller wissen.
Zur Antwort gab Zeiler ein gutturales Geräusch von sich, das Keller als Auflachen deutete. Der Dichter schloss die Augen und sagte leise und undeutlich: »Wenn ich nicht trinke, hört es nicht auf.«
Keller, dem das harmlose Bier zu Kopf gestiegen war, glotzte sein Gegenüber einen Moment lang verwirrt an. Dann rief er so laut, als wäre er Stammgast im Heißen Sporn: »Was denn? Was hört nicht auf? Etwa das Schreiben?«
Der Dichter ließ den Kopf nach vorn baumeln und schüttelte ihn schwach. Er flüsterte kaum hörbar: »Das Sehen.« Anschließend sank er vollends auf die Tischplatte und blieb liegen.
Die Wirtin kam herbei, zog die Sliwowitz-Gläser unter Zeilers eingesunkenem Oberkörper hervor, nahm auch Kellers Krug an sich und sagte beiläufig: »Aus dem kriegen Sie jetzt nix mehr raus.«
Und so war es. Obwohl Friedrich Keller noch geraume Zeit vor dem schlafenden Dichter saß, geschah nichts außer einer leichten Ernüchterung, gepaart mit einem dumpf pochenden Kopfschmerz.
Als er schließlich einsah, dass sein Gespräch mit Radi Zeiler unwiderruflich beendet war, zahlte er seine Zeche und verließ den Heißen Sporn, nicht ohne zuvor eine Visitenkarte der Buchhandlung, die ihn in rhetorischer Übertreibung seiner wahren Bedeutung als

»Abteilungsleiter Belletristik und Lyrik« auswies, aus der Innentasche seines Jacketts zu fischen und mit einem Kugelschreiber seine Privatadresse auf die Rückseite zu kritzeln. Dann steckte er sie dem schlafenden Dichter mit spitzen Fingern in dessen rechte Manteltasche.
Auf dem Rückweg von dieser denkwürdigen Begegnung wollte ihm eines der Gedichte des trunkenen Meisters nicht aus dem Kopf gehen. Es sprach von Nackten, die laufend versuchen, sich zu verbergen, obgleich niemand ihre Nacktheit sieht – außer ihnen selbst.
Es handelte sich um eines der Ersten im Buch, wobei die genaue Ordnung der Gedichte ausgerechnet am Anfang durch Elviras Untat nicht mehr nachvollziehbar war. Mindestens zehn Blätter hatte sie zu Boden gewedelt und anschließend völlig ungeordnet zusammengeschoben, so dass einige Gedichte sogar auf dem Kopf standen oder die Rückseite der einseitig beschriebenen Blätter nach vorn zeigte. Wann immer Friedrich Keller daran dachte, überkam ihn ein geheimer Groll gegen die Putzfrau, der seinen alten, Elviras Schlampigkeit gewidmeten Ärger gleichsam als Sprungschanze für ein intensiveres Gefühl nutzte.
Wie auch immer, seit seiner Begegnung mit Radi Zeiler und dessen Lyrik hatte sich sein Leben dramatisch verändert. Früher hatte er jeden angsteinflößenden Ausflug in die Welt jenseits der Gartenmauer seines Hauses als sinnvolle Herausforderung betrachtet, begleitet von der unverwüstlichen Hoffnung, sich dort eines Tages wohlfühlen zu können und ein normaler Mensch zu werden. »Befreiung von der Furcht« lautete sein heimliches Lebensprojekt, das er freilich mit niemandem besprechen konnte, aus Furcht vor Verachtung oder ähnlichen allzu menschlichen Regungen, die im Reich des Homo Sapiens so üppig wucherten wie Unkraut in seinem Garten, gäbe er nicht acht und patrouillierte fast täglich durch die fast tausend Quadratmeter ordentlich angelegte Blumenbeete, Busch-Arrangements, die kleine Obstplantage hinten links, das Wilderdbeerbeet nahe dem Haus, die Farne mit dem künstlich angelegten Tümpel rechts und die Rosen, die Rosen, vor allem sie.
Doch seit Radi Zeiler war eine neue Ära angebrochen. Nicht geringes Selbstbewusstsein, fehlendes Talent, geschickten Small Talk zu

betreiben, oder ungenügende Voraussetzungen für ein akzeptables Mannsein waren nun Kellers Problem, sondern die Aussicht, dass nichts half, nicht einmal die Bewältigung sämtlicher Neurosen, Ticks oder Komplexe, da diese gegenüber der Endlichkeit des Daseins und der Vergänglichkeit aller Dinge wie Kindersorgen wirkten. Und im Lichte dieser Vergänglichkeit änderten sich die Farben der Welt, und alles wurde ein wenig düsterer, fragwürdiger, sinnloser.

Radi Zeiler erschien ihm wie ein Seher, der vor den Visionen des Schreckens, die ihm seine Fähigkeit offenbarte, in den Rausch und die Selbstzerstörung geflohen war, um paradoxe Rettung zu suchen. »Du wirst sehen!«, rief der letzte Vers eines der Gedichte, das davon sprach, dass es nicht leicht werden würde ganz am Ende. Die Wahrheit zu erblicken, wurde zur Drohung. Und er, Friedrich Keller, hatte geglaubt, die Freiheit von der Angst, die Konventionen der Gesellschaft nicht erfüllen zu können, würde ihm Zutritt zur Wahrheit des Daseins verschaffen. Wie naiv von mir!, dachte er und blätterte in Zeilers Buch, las hier und dort ein Gedicht – es handelte sich ausschließlich um Sonette – wie jemand, der seine tägliche Medizin einnahm, die ihn am Leben hielt und zugleich vergiftete.

In Wahrheit aber suchte er in den Versen des trunkenen Dichters nach einer Erklärung für die Tatsache, dass ihm, dem gesellschaftsunfähigen Menschenflüchtling, diese eigenartige Lyrik zur letzten Heimat geworden war, obwohl sie alle Fassaden, alle Masken herunterriss und nichts übrig ließ, hinter dem er, Keller, sich hätte verstecken können. Ein paar Stunden lang las er im Buch des Meisters. Immer wieder schloss er die Augen, lehnte den Kopf an die Lehne des Sessels und rezitierte Zeilers Verse halblaut und mit entrücktem Lächeln. Er vergaß die Welt und alle ihre Probleme und genoss die vollkommene Schönheit dieser eigentümlichen Lyrik, die sich ihm nie ganz erschloss, weil sie stets fremd und unergründlich blieb.

Als der Rausch verflog und Keller nur noch Müdigkeit empfand, schloss er das Buch, legte es auf das Beistelltischchen zurück, verließ die Bibliothek und begab sich in das erste Stockwerk, um sich im Bad bettfertig zu machen.

Zuletzt betrat er sein Schlafzimmer, das sich neben dem Aufgang in den zweiten Stock befand, und legte er sich auf das mintgrüne Doppelbett, das den größten Teil des Raumes einnahm. Die Wände waren ochsenblutrot gestrichen, jedoch nur bis hinauf zum Goldenen Schnitt. Das letzte Stück bis zur Decke war weiß. Die Farbgebung sowohl des Bettes als auch der Wände hatte die einzige Frau bestimmt, mit der Keller jemals den Versuch unternommen hatte, eine intime Nähe herzustellen. Doch nachdem sie das teure Bett und die zwar beruhigende, aber auch düstere Wandfarbe ausgewählt hatte, war sie mit einem anderen, einem ganz anderen, getürmt, ohne dass irgendetwas Berührendes, etwas wirklich Berührendes zwischen ihr und Keller geschehen wäre.
Im Laufe der vielen Jahre, die seitdem vergangen waren, hatte Friedrich Keller trotz anfänglicher, schier unüberwindlich scheinender innerer Widerstände ihre Hinterlassenschaft zu schätzen gelernt. Das Bett war breit und bequem, und die Farbe an den Wänden versetzte ihn augenblicklich in einen quasi intrauterinen Zustand, der ihm das Einschlafen sehr erleichterte.
Doch in dieser Nacht schlief Keller unruhig. Wirre Träume suchten ihn heim, er sah Radi Zeiler in den Nebel davongehen, und im nächsten Augenblick stand der Meister dicht vor ihm, packte ihn am Kragen und brüllte: »Wahrer Dichter? Falscher Poet?«
Er wachte mehrmals auf, lag schlaflos in der Dunkelheit, dämmerte weg und träumte weiter von Sonetten kurz wie Haikus, von Elvira, die mit dem Staubwedel sämtliche Wörter aus seinen Büchern wischte, bis alle Seiten leer waren, worauf sie vorwurfsvoll den Mund öffnete und ihm eine glitzernde Partikelwolke ins Gesicht blies.
Dann verschwand alles, und er lag in einem weißen Bett in einem weißen Raum. Sogar das Licht, das von links hereinflutete, war weiß. Endlich kam er zur Ruhe.

Im Sturm fauler Winde

Als Keller am nächsten Morgen, einem Sonntag, viel zu früh erwachte, fühlte er sich gerädert. Ein Blick zum Wecker verriet ihm die Uhrzeit: sechs in der Früh. Es war still im Haus. Auch von der Straße her ertönte kein Laut. Und Keller dachte automatisch: »In allem ist Schweigen.« So lauteten die ersten drei Verse des zweiten Gedichts aus dem korrupten Anfang von Zeilers Buch – hätte Keller es gewagt, Notizen hineinzuschreiben, er hätte es »Sonett *II« genannt, zumindest trug es in seinem Kopf diesen Titel. Dass er die römische Zahlschrift benutzte, wollte er als Hommage an die lange Tradition verstanden wissen, in welcher er Zeilers Sammlung verortete.
Er stand auf, zog einen weißen Bademantel aus Frottee über seinen karierten Schlafanzug, wanderte dann ziellos durchs leere Haus, unterdrückte den Impuls, die Bibliothek zu betreten, und beschloss stattdessen, frische Luft schnappen zu gehen. Er öffnete die innere der beiden Haustüren, die graue Eichentür, und stellte drei Dinge gleichzeitig fest. Erstens: Es stank entsetzlich. Zweitens: Auf dem unteren Treppenabsatz lag ein Mensch und schlief. Drittens: Elvira musste wieder einmal vergessen haben, die Glastür und das Gartentor abzuschließen, anders wäre dieser Jemand nicht hereingekommen. Im nächsten Augenblick erkannte er sowohl den Gestank als auch die Lumpen, die der Schlafende am Leib trug.
Es hätte nicht der Wahrheit entsprochen zu sagen, Friedrich Keller sei überrascht gewesen. Aus keinem anderen Grund hatte er Radi Zeiler seine Privatadresse hinterlassen. Aber seitdem waren mehr als anderthalb Jahre verstrichen, und in dieser Zeit hatte sich die Hoffnung, der Dichter werde der unausgesprochenen Einladung folgen, nach und nach verflüchtigt. Auch war es keinesfalls so, dass Keller wirklich einen Besuch erhofft hatte. Eher hatte der Gedanke, der Dichter wisse, wo er, Keller, wohnte, die Qualität eines seidenen Fadens entwickelt, durch welchen sie auch weiterhin verbunden blieben.
Nun also war das Unwahrscheinliche eingetreten: Radi Zeiler war gekommen. Er lag stinkend und schnarchend auf dem unteren Treppenabsatz zwischen seinen beiden Haustüren und rührte sich selbst dann nicht, als Keller über ihn hinwegstieg und die Glastür zum Lüften

öffnete. Erst als die kühle Morgenluft hereinkroch und sich um Zeiler und anschließend in Zeiler niederließ, während der Hausherr draußen auf dem Gartenweg stand, tief durchatmete und nicht wusste, was als Nächstes geschehen würde, und wusste, dass dies selten in seinem Leben geschah, weil er Ungewissheit hasste, erwachte Zeiler mit einem Grunzen, wälzte sich aus der embryonalen Stellung auf den Rücken, stützte sich auf die Ellenbogen und blickte sich um wie einer, der keine Ahnung hat, wo er sich befindet.

Als er Friedrich Keller draußen entdeckte, trafen sich ihre Blicke, und Keller stellte verblüfft und ein wenig erschrocken fest, dass der des Dichters vollkommen klar war. Und dieser vollkommen klare Blick schien ihn vollkommen zu durchdringen, so dass er sich nackt und klein fühlte.

Nachdem die Zeit unendlich lange stillgestanden hatte, öffnete der Meister den Mund und brummte: »Ich brauch 'nen Kaffee.«

Hätte Radi Zeiler gewusst, wie groß die Ehre war, er hätte vielleicht gezögert, Friedrich Kellers zögerlich vorgetragene Einladung, doch bitte hereinzukommen, anzunehmen. Aber er wusste nicht, dass Elvira seit vielen Jahren der einzige Mensch war, der in diesem Haus praktisch nach Belieben ein- und ausgehen konnte, abgesehen von sporadischen und mit verkniffener Miene hingenommenen Installateurbesuchen, die Keller auf seine schweigsame Art so ungemütlich zu gestalten wusste, dass die Handwerker schnell und effizient arbeiteten, um möglichst bald wieder gehen zu können und lange Zeit nicht mehr wiederkommen zu müssen.

Ob Zeiler den Akt gelungener Selbstüberwindung wahrnahm, als Keller stockend und mit trockener Kehle Kaffee und Küche anbot, wird nie geklärt werden können. Er und sein Geruch strömten förmlich herein, nachdem er sich aufgerappelt und mit steifen Beinen die Treppenstufen bis hoch zur zweiten Haustür bewältigt hatte, gefolgt vom Gastgeber, der vergeblich versuchte, ausschließlich durch den Mund zu atmen.

Zeiler verschwendete keinen Blick nach links, wo die getäfelte Tür zur Bibliothek weit offen stand, oder nach rechts, wo eine wuchtige, zwei

Meter lange, mit Eisen beschlagene Reisetruhe aus dem achtzehnten Jahrhundert thronte. Über dieser hing ein Ölporträt der Großmutter mütterlicherseits von Friedrich Keller, dem die gleiche Missachtung widerfuhr. Zeiler schien einem sicheren Instinkt zu folgen, der ihn prompt zur Küchentür im hintersten rechten Winkel des Vestibüls führte, noch bevor Keller etwas Wegweisendes hätte äußern können. Dort angekommen, steuerte er zielstrebig auf den großen Esstisch zu, der an einem breiten Fenster mit Ausblick auf den hinteren Teil des Gartens stand. Er umschiffte den großen Küchenblock, der von links in den Raum hineinragte – Gasherd, Anrichte und reichlich Abstellfläche für Kräuter, Öle, Schneidbrettchen und so weiter –, ließ sich auf einen der sechs zierlichen Thonetstühle fallen, genauer auf denjenigen, der ihm sowohl einen Blick nach draußen als auch in den Raum hinein gewährte, und saß dann einfach da.
Friedrich Keller eilte am Tisch vorbei, um die Tür zum Garten aufzureißen, doch Radi Zeiler hob die Hand und deutete ein leichtes Kopfschütteln an. Das genügte. Keller brach sein Vorhaben jäh ab und begab sich mit dem Gefühl dessen, der sich ins Unvermeidliche schickte, an den Küchenblock, ergriff die Espressokanne, die noch vom Vortag dort stand – auch so eine Unart von Elvira –, und machte sich ans Werk. Das beruhigte ihn ungemein, und obwohl es ihm schwerfiel, des Meisters Gestank zu ertragen, fühlte er doch einen Jubel in sich emporsteigen und so viele Fragen, die er nie geglaubt hatte, eines Tages stellen zu können.
Der Duft nach frischem Kaffee, der bald die Küche erfüllte und einen kurzfristigen Sieg über Radi Zeilers Dunstkreis errang, tat das Seine, um die Lage für Keller weiter zu entspannen. Zumindest so lange, bis er ihm gegenübersaß. Er hatte zwei doppelte Espressi zubereitet, die nun dampfend vor ihnen standen.
Zeiler warf von sehr weit oben einen Blick in seine Tasse und fragte anschließend ungläubig: »Keine heiße Milch?«
Keller sprang auf, als hätte er einen Fauxpas begangen, während er »Doch, doch, natürlich, selbstverständlich« sagte und schnell zum Küchenblock zurückeilte, als wartete dort bereits die Milch auf ihn.

Das tat sie nicht, und deshalb musste er erneut kehrtmachen und zum Kühlschrank gehen, den er eben erst passiert hatte. Das war natürlich peinlich. Keller überkam eine plötzliche Furcht, der göttliche Zeiler könne ihn für einen Idioten halten, und das wäre gar nicht gut im Hinblick auf die intellektuelle Begegnung, die er anstrebte.
Mit der heißen Milch begab Keller sich kurz darauf zum Tisch zurück. Er hatte auch einen Untersetzer für das Gefäß mitgebracht, den er jetzt neben Zeilers Kaffeetasse positionierte.
Zeiler jedoch sah ihn verständnislos an. Dann brummte er: »Die Tasse ist zu klein.«
»Wie bitte? Ach so! Die Tasse, natürlich, viel zu klein!«
Friedrich Keller sprang erneut auf, musste nun aber hinter Zeiler vorbei, denn dort stand ein alter Geschirrschrank vom Ende des neunzehnten Jahrhunderts, in dessen Glasvitrine sich die großen Tassen befanden, die Keller nie benutzte und deshalb nicht in unmittelbarer Reichweite aufbewahrte. Unglücklicherweise gab es nur wenig Platz zwischen Dichter und Schrank, und da Ersterer keine Anstalten machte, sich zu rühren, musste Keller sich mit eingezogenem Bauch vorbeizwängen und gleichzeitig die Luft anhalten, da er die überwältigende Intensität von Zeilers Geruchscorona fürchtete.
Als auch das geschafft war und eine große, weiße Porzellantasse vor dem Meister stand, brummte dieser: »Und Zucker.«
Wie gut, dass Keller noch stand, so konnte er gleich zum Küchenblock eilen und das kleine chinesische Gefäß mit Deckelchen, das den Rohrohrzucker enthielt, herbeiholen.
Nun endlich war Radi Zeiler zufrieden, und Friedrich Keller durfte sich setzen, um seinen Espresso zu trinken, der inzwischen stark abgekühlt war, ein Ereignis, das, im Alltag höchst unerwünscht, heute kaum der inneren Rede wert zu sein schien. Nach ein, zwei missmutigen Gedanken, die sich wie von selbst verboten, widmete Keller seinem Gast die volle Aufmerksamkeit.
Dieser schüttete den Espresso aus der kleinen in die große Tasse um und übergoss ihn mit der heißen Milch, bis aus dem fast schwarzen ein hellbraunes Gebräu geworden war, in welches er einen Löffel

Zucker gab. Und noch einen Löffel und noch einen und noch einen und noch einen und noch einen. Insgesamt acht gehäufte Löffel Zucker. Anschließend rührte Zeiler den Kaffee gemächlich um, stopfte den nassen Teelöffel erneut in die Zuckerdose, ergriff die Tasse und leerte sie in einem Zug, als wäre sie ein Krug und enthielte Bier. Er stellte sie grob auf dem Tisch ab, dass es einen Knall gab, und rülpste.
Er wischte seinen bartumwallten Mund mit der Hand ab, ließ sie auf den Tisch niederfallen, sah Friedrich Keller herausfordernd an und sagte dröhnend: »Das war gut! Jetzt habe ich Hunger!«
Im Nachhinein würde Keller zugeben: Das war der Tag, als der Dichter bei ihm einzog. Und dann würde er schweigen und darüber sinnieren, wie sein Leben wohl verlaufen wäre, wenn Radi Zeiler seine Visitenkarte verloren hätte oder Elvira nicht so vergesslich wäre und Gartentor und Glastür abgeschlossen hätte, wie er es seit vielen Jahren von ihr verlangte – nicht immer in konziliantem Tonfall. Wenn er den Stapel loser Blätter nicht mit nach Hause genommen hätte, mit nach Hause genommen, aber nicht gelesen hätte, weil Elvira – schon wieder Elvira! – nicht im richtigen Moment unachtsam gewesen wäre. Wobei Letzteres in seinen Ohren unwahrscheinlich klang, da Elvira stets unachtsam war.
Es gab noch weitere irreale Konjunktive, die Friedrich Keller sich seit jenem Morgen mehr als nur einmal vor Augen geführt hatte, und auch der olfaktorische Aspekt spielte darin keine geringe Rolle.
An jenem Morgen jedoch verlor er erst einmal den Überblick. Dunst und Aura des verehrten Dichterfürsten benebelten seinen Geist gleichermaßen, und so nahm er einerseits jede Gelegenheit wahr, sich von ihm zu distanzieren, wollte aber andererseits immer wieder zu ihm zurück.
Kaum war das Wort »Hunger« verhallt, da war er auch schon aufgesprungen und beeilte sich, angemessen aufzutischen: Frühstücksteller, Frühstücksmesser, Butter im Töpfchen samt Streichmesser, Marmeladen und andere Brotaufstriche, eine Käseplatte, eine Wurstplatte. In Scheiben geschnittenes Mehrkornbrot, aufgefächert in einem geflochtenen Körbchen.

Radi Zeiler verfolgte den Vorgang mit Interesse. Als endlich das Brot dastand, legte er los. Ohne seinen Gastgeber eines weiteren Blicks zu würdigen, schmierte er Butter, Leberwurst, hausgemachte Walderdbeermarmelade, Brie und Roquefort und eigentlich alles, was da war, auf die Brotscheiben und aß und aß und bestellte noch einen Kaffee mit heißer Milch und viel Zucker und aß immer weiter.
Friedrich Keller kam aus dem Staunen und Herbeischaffen nicht heraus. Alles an diesem Mann war überbordend und stand in geradezu exaktem Widerspruch zur klaren Knappheit seiner Lyrik.
Keller glaubte jedoch, in diesem Paradoxon verberge sich eine höhere Weisheit, so, wie er es schon einmal bei einem Philosophen, an dessen Namen er sich nicht mehr erinnerte, gelesen hatte. Oder war es ein deutscher Mystiker gewesen? Damals war ihm der Sinn verschlossen geblieben, doch just heute, während er dem schmatzenden Radi Zeiler bei dessen Völlerei zusah, verspürte er eine Ahnung.
Obgleich Keller selbst noch nichts gegessen hatte, war er nicht hungrig. Vielleicht, wenn er die Tür oder ein Fenster hätte öffnen können … Doch daran war nicht zu denken, und so verbrachte er die Zeit damit, sich die brennenden Fragen zurechtzulegen, die er dem Meister stellen würde, sobald dieser gesättigt wäre.
Zwei Stunden dauerte es, dann schob Zeiler den Stuhl zurück und machte zufrieden: »Ahhh!« Erst jetzt schien ihm sein Gegenüber wieder einzufallen. »Sie haben ja gar nichts gegessen!«
»Ich … ich esse später.«
»So, so«, sagte Zeiler ohne Interesse und blickte aus dem Fenster. »Schöner Garten.«
»Danke, Herr Zeiler.«
»Herr Zeiler«, machte Zeiler spöttisch. »So nennen mich sonst nur die grünen Männchen.«
»Die grünen …?«
»Polizei!«, unterbrach Zeiler ihn ungeduldig.
»Ah, oh.«
»Keine Sorge.« Er machte eine wegwerfende Handbewegung. »Die wollen immer nur eine Identität.« Das Wort »Identität« sprach er aus,

als zitiere er es. Er blickte Friedrich Keller an und sagte: »Wollen Sie auch eine Identität?«
»Ich? Wie bitte?«
Anstatt zu antworten, lachte Zeiler, und Keller war sich sicher, dass er ihn auslachte. »Sie sind ja ganz schön nervös. Haben Sie etwa keine?«, setzte der Dichter nach.
»Doch, doch, ich ...«
»Zeigen Sie mal her! Ich muss doch wissen, auf wen ich mich einlasse.« Er lachte wieder. Dann kramte er umständlich in den Taschen seines fettigen Mantels und förderte schließlich einen ramponierten Personalausweis zutage. »Ich gehe mit gutem Beispiel voran«, sagte er und schob Keller, der jetzt erst verstanden hatte, worum es ging, das Dokument zu, ließ es jedoch nicht los.
So hatte Keller kaum Zeit, Genaueres zu erkennen. Außerdem wollte er nicht unhöflich erscheinen und sich womöglich wie ein Polizist benehmen.
Zeiler zog den Ausweis wieder zurück, steckte ihn weg und grinste breit. »Sehen Sie, schon kennen wir uns viel besser.«
Ehe Keller die Gelegenheit hatte, darüber nachzudenken, ob der Dichter ironisch sprach oder nicht und nun womöglich erwartete, dass er, Keller, seinen Ausweis beibrachte, sagte dieser dröhnend: »Jetzt zeigen Sie mir aber Ihr Haus!«
Ohne Kellers Einverständnis abzuwarten, erhob er sich und ging ins Vestibül, eilig gefolgt von seinem Gastgeber, der so überfordert war, dass ihm nicht einmal die Zeit blieb, Zeilers Besuch zu bedauern.
Nun hatte der Dichter einen Blick für seine Umgebung, und als er die Bibliothek durch die offene Tür erspähte, blieb er stehen, wies mit ausgestrecktem Arm dorthin und rief: »He, Nervös! Sagen Sie mir nicht, dass Sie stundenlang da drinsitzen und schlaue Bücher lesen!«
Und Keller, der sich der Umwertung aller seiner Werte nicht erwehren konnte, log: »Nein, nein! Natürlich nicht!«
Später würde er denken, dass dies in gewisser Weise sogar der Wahrheit entsprach, da er ja nur noch Zeilers unerschöpfliche Verse

rezipierte, die vielen schlauen Bücher in seiner Bibliothek aber links liegen ließ.
Und doch verließ ihn das Gefühl der Lüge nicht, zumal sie schwerwiegende Folgen zu haben schien, denn der Dichter spazierte erfreut in den heiligen Raum, breitete die Arme aus und rief: »Dann wird das hier mein kleines Reich sein!« Er bedachte Keller mit einem kurzen Seitenblick. »Natürlich nur, wenn Sie gestatten.« Er lächelte hinter seinem Bart.
»Äh, nun ... ja ...«
»Wunderbar!« Zeiler kam auf ihn zu und umarmte ihn fest, bevor Keller zu irgendeiner Reaktion fähig war.
Angesichts der Unmöglichkeit, die Flucht zu ergreifen oder den verehrten Dichter zurückzustoßen, erstarrte er, während der andere ihm mehrmals auf den Rücken klopfte und ihm ins Ohr rief: »Sie sind ein feiner Kerl, Nervös! Nur ein wenig nervös.«
Keller war allzu sehr mit der betäubenden Wirkung beschäftigt, die Zeilers Nähe auf seine Sinne ausübte, als dass er irgendetwas hätte erwidern können. Er wurde überrumpelt und konnte nichts dagegen unternehmen. Andererseits, dachte er, als Zeiler von ihm abgelassen hatte und er wieder atmen konnte, gab es keinen besseren Raum für einen großen Dichter als eine Bibliothek voller interessanter Bücher. Wo sonst hätte er Zeiler unterbringen sollen? Etwa in einem der banalen Schlafzimmer seiner Eltern und Geschwister oben im ersten und zweiten Stock, die seit Jahrzehnten nicht mehr genutzt wurden und wo noch immer die Kleider der Verstorbenen und Fortgezogenen in den Schränken hingen? Nein, sagte er sich, die Bibliothek entsprach einem Genie weit mehr.
Zeiler aber begnügte sich nicht damit. Er wollte alles sehen, und als er im ersten Stock das Schlafgemach von Kellers Eltern betrat, beschloss er augenblicklich, seinen Wohnsitz hierher zu verlegen. Da sie tot waren, konnte Keller auch diesmal nichts einwenden, obwohl er allmählich ein ungutes Gefühl entwickelte.
Zeilers Duftnote hatte inzwischen überall im Haus Einzug gehalten, und obwohl Keller ihr nun schon seit Stunden ausgesetzt war, gelang

es ihm entgegen seiner Hoffnung bislang nicht, sich daran zu gewöhnen. Sein Haus stank. Es stank nach vielen Schichten toter, ungewaschener Haut, nach vor Schmutz starrender Kleidung, nach altem Urin. Es stank bestialisch, und Keller empfand die Aussicht, seinen Gast länger als ein paar Stunden zu beherbergen, als äußerst beunruhigend. Wie aber sollte er verfahren? Den Meister bitten, sich zu waschen? Das wäre ähnlich unerhört wie Irma Meyer einen Heiratsantrag zu machen. Selbst verdrecken, um des Meisters Geruch anzunehmen? Das würde er nervlich nicht durchstehen. Allein die Tatsache, dass des Dichters Pesthauch durch dessen zweifellos wohlwollend gemeinte Umarmung nun an seiner Kleidung und womöglich gar an seinem Ohr haftete, war nur auszuhalten, wenn er nicht daran dachte. Ihn hinauswerfen? Dazu fehlte ihm der Mut, und außerdem war er doch froh, dass Zeiler zu ihm gekommen war! Ja, er war froh, unbedingt froh, und wer wusste schon, was im Kopf eines Genies wirklich vorging? War am Ende alles nur ein Test? Keller fiel die Sage vom Heiligen Gral ein. Es war kein goldener, sondern ein unscheinbarer, wertlos wirkender irdener Becher, und nur die Mutigen *und* Weisen erkannten ihn. So mochte auch Zeiler ein solches Gefäß sein, und dann wäre logischerweise das Blut des sterbenden Gottes jene himmlische Lyrik, die ihn seit zwei Jahren am Leben hielt und zugleich dem Tod näher rückte, als alle Tode, die er bisher miterlebt hatte.
Keller stand im Türrahmen des elterlichen Schlafzimmers, das sich genau über der Bibliothek und direkt gegenüber seinem eigenen Gemach befand, und er schaute zu, wie Radi Zeiler sich rücklings und mit ausgebreiteten Armen auf das blaue französische Doppelbett fallen ließ, in welchem Helga und Erwin Keller alle ihre Kinder – als Letzte auch ihn und seinen anderen Bruder – gezeugt hatten und in dem die Mutter nach langer Bettlägerigkeit von ihrem Friedrich geschieden war, viele Jahre zuvor und viele Jahre nach dem tragischen Herztod ihres Gatten, seines Vaters, an den Friedrich nur undeutliche Erinnerungen hatte.

Sein Blick fiel flüchtig auf die beiden kleinen versiegelten Porzellanurnen, eine blaue und eine rosafarbene, die auf einem dicken Brett über dem alten Heizkörper links an der Wand standen.
Nun also würde ein neues Kapitel aufgeschlagen werden, eines, das nichts mit der Vergangenheit zu tun hatte. Friedrich Keller wusste nicht, wie er das finden sollte, doch er wollte es begrüßen.
Der Dichter lag genießerisch auf dem Bett und betrachtete die Stuckdecke, während sein beachtlicher Bauchumfang zum ersten Mal deutlich in Erscheinung trat.
Als er sich auf den Bauch wälzte und auch diese Position laut grunzend für gut befand, hatte Friedrich Keller eine Vision. Er und Zeiler nahmen darin die zwei Scheitelpunkte eines Pendels ein. Nicht irgendeines Pendels, sondern jenes, welches in der kleinen Dachstube mit dem großen Fenster nach Norden und dort in der alten Standuhr seiner Großmutter mütterlicherseits hing und schon seit Jahrzehnten nicht mehr schwang. Keller verstand die Vision nicht, doch sie verursachte ihm ein starkes Gefühl indirekter Verbundenheit mit Radi Zeiler, der sich nun aufsetzte und im Zimmer umsah wie jemand, der tatsächlich soeben eingezogen war.
Sodann wandte er sich Keller zu und brummte: »Ich will jetzt allein sein.«
Verblüfft nickte Keller, und während er noch darüber nachdachte, wie absurd die Situation war, hörte er sich sagen: »Natürlich, Herr Zeiler.« Dann schloss er die Tür und stand allein im Flur.
Erst sehr viel später sollte Keller die Fähigkeit entwickeln, diesen Tag als Todesstoß eines maroden Lebensentwurfs zu begreifen. Im Moment war er weit davon entfernt.
Während er die Treppe hinabstieg, um alle Fenster zu öffnen, endlich selbst etwas zu essen und anschließend die Küche aufzuräumen, fühlte er sich degradiert, gedemütigt, ausgenutzt, übergangen und missachtet. Zeiler behandelte ihn nicht wie den einzigen Menschen, der seine Kunst zu schätzen wusste, nicht wie den Auserwählten zu dem er, Zeiler, gekommen war, um eine Expertise zu erhalten, sondern eher wie den Angestellten eines Hotels. Zum ersten Mal, seit er

Zeiler und dessen Gedichten begegnet war, kamen Zweifel in ihm auf. Plötzlich erinnerte er sich an den ungläubigen Gesichtsausdruck der fetten Wirtin im Heißen Sporn, begleitet von den Worten: »Der und schreiben?«
Keller öffnete beide Haustüren, alle vier Doppelfenster der Bibliothek, die Tür zum Garten und das große Küchenfenster und dachte, dass niemand wissen konnte, wie Zeiler zu den Gedichten gekommen war. Hatte er sie womöglich gar nicht selbst verfasst und war also ein Hochstapler? Freilich ein sehr seltsamer, denn die Hochstapler, die Friedrich Keller aus der Literatur kannte, achteten alle peinlich genau auf ihr Äußeres. Und dieses Indiz konnte doch eigentlich nur auf Zeilers Echtheit hinweisen, oder?
Da Zeiler ein ziemliches Durcheinander auf dem Küchentisch hinterlassen hatte, räumte Keller zuerst auf, bereitete dann frischen Kaffee zu und setzte sich hin, um zu frühstücken. Längst war die Sonne aufgegangen und schickte ihre wärmenden Strahlen zwischen den Wipfeln der beiden alten Blutbuchen hindurch und zur Gartentür herein. Keller saß genau dort, wo er diesen Segen genießen konnte. Er fand, er habe das bitter nötig. Gleichzeitig aber fühlte er sich seltsam beschwingt. Er dachte flüchtig an seine panische – und peinliche – Begegnung mit Irma Meyer auf der bedrückend schmalen Verkehrsinsel, einem der zahllosen urbanen Unorte, die ihm den Besuch der äußeren Welt in den vergangenen Jahren zunehmend erschwert und beinahe unmöglich gemacht hatten.
Er war sich sicher, dass er, läge es in seiner Hand, ganz darauf verzichten würde. Nur ein Schwur, den er der vorausschauenden Mutter am Sterbebett hatte leisten müssen, hielt ihn davon ab, den Beruf aufzugeben und zu Hause zu bleiben. Seit zwei Jahren spielte er außerdem mit dem Gedanken, das Einkaufen einzustellen und sich alles, was er benötigte, liefern zu lassen. Dann müsste er nur kurz und nur alle paar Tage die Gegenwart eines fremden Menschen ertragen und wäre ansonsten von jeder sozialen Interaktion befreit.
Angesichts der jüngsten Ereignisse, die er nur als Invasion bezeichnen konnte, erschienen ihm umtoste Verkehrsinseln, aufdringliche

Kolleginnen, grobe Handwerker und dumme Kundschaft nun wie Kleinigkeiten, und fast musste er lächeln bei dem Gedanken an die Pein, die er ausgestanden hatte, als die Ampel auf Rot umgesprungen war. Der Gestank, der seit Stunden seinen Geruchssinn malträtierte, zog sich allmählich aus dem Haus zurück, und auch wenn Friedrich Keller genau wusste, dass dies nur so lange währen würde, bis dessen Quell das elterliche Schlafzimmer verließ, so genoss er doch zum ersten Mal seit vielen Jahren die schlichte Tätigkeit des Ein- und Ausatmens. Hatte er nicht bereits solche Geschichten gelesen? Geschichten, in denen die Hauptdarsteller erst wussten, was sie hatten, als man es ihnen nahm?

So also fühlt sich das an, dachte Keller zufrieden und biss herzhaft in sein Marmeladenbrot.

Das Glück hielt länger, als er vermutet hatte, denn Zeiler rührte sich in den folgenden Stunden nicht, und Keller konnte eine Weile so tun, als hätte sich nichts in seinem Leben geändert. Glücklicherweise pflegte er ja auf Vorrat zu kaufen, so dass auch die Gegenwart eines so ausdauernden Essers wie Zeiler den kulinarischen Ablauf dieses sonnigen Sonntags nicht in Gefahr brachte.

Mit dieser beruhigenden Gewissheit zog Keller sich nach dem Frühstück zunächst in die Bibliothek zurück, die ihm nun doch nicht genommen worden war, und vertiefte sich ein weiteres Mal in das Buch des Dichters. Womöglich befähigten ihn die tiefen Einsichten dieses ersten mit Zeiler verbrachten Tages zu neuen Perspektiven bei der Lektüre?

Da war zum Beispiel das Sonett aus dem intakten Hauptteil der Sammlung, um genau zu sein, die Nummer *XLVIII. Es handelte davon, dass es weder das Fremde noch das Eigene gab, sondern nur unsere Unfähigkeit, dies zu erkennen. Das Gedicht gehörte Kellers Ansicht nach zu den »erzwungenen Sonetten«, wie er sie nannte: unmöglich nach den metrischen Vorgaben des Dichters laut zu lesen, doch von einer seltsamen Stringenz, die beinahe jenseits der Sprache zu liegen schien. Ohne Ton funktionierten solche Gedichte besser als mit, und das allein erschien rätselhaft genug.

Heute aber machte ihn der Inhalt nachdenklich: Waren das Fremde in Gestalt des Dichters und das Eigene in Gestalt dieses Hauses und dieses Mannes, den er selbst verkörperte, die beiden Scheitelpunkte jenes Pendels, das in seinem Kopf aufgetaucht war? Galt es also, die Fähigkeit zu entwickeln, beides als eines anzusehen? Keller fand diese neue Interpretation frappierend glaubwürdig. Was aber musste zur Erlangung dieses schwierigen Ziels geleistet werden? Wie konnte er das »Nicht-Erkennen« in ein Erkennen wandeln? Darüber gab das Gedicht keine Auskunft. Es kam ihm wie ein Wegweiser ohne Weg vor, was für viele von Zeilers Sonetten galt, gerade so, als gebe es im Geist des Dichters nur ein Querfeldein, als laufe er blind durch die Welt in seinem Kopf und komme plötzlich irgendwo an, wo eine Erkenntnis in Form eines unmöglichen Sonetts auf ihn wartete – oder vielleicht nicht einmal wartete, sondern einfach auftauchte und wieder verschwand, und bevor es verschwand, schrieb er es auf.
Aber wo und wie und wann schrieb Zeiler eigentlich? Danach musste er ihn unbedingt fragen.
Keller betrachtete die Typen jener ominösen Schreibmaschine, die Zeiler benutzt haben musste, zum ersten Mal eingehender und stellte bereits nach kurzer Zeit fest, dass das Deckblatt mit Titel und Namen des Autors ganz offensichtlich mit einer anderen Maschine geschrieben worden war als die Gedichte selbst. Verwirrend aber war, dass beide Schreibmaschinen ähnlich alt gewesen sein mussten, so dass der Unterschied auf den ersten Blick gar nicht zu erkennen war. Hatte Zeiler das ursprüngliche Deckblatt entfernt und anschließend nach einer passenden Maschine gesucht, um seinen eigenen Namen draufzuschreiben? War eine solche Perfidie denkbar? Natürlich war sie denkbar, fand Keller, doch war sie auch in Zeilers Fall denkbar?
Alles, was er vom Dichter bisher gesehen hatte, schien zwei Sprachen zu sprechen: Zeiler hatte überhaupt keine Kontrolle über seine körperlichen Bedürfnisse gezeigt, während sein Geist zugleich in der Lage war, streng logische Figuren zu entwickeln wie etwa in Sonett *IV, welches über die Unmöglichkeit räsonierte, sich die Welt jenseits seiner selbst vorzustellen, ohne auch sich selbst jenseits seiner selbst

vorzustellen. Wie viele andere kämpfte dieses Gedicht gegen die Form an, in der es auftrat, doch der Inhalt war makellos in seiner Folgerichtigkeit. Wie sollte er sich diesen Widerspruch nur erklären?
Plötzlich hatte Keller eine Eingebung: Und wenn die erzwungene Gestalt analog zum organischen Körper gedacht werden musste, der Inhalt aber den darin gefangenen Geist darstellte? Wären Zeilers Gedichte dann nicht perfekt in ihrer quasikreatürlichen Zwiespältigkeit – beide, Körper und Geist, für sich genommen makellos, doch unvollkommen durch den inneren Kampf: Der Körper will den Geist formen, der Geist den Körper? Und war dann nicht auch die Unmöglichkeit des stimmigen Vorlesens als performativer Bestandteil des Gedichts konsequent angelegt? Las man falsch, weil man der Form gehorchte, siegte der Körper und deformierte den Geist, las man richtig, weil man dem Inhalt folgte, siegte der Geist, doch der Körper wurde gegenstandslos. Der Gedanke erschien Keller so überzeugend, dass er ganz ergriffen war, zumal er ihn tatsächlich dem eindrucksvollen Besuch des Dichters zu verdanken hatte, was auch diesem einen neuen Sinn oder überhaupt erst Sinn verlieh. Zum ersten Mal begriff er Zeilers Anwesenheit als Herausforderung, der er sich stellen wollte. Vielleicht erwiesen sich die Sonette auch weiterhin als Schlüssel zu den Geheimnissen des Dichters?
Die Neugier, die er verspürte, tat gut, denn sie schien ihm eine konstruktive Haltung zum weiteren Verlauf von Zeilers Besuch zu garantieren, auch wenn seine Hoffnung, vom Werk auf den Autor schließen zu können, sämtlichen zeitgenössischen Theorien widersprach. Hatte er, Keller, womöglich die Chance, diese zu widerlegen?
Während Kellers Geist in seiner abstrakten Welt unterwegs war, wanderte sein Körper erneut hinaus in den Garten und setzte sich auf eine Bank aus Eschenholz, die ganz am Ende stand, dort, wo dichte hohe Büsche den Blick auf den dahinterliegenden schulischen Sportplatz versperrten. Wenn auf der anderen Seite lärmende Kinder Fußball spielten oder sonstigen körperlichen Ertüchtigungen nachgingen, war es Keller unmöglich, sich hier aufzuhalten. Heute jedoch war der von einem hohen Zaun umgebene Platz abgeschlossen.

Hundert Jahre zuvor hatte das Terrain einen Bauernhof samt Milchwirtschaft und Schweinemast beherbergt – Keller mochte sich gar nicht vorstellen, wie das gestunken und gegrunzt hätte, gäbe es ihn noch immer. Periodisch auftretende Kinder sind da schon besser, dachte er und erfreute sich seiner neuen Fähigkeit, der Unbill des Lebens mit einer lebensbejahenden Einstellung zu begegnen.
Im Anschluss an den Aufenthalt im Garten hielt Keller Mittagsschlaf. Hierzu begab er sich erneut in den ersten Stock. Bevor er sein eigenes Schlafzimmer betrat, das er seit seinem fünften Lebensjahr bewohnte, warf er einen scheuen Blick hinüber auf die andere Seite des Flurs. Was tat der Meister? Keller hatte keine Vorstellung. Schlief er? Schrieb er? Dachte er nach? Trinken kam nicht in Frage, denn es gab im ganzen Haus keinen Alkohol und es sah nicht so aus, als hätte Zeiler welchen mitgebracht.
Sonett *I fiel ihm ein. Es erzählte von einem Wind, der gleich einem Gedanken über imaginäre Felder fuhr, so dass sie sämtlich in Bewegung versetzt wurden, was wiederum erst aufhörte, als auch der Wind abflaute. Selbstverständlich entging Keller der metaphorische Gehalt dieses durch Fügung, Zufall oder Dummheit an die erste Stelle der Zeiler'schen Sammlung gerückten Sonetts nicht. Vielleicht saß der Meister ja schweigend auf der alten Chaiselongue am Fenster, die sein, Kellers, eigener Vater so geliebt hatte, und betrachtete diese aufwühlenden und abflauenden Vorgänge in seinem Inneren, während er nach außen hin dumpf und gewöhnlich wirkte? Der Gedanke gefiel Keller.
Er betrat sein Zimmer und schloss die Tür hinter sich. Er öffnete die gegenüberliegende Glastür, die auf den Balkon führte, der zugleich das Dach der Küche im Erdgeschoss bildete, zumindest jenes Teils der Küche, der nach dem Krieg ausgebaut worden war. Doch er trat nicht hinaus, stattdessen setzte er sich auf sein mintgrünes Bett und stellte den Wecker, der auf einem Nachttischchen neben dem Bett stand, auf exakt fünfundvierzig Minuten. Dann legte er sich auf den Rücken und schloss die Augen.
Es dauerte keine fünf Minuten, und er war eingeschlafen und sah einen weißen Raum, lag in einem weißen Bett und versuchte, die Hände vor

die Augen zu heben, um sie vor dem weißen Licht zu schützen, das durch ein Fenster zu seiner Linken hereinflutete.
Plötzlich klopfte es dröhnend an die Tür seines Zimmers. Keller fuhr erschrocken hoch. Er benötigte einen Moment, um zu begreifen, wo er sich befand. Schlaftrunken und mit blutleerem Kopf erhob er sich und öffnete die Tür einen Spaltbreit. Vor ihm stand Radi Zeiler. Sein Geruch schwappte herein und raubte Keller schier den Atem.
»Nervös! Da steckst du also! Hab dich schon überall im Haus gesucht. Es gibt Neuigkeiten.« Zeiler grinste seinen Gastgeber an.
»Neuigkeiten?«, wiederholte Keller verwirrt.
»Ich bleibe bis morgen.«
»Bis morgen?«
»Natürlich nur, wenn du nichts dagegen hast«, fügte Zeiler hinzu. »Ist ja schließlich dein Haus.«
»Natürlich«, brachte Keller hervor.
»Natürlich was?«, fragte Zeiler etwas ungehalten. »Natürlich dein Haus? Oder natürlich hast du nichts dagegen?«
»Äh … natürlich nicht mein Haus, ich meine, schon, aber … natürlich …«, stammelte Keller.
Zeiler unterbrach ihn dröhnend: »Wusste ich's doch gleich!«, rief er und zeigte mit einem Finger auf Keller: »Nervös, du bist in Ordnung! Ein bisschen nervös, das schon, aber in Ordnung.« Dann wandte er sich zur Treppe nach unten und brummte im Weggehen: »Komm jetzt! Ich sterbe vor Hunger!« Er stapfte hinunter, ohne sich noch einmal umzudrehen.
Keller fand es ganz unverständlich, dass der hochverehrte Dichter nach seinem ausgiebigen Frühstück erneut Appetit verspüren sollte. Er warf einen Blick auf seinen Wecker, der ihn jedoch davon unterrichtete, dass nicht etwa fünf Minuten vergangen waren, seit er sich hingelegt hatte, sondern geschlagene drei Stunden. Er musste den Wecker überhört haben, was jedoch so gut wie unmöglich war, da sich dies noch nie in Kellers Leben ereignet hatte. Und doch war es geschehen, ohne dass dem Wecker ein Defekt nachzuweisen war!

Keller schüttelte den Kopf, er missbilligte diese Unaufmerksamkeit seinerseits zutiefst, und es war ihm durchaus peinlich, dass der Dichter ihn hatte suchen und sogar aus dem Schlaf klopfen müssen. Wie sieht das denn aus?, dachte er und beeilte sich, seinem Gast nach unten und in die Küche zu folgen, wo dieser sich bereits auf seinem Platz am Esstisch niedergelassen hatte und durch das Fenster in den Garten blickte.

Die Nachmittagssonne sandte warmes Licht auf alles. Um diese Zeit begab Keller sich normalerweise mit einem dampfenden Earl Grey in die Bibliothek, um sich der Lektüre der Sonette zu widmen. Doch das kam angesichts der Gegenwart des Meisters natürlich nicht infrage.

Bevor Keller noch den Kühlschrank öffnen konnte, sagte Zeiler wie zu sich selbst und ohne den Blick vom Garten abzuwenden: »Ich brauch jetzt was Warmes.« Erst dann wandte er den Kopf und betrachtete Keller von oben bis unten. »Fleisch«, fügte er hinzu. Anschließend blickte er wieder aus dem Fenster.

Keller briet ihm ein Steak, das ging schnell und strapazierte nicht des Meisters Geduld.

Als er es kurze Zeit später auftischte, nahm Zeiler es kommentarlos in Empfang und begann sogleich, es zu verspeisen.

Keller setzte sich ihm gegenüber an den Tisch, wie er es schon am Morgen getan hatte. Jetzt war der geeignete Zeitpunkt gekommen, entschied er und stellte seine erste Frage: »Herr Zeiler, ich hätte da mal eine Frage, wenn Sie gestatten.«

Ohne innezuhalten oder aufzublicken, brummte der Dichter etwas, das Keller nicht recht zu deuten vermochte, doch er entschied, es handele sich um Zustimmung.

»Ja, wissen Sie, die Frage, die ich hätte, wäre folgende, wenn Sie gestatten: Es würde mich nämlich interessieren, wie Sie auf mich gekommen sind, ich meine, damals, als Sie in die Buchhandlung kamen, Sie wissen schon, damals.«

Zeiler unterbrach sein Mahl und heftete seinen Blick auf Keller. »Damals, damals. Jetzt übertreib mal nicht ...«, sagte er, »... so lange

ist das doch gar nicht her.« Er blickte nach oben, als suche er dort nach der genauen Zeitspanne, die vergangen sein musste.
Keller sagte eilfertig: »Natürlich nicht, nur zwei Jahre, Herr Zeiler, Sie haben vollkommen recht.«
»Schon zwei Jahre?«, erwiderte dieser und zog erstaunt die buschigen Brauen hoch.
»Äh, ja, schon zwei Jahre«, bestätigte Keller.
»Wie war doch gleich die Frage?«, fragte Zeiler und nahm die Mahlzeit wieder auf.
Keller sagte es ihm.
Daraufhin nickte der Dichter vor sich hin, schnitt ein großes Stück vom Steak ab, schob es sich in den Mund und sagte kauend als wäre es die normalste Sache der Welt: »Ich hab von dir geträumt.«
Keller glaubte, nicht richtig gehört zu haben. Er starrte Zeiler perplex an, der allerdings keine Notiz davon nahm und sich weiterhin auf das Steak konzentrierte.
»Sie, ähm, Sie haben ...«
»... von dir geträumt! Hab ich doch gesagt«, versetzte der Dichter ungeduldig.
»Aha«, machte Keller ratlos.
»Glaubst mir wohl nicht?«, brummte Zeiler und bedachte Keller mit einem kurzen Blick, bevor er ein weiteres Stück vom Fleisch abschnitt.
»Doch, doch, selbstverständlich ... Aber was ...?«
»Was ich geträumt habe? Na, na, das ist aber ganz schön intim, ich habe dich doch auch nicht gefragt, was du vorhin geträumt hast.«
»Entschuldigen Sie, Herr Zeiler, ich wollte Ihnen auf keinen Fall zu nahe treten, es geht mich wirklich nichts an. Es ist nur so ...«
»... so interessant, nicht wahr, wenn einer, den man gar nicht kennt, von einem träumt.«
»Ja! Genau, das wollte ich sagen!«, rief Keller erleichtert aus. Zum ersten Mal hatte er das Gefühl, dass sie einander verstanden.
Doch das währte nur kurz, denn der Dichter zuckte mit den Schultern und erwiderte gleichgültig: »Was soll ich sagen? Ich träum von einem,

den ich gar nicht kenne, und muss mich dann auf die Suche nach ihm machen.«
»Oh ...«, machte Keller überrascht, »so habe ich das noch gar nicht betrachtet.«
»Wie auch? Bist ja nicht ich«, versetzte Zeiler immer noch gelangweilt. Dann aber grinste er: »Zumindest noch nicht«, und steckte sich das letzte Stück Fleisch in den Mund.
Nachdem der Meister gegessen hatte, erkundigte er sich zum ersten Mal nach Alkohol, ließ sich jedoch nichts anmerken, als Keller ihn schuldbewusst davon in Kenntnis setzte, er sei Abstinenzler und könne damit leider nicht dienen. Stattdessen brummelte er ein wenig vor sich hin, erhob sich dann und verließ ohne ein weiteres Wort die Küche, wohl, um in sein Gemach zurückzukehren.
Keller blieb sitzen. Des Meisters Abgang erschien ihm so traurig, dass er beinahe feuchte Augen bekam. Er ließ seinen Blick über Zeilers mit Fettflecken und Fleischresten übersäten Sitzplatz schweifen, während er des kurzen Gesprächs gedachte, welches er anderthalb Jahre zuvor im Heißen Sporn mit dem Meister geführt hatte und aus dem die geradezu epistemologische Relevanz hervorgegangen war, die der Alkohol in dessen Leben besaß. Gleich gegenüber Kellers Haus gab es einen großen Getränkemarkt, doch er mochte sich nicht dazu durchringen, den Entschluss zu fassen, gleich am Montagmorgen Sliwowitz zu besorgen, damit der Meister nicht allzu sehr am »Sehen« litte. Waren Zeilers göttliche Sonette nicht eben jenem Sehen geschuldet? Musste er, Keller, sich nicht als Mittäter bei der Verhinderung weiterer Meisterwerke betrachten, wenn er dem Genie Blendung kaufte?
Er lauschte den schweren, niedergeschlagenen Schritten des Dichters auf der alten, hölzernen Treppe und dem Rumms, mit dem dieser die Tür des elterlichen Schlafzimmers hinter sich schloss, und fragte sich, wie er diesen ersten intellektuellen Austausch bewerten sollte. Er kam zu keinem Ergebnis, nahm sich aber vor, beim nächsten Mal forscher aufzutreten. Ihm war durchaus bewusst, dass dies eine Herausforderung darstellte, da er zwar sehr geübt darin war, Menschen zu meiden, jedoch so gut wie keine Erfahrung auf dem Gebiet der Annäherung

besaß. Selbst in seinem Beruf beschränkte er sich darauf, so lange an seinem Arbeitsplatz, einem Stehpult mit Computer, zu verharren, bis ihn jemand ansprach, gewöhnlich ein unkundiger Kunde, der ihm eine jener Fragen stellte, die er sich mit einem Minimum an geistiger Disziplin hätte selbst beantworten können.

Erneut öffnete Keller alle Fenster und Türen, damit die Luft rein wurde. Anschließend unternahm er seinen routinemäßigen Kontrollgang durch den Garten, bewaffnet mit Gießkanne, Handschuhen und Schneidwerkzeug. Bis in die Dämmerung hinein jätete er Unkraut in den Obst- und Gemüsebeeten, namentlich Giersch, Efeu und Löwenzahn, goss seine englischen Rosen, lockerte hier und da die Erde ein wenig auf, beschnitt hier und da ein wenig die alten Fliederbüsche, schaute auch nach der Robinie, die er im Jahr zuvor hatte zurückschneiden lassen müssen, und vergaß für eine Weile alles andere.

Als er ins Haus zurückkehrte, war die Dämmerung bereits fortgeschritten. Er bereitete sich ein kaltes Abendmahl – Salat mit Tomaten und Mozzarella – und begab sich in die Bibliothek. Dort nahm er wie gewohnt in seinem roten Ohrensessel im Alkoven Platz und griff zu »Den blinden Göttern«.

Er wollte es aufschlagen, unterbrach die Bewegung aber. Ihm war, als entsteige den Seiten des Buchs ein unangenehmer Geruch, sobald er es ein wenig öffnete. Das konnte natürlich nicht sein, doch sooft er den Vorgang wiederholte, sooft nahm er ihn wahr. Schließlich gab Keller auf und tröstete sich damit, dass es in seinem Kopf seit Langem eine vollständige virtuelle Kopie des Buches gab, in der er nach Belieben blättern konnte. Doch als er dies tun wollte, geschah zu seiner großen Überraschung dasselbe: Dem Buch in seinem Kopf entstieg Zeilers atemberaubender Gestank und drang gleichsam von innen in seine Nase, so dass er es mit unsichtbaren Händen so schnell wie möglich wieder schloss, ohne der Gedichte ansichtig geworden zu sein.

Das gibt's doch gar nicht, dachte Keller völlig verdutzt und versuchte es erneut. Allein, er scheiterte und scheiterte wieder und wieder. Selbst der Entschluss, den Gestank hinzunehmen, um wenigstens

einen kurzen Blick auf ein Sonett seiner Wahl werfen zu können, half nicht. Das Buch in seinem Kopf wollte sich nicht mehr öffnen.
Nach einer halben Stunde war Keller so erschöpft, dass er aufgab und die Bibliothek verließ. Im Haus war es still. So leise wie möglich stieg er die Stufen empor und blieb auf dem obersten Treppenabsatz stehen, um zu lauschen. Nichts. Keller ging ins Bad und vollzog das abendliche Ritual der Körperreinigung, tat es jedoch mit dem Gefühl, dieser Körper sei etwas Fremdes, ihm Anvertrautes, um das er sich zu kümmern hatte, obwohl er nicht genau wusste, warum und zu welchem Zweck.
Ohne die Sonette fühlte er sich eigenartig, als gäbe es plötzlich in seinem Kopf eine große leere Stelle, die bis vor Kurzem noch gefüllt gewesen war. Als wäre er, Keller, ein Garten, aus dem plötzlich die schönsten Rosen spurlos verschwunden waren. Schon verspürte er eine Art geistigen Phantomschmerz, einen schmerzlosen Schmerz, den er weder orten noch sonst näher bestimmen konnte. Inzwischen war auch das Bild von Zeilers Buch verschwunden. Ihm blieb nichts anderes übrig, als zu Bett zu gehen und zu hoffen, dass am nächsten Morgen alles wieder normal wäre.
Bevor er einschlief, dachte er noch den tröstlichen Gedanken, dass er ja einfach das wirkliche Buch öffnen und den Geruch hinnehmen konnte – so, wie er es bereits bei dessen Autor hielt. Und dann dachte er einen noch viel tröstlicheren Gedanken: Am Montag würde Zeiler ihn verlassen und Elvira zum Putzen kommen. Und obwohl der eine schmutzig war und die andere schlampig, gelang es Keller weder, Zeilers bevorstehenden Auszug wirklich zu bedauern, noch, Elviras absehbare Pfuscherei zu beklagen. Ja, er freute sich geradezu auf sie. Mit einem letzten Anflug von Dankbarkeit für die vielen neuen Perspektiven, die des Meisters Anwesenheit ihm bescherte, glitt Keller hinab ins Reich des traumlosen Schlafs.
Er lag in einem weißen Raum in einem weißen Bett und das weiße Licht, welches durch das Fenster zu seiner Linken hereinflutete, blendete ihn.

Ein Kommen und Gehen

Pünktlich um sieben Uhr dreißig des folgenden Morgens wurde Keller vom Läuten seines Weckers wach. Er fühlte sich schwach, denn er hatte tief, aber schlecht geschlafen. Mühsam schälte er sich aus dem Bettzeug. Als er die Tür seines Schlafzimmers öffnete, um ins Bad zu gehen, schlug ihm der inzwischen vertraute üble Geruch von Radi Zeiler entgegen. Das erinnerte Keller an das seltsame Erlebnis vom Vorabend. Er lauschte, hörte jedoch nichts. Da die Tür des elterlichen Schlafzimmers weit offen stand, näherte Keller sich ihr und warf einen Blick hinein. Er musste den Atem anhalten, so betäubend war der Gestank hier. Doch außer einem zerwühlten Bett mit bräunlich verfärbten Laken fiel ihm nichts Ungewöhnliches auf. Vielleicht war der Dichter ja bereits fort?

Für den Fall, dass dem nicht so war, versuchte Keller, sich zu wappnen. Er war sich nun sicher, dass die ersehnte geistige Begegnung mit Zeiler nicht stattfinden würde. Wir sind einfach zu unterschiedlich, dachte er. Das würde er ihm auch sagen, falls der Dichter doch länger bleiben wollte, nahm er sich vor. Mit dem beruhigenden Gefühl, endlich Klarheit erlangt zu haben, ging Keller duschen.

Nachdem er sich frisch gemacht und angekleidet hatte, stieg er hinunter ins Erdgeschoss.

Just in diesem Augenblick öffnete sich die graue Eingangstür und herein trat Elvira, die ihn mürrisch anlächeln und begrüßen wollte, jedoch jäh innehielt, die Nase rümpfte und rief: »Dios mío! Wassesstinkengchierrr?«, was so viel bedeutete wie: »Mein Gott, was stinkt denn hier so entsetzlich?«

Ohne Kellers Antwort abzuwarten, folgte Elvira dem Geruch, der sie in die Küche führte, wo Zeiler saß und frühstückte und bereits den halben Tisch mit Brotresten, Käserinden und Marmeladenkleksen übersät hatte. Keller folgte ihr.

Elvira baute sich vor Zeiler auf, hielt sich demonstrativ die Nase zu und rief: »Werlsdass?«, was so viel bedeutete wie: »Wer zum Teufel ist das denn?«, wobei das »zum Teufel« sich in einer heftigen Handbewegung Ausdruck verschaffte, die in etwa so wirkte, als werfe Elvira dem Dichter ihren gesamten Arm über den Tisch hinweg ins Gesicht.

Keller verspürte die dringende Notwendigkeit einer Vorstellung. »Das ist meine Putzfrau, Elvira Gómez«, begann er an Zeiler gewandt. »Und das, Elvira, ist Radi Zeiler, ein bedeutender ...« Weiter kam er nicht.
Elvira blickte ihn ungläubig an und rief näselnd: »Dassisst Frrreund?«
Ehe Keller antworten konnte, lächelte Zeiler sie an und sagte: »Holla! Du bist aber eine Feurige!« Er erhob sich und machte eine tiefe Verbeugung über dem Tisch, wobei sein langes fettiges Haar nach vorne auf die dort stehenden Lebensmittel fiel. Dann brummte er an Keller gerichtet: »Wolltest sie mir wohl vorenthalten, was?«, und zwinkerte ihm zu.
Elvira blickte entsetzt und mit noch immer zugehaltener Nase von einem zum anderen. »Derrda«, sie wies auf Zeiler, »bleibengchierrr?«
Erneut war Zeiler schneller als Keller: »Jetzt, wo du da bist, meine Schöne ...«, er machte eine vielsagende Geste und als Elvira sich, immer noch um Fassung und nach Luft ringend, an Keller wandte, um ihm in radebrechendem und genäseltem Deutsch unmissverständlich zu verstehen zu geben, dass sie nicht bereit war, unter solchen Umständen zu arbeiten, machte Zeiler seinem Gastgeber hinter ihrem Rücken eindringlich Zeichen, deren Inhalt zusammengefasst von diesem forderte, eine vermittelnde Rolle bei seinen, Zeilers, amourösen Avancen zu spielen. Zu illustrativen Zwecken tat Zeiler währenddessen mehrmals, als wolle er Elvira berühren, verbrenne sich jedoch die Finger, die er anschließend grinsend und zwinkernd schüttelte.
Keller versuchte seinerseits, den Dichter zu ignorieren, doch obwohl er nicht jede Einzelheit von dessen pantomimisch vorgetragenen Botschaften erfasste, verstand er Zeilers eindeutige Absichten auf Anhieb, war jedoch viel zu überrascht von dieser Wendung der Geschichte, um einen klaren Gedanken fassen zu können, zumal die sonst so schweigsame Putzfrau ihn mit einem zeternden Schwall aus vielen gerollten R und scharfen S bedachte und jetzt sogar am Ärmel seines Jacketts rüttelte, da sie wohl bemerkt hatte, dass er ihr nicht die volle Aufmerksamkeit schenkte.
»He, CherrFederico! Wennnix ssaubermackengmerr, dannalles ssoesmutzik wiederrda!«

Zeiler, der gewiss nur die Wogen glätten und seine Chancen bei Elvira wahrnehmen wollte, trötete süßlich mit seiner Bassstimme: »Aber, mein Engelchen, reg dich nicht auf. Wenn wir uns erst einmal besser kennenlernen ...« Mit diesen Worten trat er von hinten näher und umfasste mit beiden Händen Elviras Schultern.
Diese schrie schrill auf, wirbelte herum und versetzte dem Dichter eine schallende Ohrfeige.
Das alles war zu viel für Keller. Er verließ fluchtartig die Küche, als befände er sich auf einer sehr schmalen Verkehrsinsel mit zwei Irma Meyers, die ihm auf den Leib rückten. Er stürzte ins Vestibül, schlüpfte hastig in seine schwarzen Lederhalbschuhe, verzichtete darauf, die Schnürsenkel ordnungsgemäß zu Schleifen zu binden, riss die Haustür auf, stolperte die sienarote Treppe hinunter, prallte beinahe gegen die Glastür, zog sie mit beiden Händen auf, sprang die letzten drei Stufen hinunter, rannte den schmalen Gartenweg entlang, ohne seine englischen Rosen auch nur eines Blickes zu würdigen, kramte verzweifelt nach dem Schlüsselbund in seiner Hosentasche, suchte fahrig nach dem richtigen Schlüssel, steckte ihn mit zitternden Händen ins Schlüsselloch des Gartentors, nur um festzustellen, dass Elvira vergessen hatte abzusperren, und floh vom Grundstück, ohne das Tor hinter sich zu schließen.
Eines Tages würde Keller darüber nachdenken, dass nicht einmal der Tod seiner Mutter ihn auf diese Weise das Haus hatte verlassen lassen, nicht einmal die wilde Affäre seines ältesten Bruders mit jener halbseidenen Heiratsschwindlerin, die, davon war er auch heute noch überzeugt, nichts anderes gewollt hatte als das Haus und die restlichen Liegenschaften. Ja, nicht einmal das Zerwürfnis mit dem anderen Bruder und dessen anschließender grußloser Fortgang samt Unauffindbarkeit seither.
Keine familiäre Tragödie hatte ihn aus dem Haus treiben können, ganz im Gegenteil, er hatte vielmehr das Gefühl, dass sie ihn noch fester an Jenes gekettet hatten. Doch nun war es zwei Fremden – auch Elvira kam trotz zehnjähriger Anstellung weiterhin dieser Status zu – im Handumdrehen gelungen!

Während er durch die Seitenstraßen seines Viertels eilte, sich des Umstands bewusst, dass er viel zu früh dran war, schüttelte er wieder und wieder den Kopf. Er atmete die frische Luft ein, er fühlte die Freiheit des weiten Raumes, der ihn umgab, und für einen kaum wahrnehmbar kurzen Moment war Friedrich Keller trotz oder gerade wegen seiner inneren Aufgewühltheit ein glücklicher Mensch.
Dann jedoch fiel ihm ein, dass er sich die Zähne nicht geputzt hatte, und der Moment verschwand, als hätte es ihn nie gegeben. Er blieb stehen und blickte an sich herab, hockte sich auf den Bürgersteig, um endlich seine Schuhe zu schnüren. Er betrachtete sich im Rückspiegel des nächstbesten Autos, strich seine Haare zurecht und fühlte sich dabei, als wäre er bereits auf der Straße gelandet. Er zupfte und zog an seinem Jackett und an der Hose, wie seine verstorbene Mutter es getan hätte, damit der Sohn anständig aussah. Anschließend setzte er seinen Weg Richtung Buchhandlung fort.
Allmählich gewann er seine innere Ruhe zurück – und mit ihr die Fähigkeit, über die jüngsten Ereignisse nachzudenken. Mit aller Deutlichkeit stellte er fest, dass er nicht wusste, wie diese zuverlässig einzuordnen waren. Des Dichters körperliche Erscheinung mit all ihren Begleiteffekten hatte ihm, Keller, den Zugang zu dessen Geist nicht nur nicht ermöglicht, sondern geradezu verbaut. Er blieb stehen und suchte in seinem Inneren nach der virtuellen Kopie von Zeilers Werk, doch er fand nicht mehr als einen weißen Quader, der entfernt an ein Buch erinnerte. Mit einem Seufzer setzte er seinen Weg fort. Der Meister hat's gegeben, der Meister hat's genommen, dachte er lakonisch.
Obwohl er das unschöne Ende von Zeilers Besuch durchaus bedauerte, war er doch froh, dass Elvira ihm nun gewissermaßen die Drecksarbeit des Rausschmisses abnahm. Als seine Putzfrau war sie sogar dafür zuständig, zumindest konnte sie die nötige Autorität in Fragen der Hygiene für sich beanspruchen. Dass er Elvira gewöhnlich für eine schlechte Putzfrau hielt, ließ er bei diesen Betrachtungen pragmatischer Weise unberücksichtigt.
Als er endlich nach links abbog, um anschließend nach rechts in die Hauptstraße einzuschwenken und auf dem letzten Stück des Wegs

nach einem jener Cafés Ausschau zu halten, die er stets gemieden und noch nie betreten hatte, um seinen Kaffee und sein Frühstück nachzuholen, war die Welt für Friedrich Keller schon wieder ein wenig ins Lot gerückt.

Er besaß immer noch das leibhaftige Buch des Meisters, es lag unberührt in der Bibliothek und würde so lange auf ihn warten, bis er bereit wäre, es erneut aufzuschlagen. Seine Neugier, was den Autor betraf, war jedoch gestillt. Offenbar ließ sich nicht nur nicht vom Werk auf den Verfasser schließen, dachte er, sondern der Versuch, es doch zu tun, verschloss das Werk. Der Gedanke gefiel Keller so gut in seiner zwingenden Schlüssigkeit, dass er fast so etwas wie gute Laune verspürte. Kurz entschlossen betrat er eine Starbucks-Filiale, welche nur vier Häuser von der Buchhandlung entfernt lag. Im Inneren empfingen ihn viele fremde Augenpaare, die sich kurz auf ihn hefteten, um glücklicherweise sofort wieder von ihm abzulassen.

Er steuerte zielstrebig auf einen kleinen runden Tisch zu, der sich rechts in der Ecke und gleich an der Fensterfront befand. Glücklich dort angekommen, fühlte er sich nach kurzer Zeit bereits wie ein Teil der Szenerie und somit geradezu unsichtbar.

Eine geschlagene Viertelstunde saß Keller dort, bis er bemerkte, dass etwas nicht stimmte, da keine Bedienung auftrat. Nun erst nahm er die lange Menschenschlange an der Kasse näher in Augenschein, begriff nach kurzem Studium das System und fühlte einen schier unüberwindlichen Widerwillen bei dem Gedanken, sich aus der sicher geglaubten Unsichtbarkeit lösen und dort anstellen zu müssen, zumal doch dann allen klar werden musste, dass er, Keller, nicht einmal wusste, wie man sich in einem solchen Etablissement zu verhalten hatte.

Da er allerdings dringend einen Kaffee zu benötigen glaubte, erhob er sich doch und ging so selbstverständlich wie möglich zur Schlange der Wartenden.

Keller war sich sowohl seiner Gesellschaftsunfähigkeit bewusst, als auch der Tatsache, dass seine Bemühungen, normal zu wirken, Teil der Störung waren und diese womöglich sogar am Leben hielten. Allein, was sollte er dagegen unternehmen?

Er war mit solchen Überlegungen beschäftigt, als die junge und verwirrend hübsche Frau an der Kasse im Anschluss an seine Bestellung und Bezahlung einen Pappbecher in die Hand nahm, einen schwarzen Filzstift zückte und seinen Namen wissen wollte.
In Kellers Gehirn gab es eine Pause. In dieser Pause nahm er nichts anderes war, als die drückende Last der hinter ihm wartenden Menschen und den ebenso beklemmenden Blick der vor ihm stehenden Kassiererin.
»Es ist nur, damit Sie auch den richtigen Kaffee bekommen«, erklärte diese lächelnd.
Da sagte Friedrich Keller nicht »Friedrich Keller«, sondern, und ohne sich im Klaren darüber zu sein, welche Beweggründe in dazu trieben: »Radi Zeiler.«
»Ich brauche nur Ihren Vornamen«, sagte die junge Dame und war schon im Begriff, »Radi« zu schreiben.
Da bat Keller sie: »Bitte mit ›Zeiler‹.«
Nun erlosch das Lächeln auf ihren blutjungen Lippen, sie murmelte: »Na schön«, schrieb den Nachnamen zum Vornamen, stellte den Becher zur Seite und wandte sich grußlos an den nächsten Kunden.
Keller überkam einen Moment lang die Furcht, sein Kaffee werde nicht duften, sondern stinken. Jetzt reicht es aber, herrschte er sich an und stellte sich, während er in der nächsten Schlange wartete, vor, wie Elvira die Küche aufräumte, den Tisch sauber wischte und anschließend sofort ins erste Stockwerk stieg, um das elterliche Schlafgemach gründlich zu reinigen, die Laken abzuziehen, bei fünfundneunzig Grad zu waschen und die sanitären Einrichtungen im Bad der Eltern zu desinfizieren. Diese Vorstellung beruhigte ihn dermaßen, dass er die unbekannte Stimme, die mit zunehmender Lautstärke an sein Gehör drang, zunächst gar nicht wahrnahm.
»He! Sind das nicht Sie?«, sagte plötzlich eine Frau hinter ihm ungeduldig.
Er schrak auf, und jetzt hörte er, wie der junge Mann am anderen Ende der Theke laut und mit drängendem Unterton »Radi Zeiler!« rief.

»Äh ... ja. Ja! Das bin ich!«, rief Keller und nahm sich gleichzeitig vor, nie wieder als Radi Zeiler aufzutreten.
Er nahm den Kaffee von dem etwas ungehalten dreinblickenden jungen Mann entgegen, roch misstrauisch daran, stellte erleichtert fest, dass er wirklich nach Kaffee duftete, und wollte sich gerade an seinen Tisch in der vorderen rechten Ecke verziehen, als er feststellte, dass dieser besetzt war.
Überhaupt waren alle Tische besetzt. Ratlos blickte Keller sich um, als er aus den Augenwinkeln einer Person gewahr wurde, die im hinteren Teil des Cafés saß und mit den Armen ruderte. Ohne die Person frontal anzuschauen, drehte Keller sich unauffällig nach links und rechts und beobachtete die Reaktion der anderen Leute. Doch niemand schien sich an ihren eigenartigen Bewegungen zu stören.
Plötzlich rief jemand quer durch das Café: »Freddie! Freddie!«
Erschrocken wandte Keller sich ab. Ein paar Kunden hatten bereits die Köpfe gewendet und beobachteten Irma Meyer neugierig, die dort hinten saß und heftig winkte. Vielleicht dachten sie ebenso wie er selbst bis gerade noch, die Ärmste sei nicht ganz bei Sinnen.
Plötzlich aber rief Irma: »Friedrich Keller, bist du blind?«
Jetzt drehten sich alle nach ihr um, unter ihnen auch die junge Frau an der Kasse und der junge Mann an der Ausgabe. Dann, nachdem sie Irmas Blickrichtung erkannt hatten, rotierten sämtliche Köpfe zurück, bis alle Augen genau in seine Richtung blickten – auch diejenigen der beiden Angestellten des Cafés.
Und Friedrich Keller stand entlarvt als falscher Radi Zeiler in der Mitte des Raums und wusste, dass er nicht im Boden versinken konnte. Unter Aufbietung seiner ganzen Selbstbeherrschung ignorierte er sowohl seine Umgebung als auch den Fluchtweg nach draußen und begab sich gemessenen Schrittes zu Irma Meyer.
Ich bin eine Witzfigur, dachte er, während er sie so freundlich grüßte, wie es die Lage erlaubte, in der er sich befand.
Irma ließ ein erfreutes Lächeln auf ihrem makellosen Gesicht erscheinen und sagte viel zu laut: »Endlich, Freddie! Ich dachte schon, du willst mich übersehen!«

»Nein, nein«, erwiderte Keller so leise, als spreche er zu sich selbst. Sie saßen viel zu dicht nebeneinander an dem kleinen Tisch. Keller hatte überhaupt keine Lust mehr auf seinen Kaffee, den er immer noch in der Hand hielt. Bestimmt war er bereits abgekühlt und daher so gut wie ungenießbar. Trotzdem hob er den Becher an seine Lippen und nippte ein wenig an ihm. Auf diese Weise konnte er unerkannt umherspähen. Erleichtert stellte er fest, dass die anderen Gäste ihm keine Beachtung mehr schenkten.
Irma war offenbar in Plauderlaune: »Ich komme fast jeden Morgen hierher, um noch einen Kaffee zu trinken, bevor es losgeht! Er schmeckt so gut hier!« Sie lächelte Keller von der Seite an. »Aber dich habe ich hier noch nie gesehen, Freddie.«
Zur Antwort zuckte Keller mit den Schultern und nuschelte, ohne ihren Blick zu erwidern: »Wollte mal den Kaffee hier ausprobieren.« Wie zum Beweis nahm er einen großen Schluck des entsetzlichen Gebräus, musste sich aber beherrschen, um keine Grimasse zu ziehen.
Irma warf ihm einen skeptischen Blick zu. Dann beugte sie sich zu ihm und legte ihm ihre Hand auf den Unterarm, wobei er beinahe zusammengezuckt wäre. »Komm schon, Freddie«, sagte sie ungewöhnlich leise, »einer wie du geht nicht einfach so in ein Café. Mir kannst du es doch sagen.«
»Einer wie ich?«, fragte Keller konsterniert.
Offenbar glaubte diese Frau, die doch bloß eine Kollegin aus der Reisebuchabteilung war – und das auch erst seit zwei Jahren, fünf Monaten und vierzehn Tagen –, sie könnte ihn zutreffend einschätzen! Das war nicht nur lachhaft, es war unerhört und überhaupt nicht komisch. Wenn er eines nicht wollte, dann war es dies: gekannt zu werden. Vor allem nicht von Irma Meyer, die zweifellos von niemandem, den sie zu kennen glaubte, eine gute Meinung hatte.
Um Irma zu signalisieren, dass dieses Gespräch zu Ende war, überwand Keller seine Abscheu, senkte sein Gesicht tief in den Becher und nahm einen weiteren Schluck.

Da sagte sie: »Na, so ein Neurotiker wie du.« Sie sagte es leichthin und mit derselben gespielten Freundlichkeit, mit der sie behauptete, der schlechte Kaffee sei gut.
Keller verschluckte sich und begann zu husten.
Ohne zu zögern, schlug Irma Meyer ihm mehrmals fest mit der flachen Hand auf den Rücken, als nutze sie die Gelegenheit, ihn unter dem Vorwand der Hilfestellung ein wenig zu quälen.
Diese Genugtuung aber gönnte Keller ihr nicht. Nur deshalb bedankte er sich, als hätte ihr Klopfen wirklich geholfen.
»Keine Ursache, Freddie. Schließlich habe ich es ja auch verursacht«, erwiderte sie sachlich und fügte hinzu: »Aber es musste einmal gesagt werden.« Sie blickte ihn tadelnd an wie eine Mutter, die das Vergehen ihres Kindes streng aber liebevoll missbilligt. »So, wie du mich am Samstag stehen gelassen hast ... Da muss ich entweder denken, dass du mich nicht magst – und das mag ich gar nicht denken –, oder aber ich denke, dass du ein wenig schrullig bist. So kann ich dir immerhin verzeihen. Schließlich sind wir Kollegen und sehen uns jeden Tag, nicht wahr, Freddie?«
Friedrich Keller nickte stumm. Er war perplex. Irma Meyer gab offen zu, dass sie ihr Verhältnis zu ihm strategischem Kalkül unterwarf! Und allem Anschein nach fand sie das auch noch statthaft!
»Außerdem«, fuhr sie fort, nachdem sie unangenehm geräuschvoll an ihrem Getränk geschlürft hatte, »bringt es doch nichts, eine Macke zu haben, wenn man's nicht auch weiß.« Sie lächelte Keller an und erzeugte nun tatsächlich einen Gesichtsausdruck, der Sympathie vortäuschen sollte. »Ich bin auch nicht immer das, was man sieht.«
Keller starrte Irma Meyer sprachlos an. Diese Frau log doch tatsächlich mit der Wahrheit! Das war wirklich gut, so viel musste er ihr zugestehen. Und doch verblüffte ihn die Selbstverständlichkeit, mit der sie zu Werke ging, immer wieder aufs Neue.
»Und es tut mir leid«, fuhr sie fort, »dass ich dich am Samstag in die Flucht geschlagen habe, das musst du mir glauben.« Sie blickte ihn treuherzig an. »Aber mich einfach so stehen zu lassen ... Freddie!«

Erneut schüttelte sie den Kopf. »Sag mir einfach, dass du gerade unpässlich bist, und ich lass dich in Ruhe, okay?«
Keller nickte, obwohl er das Gegenteil dachte. Niemals würde er dieser berechnenden Person eine Vertraulichkeit seinerseits zugestehen.
Irma war anscheinend mit dem Verlauf ihres einseitigen Gesprächs zufrieden. Sie lehnte sich entspannt zurück und sagte viel zu laut: »Warum hast du denen eigentlich diesen komischen Namen angegeben? Radi Zeiler!«, sie lachte kurz auf und sah ihn fragend an.
Die unerwartete Nennung des Dichters ließ Keller jäh dessen Gestank in die Nase steigen. Herrje!, rief es in seinem Kopf, konnte diese Frau ihn denn nie in Ruhe lassen?
Irma aber wartete nicht wirklich auf eine Antwort: »Wenn du inkognito bleiben willst, musst du dir einen gewöhnlichen Namen ausdenken. So was wie Thomas Schäfer oder Frank Weber oder ...«, sie begann zu kichern, »Friedrich Keller, der tut's auch.« Sie kicherte immer weiter. »Und dann auch noch darauf zu bestehen, dass sie diesen komischen Nachnamen dazuschreibt! Freddie, du bist so bekloppt!« Sie begann zu lachen.
Ein paar Leute drehten sich um und sahen sie neugierig an.
Sie bemerkte es, riss sich zusammen, wischte ein paar Tränen aus ihren Augen und sagte: »Entschuldige. Ich stand in der Schlange weiter vorn und wartete auf mein Getränk, du hast mich gar nicht bemerkt. War interessant, dich zu beobachten.« Sie lachte noch einmal auf, beherrschte sich aber dann. »Weißt du was, Freddie: Ich glaube, du solltest mal verreisen. Irgendwohin, wo die Leute dich garantiert nicht in Ruhe lassen. Damit du endlich aus deinem Schildkrötenpanzer herausmusst. Komm doch später rüber zu mir in die Abteilung, dann zeig ich dir ein paar schöne Orte.« Sie blickte auf die Uhr. »Es ist Zeit.«
Ohne darauf zu warten, ob Keller sie begleitete, erhob sie sich, strich ihr Kleid glatt, lächelte ihm zu, sagte: »Bis gleich!«, und verließ das Café.
Keller blickte ihr nach. Eine große Erschöpfung breitete sich in seinem Körper aus. Welch ein Auftakt! So viel unerwünschte Interaktion am frühen Morgen! Er fühlte sich nackt, ohne sich ausgezogen zu haben,

ein seltsames Gefühl. Jetzt kann es doch nur besser werden, dachte er und verspürte gleichzeitig nicht das geringste Bedürfnis, die Buchhandlung zu betreten und bis zum Nachmittag dort auszuharren.
Die Mutter im Sterbebett fiel ihm ein. »Versprich mir, dass du weiterarbeitest«, hatte sie gesagt, und er war so naiv gewesen, »Ja, Mama« zu antworten. Das war die größte Dummheit meines Lebens, dachte Keller dramatisch und warf der Mutter im Nachhinein vor, ihren Vorteil als Verscheidende schamlos ausgenutzt zu haben.
Mit schwerem Leib erhob er sich und verließ das Café. Mit schweren Beinen ging er den breiten Fußgängerweg entlang und betrat vier Häuser weiter die größte Buchhandlung des Viertels. Mit schwerem Gemüt grüßte er Thomas Schäfer, den Kassierer, der auch nach zehnjähriger Zusammenarbeit nickte, ohne eine Regung zu zeigen. Er stapfte die Treppe in den ersten Stock hinauf, kam an der großen und lukrativen Reisebuchabteilung vorbei, wo Irma an ihrem Stehpult stand und ihn kurz über den Rand ihrer filigranen Lesebrille hinweg anblickte.
Ging man von hier aus Richtung Straßenfront, gelangte man zu der noch viel lukrativeren Schulbuchabteilung. Es gab ein Dutzend Schulen im Einzugsbereich dieser Abteilung, Tausende Schüler bezogen ihre Materialien von dort. Hier regierte Frank Weber, ein jovialer, kleiner Mann ohne nennenswerte Eigenschaften, vor dem niemand Angst haben musste, nicht die Schüler und nicht einmal Friedrich Keller, der ihn gewöhnlich ignorierte.
Ging man dagegen Richtung Hinterhof, kam man an einem kleinen Mitarbeiterbüro vorbei, dessen Tür stets offen stand, weil die Kunden hier die von ihnen bestellten Bücher abholen konnten, die fein säuberlich nach Nachnamen geordnet in einem Regal standen. Dies war das kleine, aber mächtige Reich von Frau Gebhardt, der Sekretärin des Chefs und Hüterin des zentralen Einkaufs.
Dahinter war eigentlich Schluss, doch es gab noch einen Winkel, zweimal einen Meter Regal, mit Lyrik, unterbrochen von einem Fenster, welches einen Ausblick in die Hinterhöfe der großbürgerlichen Nachbarschaft gewährte. Obwohl Friedrich Keller offiziell der Abteilungsleiter für Belletristik und Lyrik war, hatte »man« ihm Erstere längst unter der

Hand entwendet. »Man« hatte dafür gesorgt, dass die Lyrikabteilung aus dem Erdgeschoss umziehen und hier ihr Dasein fristen musste. »Man« mied seitdem jeden Kontakt mit ihm.
Bis heute.
Keller hatte einen Moment genutzt, in dem Frau Gebhardt abwesend war, um die wenigen neuen Bestellungen, die »man« bereit gewesen war, ihm zu bewilligen, aus ihrem Büro zu holen, auszupacken und einzuordnen, als selbige zu ihm in die Abteilung kam – eine breithüftige, amorphbusige, zu groß gewachsene Mitfünfzigerin, die es schick fand, die vollständige Ergrauung ihres Haars offen zur Schau zu tragen. Ihre Umgangsformen waren offenbar einem trotz des fortgeschrittenen Alters immer noch tüchtig schwankenden Hormonhaushalt unterworfen, weshalb Keller es vorzog, sie aus der Ferne in der Nähe zu wissen. Nun stand sie vor ihm und sagte mit ihrer kratzigen Stimme und ihrem abschätzigen Gesichtsausdruck: »Man will Sie sprechen, Friedrich. Sofort.«
Keller nickte stumm und tat, als müsse er noch einige Bücher ordnen, die längst an der richtigen Stelle im Regal standen, da er kein Interesse an Frau Gebhardts Eskortierung hatte.
»Ich soll Sie hinbringen«, tönte es hinter seinem Rücken.
Keller seufzte, unterbrach die längst beendete Arbeit und folgte der Sekretärin unter den Blicken von Irma Meyer und Frank Weber hinab ins Erdgeschoss, wo sich im hinteren Teil das Büro des Chefs befand.
Frau Gebhardt öffnete die Tür weit, winkte Friedrich Keller hindurch und wechselte einen Blick mit dem elegant gekleideten Mann Mitte fünfzig, der dort hinter einem breiten Schreibtisch saß und ihnen erwartungsvoll, aber auch skeptisch entgegenschaute. Anschließend schloss Frau Gebhardt die Tür von außen und ließ die beiden Männer allein.
»Setz dich doch, Fried«, sagte Gerhard Keller zu seinem jüngsten Bruder, der sich zögernd näherte und schließlich auf einem einfachen Holzstuhl niederließ, welcher vor dem Schreibtisch stand. Gerhard Keller verfolgte die Bewegungen des Bruders und seufzte. Er suchte nach einem Anfang für das bevorstehende Gespräch.

Als er glaubte, ihn gefunden zu haben, räusperte er sich und sagte mit der sanftesten Intonation, die ihm möglich war: »Fried, erinnerst du dich noch, als wir klein waren? Da war diese Buchhandlung nur halb so groß. Oben wohnten noch Vogelsangs mit ihren fünf hässlichen Kindern.« Gerhard Keller lachte launig auf, als hätte er seinen Bruder zum alleinigen Zwecke der Blutsbandenpflege hergebeten.
Doch Friedrich Keller wusste es besser, denn er kannte die Sonderpädagogik, die sein Bruder anwandte, wenn er ihm unangenehme Neuigkeiten vermitteln wollte.
»Wir vier spielten Nachlaufen und Verstecken zwischen den Büchern, und Mama und Papa verzweifelten über das Chaos, das wir anrichteten.« Sein Lachen war in ein sentimentales Lächeln samt glänzenden Augen übergegangen.
Friedrich Keller erwiderte nichts, und so verstrich eine Minute des stillen Gedenkens, bevor Gerhard Keller entschied, es sei Zeit, in die Gegenwart mit ihren Realitäten zurückzukehren.
Er räusperte sich erneut und sagte: »Das ist alles lange her, Fried. Schau dich um. Heute sind wir die führende Buchhandlung am Platz, und bald vermutlich sogar die einzige.« Er nickte seinem Bruder zu, um die Aussage zu bestätigen.
Nun, wusste Friedrich Keller, kam die Überleitung zum Hauptteil.
»Weißt du, wie wir das geschafft haben?«, fragte Gerhard Keller und wollte schon hinzufügen, dass der Bruder es natürlich wisse, da er ja dabei gewesen sei, besann sich jedoch eines Besseren und sagte stattdessen: »Indem wir uns angepasst haben, Fried.« Er streckte den rechten Arm aus und vollzog mit ihm einen Halbkreis, der über die Wände seines Büros hinauswies. »Die anderen glaubten, es würde reichen, stur an den alten Konzepten festzuhalten – jetzt sind sie fast alle verschwunden!« Er senkte den Kopf, stützte die Ellbogen auf den Schreibtisch, blickte nach unten, wo ein gedrucktes Papier lag und sagte: »Ich habe hier ein Schreiben der Schulbehörde. Es geht um den – Zitat – ›massiven Zuzug aus anderen Teilen Deutschlands, der Europäischen Union und aus Drittländern wie zum Beispiel Syrien‹.« Er blickte auf: »Ich nehme an, du weißt darüber Bescheid.« Dann fuhr er fort zu lesen:

»... bla, bla – ›werden folgende Schulen ab nächstem Schuljahr um ein bis zwei Züge pro Jahrgang erweitert‹ – Zitat Ende.«
Er hob erneut den Kopf und betrachtete seinen Bruder, der vor ihm saß und versuchte, ein interessiertes Gesicht zu machen.
Gerhard Keller seufzte: »Fried, wir müssen die Schulbuchabteilung erweitern und die Reisebuchabteilung weiter nach hinten verlagern.«
Er blickte seinen Bruder ernst und mitfühlend, aber auch erwartungsvoll an, denn er hoffte, dieser werde die Konsequenzen des Gesagten von allein verstehen und womöglich die Flucht ergreifen, ohne dass er, Gerhard Keller, sie aussprechen musste.
Doch Friedrich Keller tat ihm diesen Gefallen nicht. Er konnte nicht. In seinem Kopf überstürzten sich die Gedanken: der Schwur, den er der Mutter geleistet hatte (»Ja, Mama, ich verspreche es«); das jahrelange Warten auf diesen Moment; die alte Wut auf den Bruder, der ihn nach dem Tod der Mutter Schritt für Schritt aus dem Geschäft gedrängt hatte, stets mit dieser heuchlerischen Fürsorglichkeit, die er auch jetzt wieder vorspielte; die Erfahrung, die ihm das Leben als Abwärtstrend präsentierte; die summarische Betrachtung der letzten Tage – Zeiler in Person da, Zeiler als Werk fort, Zeiler in Person und Werk fort –; und jetzt alle Lyrik dahin.
Aber es rührte sich noch etwas anderes in ihm, etwas Neues, etwas, womit er, Keller, niemals gerechnet hätte: Freude. Eine Freude, die er sich nicht erklären konnte, eine geheimnisvolle, sinnlose Freude, die wie ein klares Wasser durch alle übrigen Gedanken und Gefühle hindurchrann und sich irgendwo in seiner Körpermitte sammelte.
Gerhard Keller war weit entfernt von solchen Gefühlen. Er missdeutete das Schweigen des Bruders gewohnheitsmäßig als gewohnheitsmäßige Sturheit. Deshalb änderte sich sein Ton, als er nun seine eng gebundene Krawatte ein wenig lockerte und sagte: »Ich habe es dir nie gesagt, Friedrich, aber der einzige Grund, weshalb wir dich so lange gehalten haben, war ein Versprechen, das uns Mama abnahm, als sie im Sterben lag. Deine Schwester und ich – Heinrich war ja weg –, wir mussten beide schwören, dass wir dich weiterarbeiten lassen, obwohl du ...«, er zögerte auf der Suche nach den richtigen Worten, »... obwohl

du dich nicht unbedingt als Naturtalent im Umgang mit der Kundschaft erwiesen hattest.« Er fuhr mit der flachen Hand einmal von links nach rechts durch die Luft zwischen ihnen, als wollte er sowohl sein Einverständnis mit der Vergangenheit als auch deren Beendigung hier und heute illustrieren. »Aber gut – solange wir es uns leisten konnten, war es ja kein Problem. Und wir haben dir gern geholfen, Friedrich, deine Schwester und ich. Wenn ich auch sagen muss, dass ich immer ein wenig skeptisch war, ob es wirklich etwas gebracht hat. Nun ja, wie dem auch sei: Jetzt müssen wir uns an die neuen Gegebenheiten anpassen. Ich schlage vor, du kündigst zum nächsten Ersten, auf diese Weise ersparst du der Buchhandlung eine Abfindungszahlung, was auch in deinem Interesse als stiller Teilhaber sein dürfte.«

Gerhard Keller atmete erleichtert auf. Er hatte alles Notwendige gesagt. Bald würde der lebensunfähige kleine Bruder, dessen Gegenwart in der Öffentlichkeit ihm stets peinlich gewesen war, für immer aus seinem Berufsleben verschwunden sein, und mit ihm diese dämliche Lyrikabteilung, die ihm schon früher, als die Mutter noch lebte, ein Dorn im Auge gewesen war. »Dein Vater hat stets gesagt: Ohne Dichtung fehlt die Wahrheit.« Mit diesen Worten, die er, Gerhard, nie aus dem Munde des Vaters vernommen hatte, pflegte die Mutter sämtliche Angriffe ihrer beiden Ältesten auf die damals noch doppelt so große Lyrikabteilung abzuschmettern. Dichtung und Wahrheit!, dachte Gerhard Keller empört. Pah! Zum Glück war jetzt mit diesem Hokuspokus Schluss. Und zwar ein für alle Mal! Es würde nur noch ein kleines Regalfach im Erdgeschoss geben, und nur noch Klassiker, Goethe, Schiller, Sachen, die auch in den Schulen gelesen wurden. Alles andere mussten die Kunden dann eben über das Barsortiment bestellen.

In diesem Augenblick erhob Friedrich Keller sich und sagte: »Gerrie, ich muss jetzt gehen.«

So kann man es auch ausdrücken, dachte sein Bruder, nickte dem Jüngeren zu und erwiderte mit derselben sanften Stimme, die er für den Auftakt dieses Gesprächs benutzt hatte: »Ja, geh nur, Fried, es ist ja alles besprochen, oder hast du noch etwas auf dem Herzen?« Er blickte seinen Bruder fragend an und hoffte, dieser werde nichts mehr sagen.

Kehr in das Haus zurück, das aus unerfindlichen Gründen du geerbt hast, und bleibt da, bis du ... Er dachte den Gedanken nicht zu Ende, da ihm die Mutter im Sterbebett erschien und genau so streng dreinblickte, als hätte sie ihn wieder einmal bei einem üblen Streich erwischt, den er seinem kleinen Bruder gespielt hatte. Gerhard Keller schloss kurz die Augen und sagte sich, das schlechte Gewissen, welches er nun empfand, sei bloß antrainiert. Er schlug die Augen erneut auf und lächelte.

Friedrich Keller hatte überlegt und war zu dem Schluss gekommen, dass er tatsächlich noch etwas auf dem Herzen hatte. »Waren wir irgendwann einmal im Ausland im Urlaub, als wir klein waren?«, fragte er den Bruder.

Der wirkte zunächst erstaunt, dann erleichtert und schließlich nachdenklich, bis er den Kopf schüttelte und antwortete: »Immer nur im Allgäu – bei Großtante und Großonkel, weißt du doch?«

Friedrich Keller nickte bestätigend, wandte sich ab und verließ das Büro des Bruders mit einem knappen »Mach's gut, Gerrie.«

»Du auch«, sagte Gerhard Keller leise in Richtung der bereits geschlossenen Tür.

Vor seinem inneren Auge war ein Bild erschienen, auf welchem er selbst als Zehnjähriger, die ein Jahr jüngere Schwester und die damals noch Windeln tragenden Zwillinge vor einem rustikalen Bauernhaus zu sehen waren. Sie saßen der Größe nach geordnet auf einer groben Holzbank ohne Lehne und strahlten übertrieben fröhlich in die Kamera, hinter der beide Eltern standen und Anweisungen gaben, die dem Gelingen des traditionellen Urlaubsfotos dienten, welches anschließend vervielfältigt und an die Verwandtschaft geschickt wurde.

Das Bild verschwand, Gerhard Keller rieb sich mit den flachen Händen übers Gesicht, als wolle er alles Gewesene wegwaschen, und kehrte anschließend zum Tagesgeschäft zurück.

Unterdessen war Friedrich Keller in seine obsolet gewordene Lyrikabteilung zurückgekehrt, hatte noch einen kurzen Rundblick auf die Regale geworfen, der frei von jeder Sentimentalität war, und kehrte ihr

dann den Rücken, um die Buchhandlung Keller für immer zu verlassen, wie er ein wenig zu theatralisch dachte.
Als er an Irma Meyer vorbeigehen wollte, kam sie hinter ihrem Stehpult hervor und hielt ihm ein Buch hin – ein Reisebuch.
»Schau doch mal, ob du damit etwas anfangen kannst, Freddie«, sagte sie mitfühlend wie eine Mutter zu ihrem schwierigen Kind.
Friedrich Keller starrte sie entgeistert an.
Im Nu verwandelte Irma sich in ein schuldbewusstes Mädchen: »Tut mir leid, Freddie, der Chef hat uns verboten, dich vorzuwarnen, das musst du mir glauben.« Sie schenkte ihm noch einen zerknirschten Blick, schloss dann aber damit ab und kam erneut auf das Buch zu sprechen: »Bitte, lies es! Es ist wie für dich geschrieben! Versprich mir, dass du es dir wenigstens einmal anschaust!«
Sie blickte ihn mit großen, erwartungsvollen Augen an, so dass Friedrich Keller einen Moment lang wie gebannt war. Auch wenn er im Nachhinein nichts unversucht lassen sollte, um diesen Blickwechsel zu bagatellisieren, so war ihm doch, als habe es einen Augenblick vollkommener Leere zwischen ihnen gegeben, und er würde die Erinnerung daran gleichsam hinter dem eigenen Rücken wie einen Schatz bewahren.
Er nahm das Buch ein wenig zu abrupt aus Irmas Händen, murmelte einen Dank, nickte im Wegschauen und floh Richtung Treppe nach unten. Hinter ihm ertönten Frank Webers Abschiedsgrüße.
Als er an Thomas Schäfer, dem Kassierer, vorbeikam, nickte dieser ihm reglos zu, als handelte es sich bei dem scheidenden Leiter der Lyrikabteilung und Mitinhaber der größten und bald vermutlich einzigen Buchhandlung am Platz, welche seinen Nachnamen führte, um irgendeinen Laufkunden.
In diesem Augenblick tat Friedrich Keller etwas Unüberlegtes: Er stellte sich hinter die soeben zahlende Kundin, und als er an der Reihe war, schob er Thomas Schäfer Irma Meyers Buchempfehlung über den Ladentisch zu und entnahm der Innentasche seines Jacketts ein altes, schwarzes Lederportemonnaie, das er vom Vater übernommen hatte, um anzudeuten, er hege die Absicht, nun zu bezahlen.

Es gab ein kurzes Blinzeln in Thomas Schäfers Augenlidern, welches in Friedrich Kellers Wahrnehmung wie das durch ein einziges Staubkorn verursachte Knistern in einer ansonsten makellosen symphonischen Aufnahme wirkte. Denn des Kassierers geradezu statuenhafte Unempfänglichkeit für Menschliches war Friedrich Keller stets wie etwas Vollkommenes erschienen. Nun empfand er eine stille Dankbarkeit für die flüchtige Kenntnisnahme der Unregelmäßigkeit, die im Begriff war, sich zu ereignen.
Er wäre indes niemals der falschen Erwartung erlegen, Thomas Schäfer werde seine Pflicht als Kassierer außer Acht lassen, und so fand zwischen beiden folgendes Gespräch statt: »Vierundzwanzig neunundneunzig ... Danke ... Fünfundzwanzig eins zurück ... Möchten Sie einen Beutel? ... Bitte schön ... Auf Wiederschauen ... Herr Keller.«
Dann schritt Friedrich Keller, so würdevoll er es vermochte, aus dem Geschäft.
Wie lange war Friedrich Keller nicht mehr durch den Englischen Garten spaziert? Wie lange war er nicht mehr durch die Altstadt flaniert? Er stand auf dem Bürgersteig, im Rücken sein neuerdings ehemaliger Arbeitsplatz, und sagte sich, dass er jetzt alles tun konnte, wonach ihm der Sinn stand. Nicht dass er es jemals genossen hätte, das eine oder das andere zu tun. Allein die Möglichkeit, das Ungewöhnliche, ja bislang Abgelehnte in Angriff nehmen zu können, verlieh ihm ein fast beschwingendes Gefühl von Freiheit.
Außerdem war dies eine Chance, diesen besonderen Tag auf besondere Weise fortzusetzen, sagte er sich und ging südwärts zur nächsten Fußgängerampel, wo er auf die andere Straßenseite wechselte, um von dort über verschiedene Seitenstraßen zum Park zu gelangen.
Als er die schmale Straße querte, in welcher er anderthalb Jahre zuvor den betrunkenen Radi Zeiler verfolgt hatte, überkam ihn beinahe Wehmut, und er fragte sich, wo der Dichter nun wohl weilen mochte. Da er ja nun wieder auf der Straße gelandet war, bestand durchaus die Möglichkeit, dass sie sich begegneten. Doch Friedrich Keller war sich nicht sicher, wie er das fände. Er trug es Zeiler durchaus nach, dass dieser ihm mit seiner ausufernden physischen Gegenwart seine

göttliche Lyrik im wahrsten Sinne des Wortes versaut hatte, und er hoffte, durch Abstinenz von dem einen zu der anderen zurückfinden zu können.
Der Englische Garten empfing ihn mit überbordender Frühlingspracht. Das Grün der Bäume und Sträucher war jung und saftig, es roch nach Bärlauch, überall blühten Blumen. Glücklicherweise war der Park fast leer, da die Bevölkerung arbeitete. Nur ein paar lärmende amerikanische Touristen auf Segways und einige Jogger trieben sich auf den Wegen herum.
Friedrich Keller bemühte sich, sein neues Leben als Privatier zu genießen. Doch sein rastloser Geist ließ ihn nicht zur Ruhe kommen, unablässig kreiste er um das Gespräch mit dem Bruder, die Dinge, die Irma Meyer zu ihm gesagt hatte, das Reisebuch, welches in einem Beutel mit dem Aufdruck »Buchhandlung Keller« an seiner rechten Hand baumelte, Radi Zeilers schamlose auf Elvira gerichtete Begierde und immer wieder um den Verlust der Gedichte.
So wurde ihm erst bewusst, wohin er unterwegs war, als er schon fast dort eintraf und es zu spät war, noch etwas dagegen zu unternehmen. Als er kurz darauf den Heißen Sporn betrat, war ihm, als erlebte er alles zum zweiten Mal. Dieselbe dicke Luft, dieselben voll besetzten Tische, dieselben alten Frauen in aufreizender Kleidung, dieselben jungen Kerle mit schiefen Gesichtern, derselbe Lärm, derselbe Geruch nach Bier und Zigarettenqualm, dieselbe Schlagermusik. Doch an dem Tisch in der Mitte saß nicht Radi Zeiler, sondern ein vierschrötiger Kahlkopf mit dem Gesicht eines Boxers und düsterer Miene. Soeben stemmte er einen Bierhumpen an den Mund und blickte Keller grimmig über dessen Rand hinweg an.
Was tue ich hier?, fragte dieser sich und wollte bereits kehrtmachen, um die Wirtschaft zu verlassen, als der Boxer ihm mit rauer Stimme zurief: »Komm her! Kannst dich zu mir setzen!«
Keller zögerte, doch der andere winkte ihn ungeduldig heran, und so wagte er es nicht, sich zu widersetzen. Er nahm gerade gegenüber dem Boxer Platz, als die fette Wirtin aus einer Tür in der rückwärtigen Wand hinter der Theke hervortrat und ihn erblickte.

Sie kam heran, ohne die Miene zu verziehen oder erkennen zu geben, ob sie ihn erkannte, und rief durch den Lärm hindurch: »Was darf's sein, feiner Herr?«
»Er trinkt dasselbe wie ich, ist doch klar!«, fuhr der Boxer dazwischen.
Die Wirtin blickte Keller kurz an, um zu sehen, ob er zustimmte.
Keller nickte überrumpelt und ängstlich. Die Wirtin wandte sich wortlos ab und kehrte zur Theke zurück, um das Gewünschte zu besorgen.
Der Boxer betrachtete Keller ausdruckslos. An seiner Oberlippe hing Bierschaum, der sich allmählich auflöste. Keller fühlte sich unwohl unter dem durchdringenden Blick des anderen.
Plötzlich sagte der Boxer: »Sie sehen nicht aus wie einer, der oft hierherkommt.«
Keller schüttelte nervös den Kopf und erwiderte: »Nein, nicht so oft.«
»Was wollen Sie denn hier?«
»Ich äh ... bin auf der Suche nach jemandem.« Das war eine Lüge, doch Keller wäre es peinlich gewesen zuzugeben, dass er keine Ahnung hatte, was ihn ausgerechnet an diesen Ort zurückführte.
»Wie heißt sie denn?«, fragte der Boxer sachlich, als könnte er Auskunft geben.
Keller starte ihn perplex an. Er war davon ausgegangen, der andere werde selbstverständlich nicht weiter in ihn dringen. Nun wusste er nicht, was er sagen sollte.
Der Boxer hatte inzwischen einen tiefen Zug aus seinem Humpen genommen. Anschließend wischte er sich den Mund mit dem Handrücken ab, verpasste aber auch diesmal den Schaum über der Oberlippe. »Nur keine Angst! Mir können Sie es ruhig sagen.«
Die Wirtin kam mit Kellers Bier an den Tisch, stellte es vor ihm ab und wollte gerade gehen, als der Boxer zu ihr sagte: »Er will mir nicht sagen, wen er sucht!«
Die Wirtin warf Keller einen kurzen Blick zu, wandte sich ab und rief im Weggehen: »Der sucht den Radi!«
Der Boxer hob überrascht die Augenbrauen: »Den Radi suchen Sie? Was wollen Sie denn mit dem?«

Auch darauf wusste Friedrich Keller keine Antwort. Die Lage war bereits wieder so heikel geworden, dass er am liebsten aufgesprungen und davongerannt wäre. Doch erstens musste er noch sein Bier bezahlen, und zweitens fürchtete er den Zorn dieses zweifellos gewalttätigen Menschen. Er suchte nach einer möglichst unverfänglichen Lüge, mit der er dieses Gespräch, das einem Verhör gleichkam, beenden konnte.

Doch da winkte der Boxer ab und sagte resigniert: »Na schön, wenn Sie es mir nicht sagen wollen, dann behalten Sie es eben für sich.« Er machte eine Pause. »Aber den Radi werden Sie nicht finden, der ist nämlich tot.«

»Woher wissen Sie das?«, fragte Keller erschrocken, bevor er etwas dagegen tun konnte.

»Das weiß hier jeder«, gab der andere zurück, während er sich gelangweilt im Raum umsah.

»Das ... das kann gar nicht sein! Ich habe ihn doch vor ... vor Kurzem noch gesehen!«

Diese Neuigkeit schien den Boxer nicht im mindesten zu beeindrucken. Ohne aufzuhören, den Blick schweifen zu lassen, erwiderte er: »Unmöglich. Der Radi ist seit über einem Jahr tot – oder sogar schon länger, weiß ich nicht genau. Der säuft jetzt im Himmel.« Der Boxer lachte freudlos auf und nahm einen weiteren tiefen Zug aus seinem Bierhumpen.

Keller war so verwirrt, dass er es ihm gleichtat. Und nachdem er die wohltuende Einsamkeit im Inneren des irdenen Gefäßes entdeckt und gleichzeitig die angenehme Frische des Getränks wahrgenommen hatte, wiederholte er es gleich mehrere Male, bis der Humpen leer war.

»Die Frage ist jetzt natürlich: Wen haben Sie da vor Kurzem getroffen?«, sagte der Boxer immer noch gelangweilt und sah Keller an.

»Das frage ich mich auch«, sagte Keller und bestellte per Handzeichen noch ein Bier.

»Muss wohl ein Hochstapler gewesen sein – oder eher wohl ein Tiefstapler«, dachte der Boxer laut nach und lachte erneut freudlos auf.

Keller hatte inzwischen seine Furcht vor dem anderen verloren, und als die fette Wirtin das neue Bier brachte, stemmte er es keck in die Höhe und rief: »Trinken wir auf den Radi!«
Und also tranken sie. Ein Bier, zwei Bier, drei Bier. Nach dem vierten Humpen war Friedrich Keller so betrunken, dass er auf die Idee verfiel, Sliwowitz für sich und den Boxer zu bestellen. Der ließ sich das gern gefallen, und so soffen sie, bis Friedrich Keller die Augen zufielen und er seinen Kopf ein wenig auf die Tischplatte legte. Alles drehte sich. Er selbst, der Tisch mit ihm, das ganze Haus, die Welt. Dann verlor er das Bewusstsein und sank in einen tiefen Schlaf.

Die Liebe, ein Schicksalsspiel

Jemand rüttelte an seinem Arm. Er versuchte, es zu ignorieren, doch anstatt zu verschwinden, wurde das Rütteln immer stärker. Er versuchte, das Rütteln hinzunehmen, doch es war zu störend, als dass ihm dies hätte gelingen können.
Plötzlich ertönte dicht an seinem linken Ohr eine laute Stimme: »He! Radi! Hier wird nicht geschlafen!«
Mühsam öffnete er die Augen und hob den Kopf. Er saß mit dem Gesicht zur Tür und dem Rücken zur Theke am selben Tisch in der Mitte des Raums. Der Boxer war fort oder nie dagewesen, er wusste es nicht. Eine Frauenstimme sang laut und leicht quiekend: »Er gehört zu mir wie mein Name an der Tür«.
Neben ihm stand die fette Wirtin, die Fäuste in die Hüften gestemmt und betrachtete ihn vorwurfsvoll oder gleichgültig, er konnte sich nicht entscheiden.
Ein übler Geruch stieg ihm in die Nase. Als er an sich herabblickte, sah er einen verlumpten, dreckigen Mantel, der sich über seinem aufgedunsenen Leib wölbte. Als er sich ins Gesicht fuhr, spürte er einen langen, ungepflegten Bart, der über seinen Mund wucherte. Als er aufblickte, öffnete sich die Tür der Wirtschaft und herein trat ein schmächtiger Mann im feinen Nadelstreifenanzug mit kastanienbraunem Haar und gerader Nase, aus dessen Augen nicht das geringste Selbstbewusstsein blickte, nicht die geringste Gelassenheit. Als der Mann sich näherte, verrieten seine Schritte, dass er seinen Weg nicht kannte.
Als der Mann sich ihm gegenüber auf einen Stuhl setzte, rief die Wirtin: »Aber trinken müssen Sie was!«
Und als der Mann den Mund öffnete, kam hervor eine gewundene Schlange aus purem Laut: »Wir alle wollen heimkehren ins Reich der Liebe, ganz gleich, wie früh, wie oft, wie lange wir von dort vertrieben wurden. Doch das Reich der Liebe liegt hinter uns, vor uns liegt das Reich der Erkenntnis der Liebe.«
Der Mann verstummte. Sie starrten einander an, jeder hatte den anderen sprechen sehen, doch jeder hatte die Stimme in seinem eigenen Kopf gehört, als wären die Worte tönend und zugleich lautlos gewesen. Jeder wollte den anderen fragen, wer er sei, doch beide wussten es.

Jeder wollte, dass der andere ihn fragte, wer er sei, doch beide wussten, dass sie es nicht wissen konnten.
Die Wirtin kam zurück, sie hielt ein Glas in der Hand, in dem eine farblose Flüssigkeit schwappte, sie setzte es vor dem Stinkenden ab, es gab ein klopfendes Geräusch, er hob das Glas und trank und blickte den Schmächtigen grimmig über den Rand des Glases hinweg an.
Der aber öffnete den Mund und sagte: »Göttlich.«
Und dann lachten sie beide und riefen im Chor: »Er hat ›göttlich‹ gesagt!«
Und die Wirtin stand dabei und riss ihre Vokale vulgär weit auf, und die jungen Männer mit den schiefen Gesichtern und die alten Frauen mit den aufreizenden Kleidern wandten sich ihnen zu und sangen: »Wie mein Name an der Tür!«
Dann tranken sie Brüderschaft, der eine und der andere, hoben die Bierhumpen in die Höhe und verschränkten die Arme miteinander beim Saufen, doch der eine sah, dass der andere die Augen schloss und den Kopf auf die Tischplatte legte, und alles drehte sich, die Worte in seinem Kopf drehten sich, und mit ihnen drehte sich die Stadt, in deren Mitte er saß und sich krampfhaft an die einzige Gewissheit klammerte, die ihm geblieben war: »Aus dem bekommen Sie jetzt nichts mehr raus!«
Schwarz wurde es vor seinen Augen. Er sank in einen tiefen Schlaf.
Jemand rüttelte an seinem Arm. Dicht an seinem Ohr ertönte eine laute Stimme: »He! Hier wird nicht geschlafen! Sie sind nicht der Radi!«
Er hob mühsam den Kopf und öffnete die Augen. Vor ihm saß der Boxer und grinste. Neben ihm stand die fette Wirtin mit ihren wogenden Brüsten, die er nicht zum ersten Mal bewusst wahrnahm. Sie hatte die Fäuste in die Hüften gestemmt und blickte ihn routiniert an wie jemand, der schon sehr oft in dieser Situation in dieser Haltung diesen Satz gesagt hat.
Er sah sich um, die Tür befand sich in seinem Rücken, hinter dem Boxer erkannte er die Theke.
Die Wirtin wandte sich ab und kehrte dorthin zurück, füllte ein hohes Glas mit Leitungswasser, brachte es ihm mit den Worten: »Trinken

Sie das, feiner Herr, und danach gehen Sie besser nach Hause«, und machte ihre Runde, um niemanden zu übersehen, der womöglich etwas bestellen wollte.
Der Boxer nickte ihm zu und sagte: »Ich hätte Sie mühelos beklauen können. Das ist nämlich meine Spezialität: Ich saufe andere Leute unter den Tisch und nehme sie aus. Aber weil Sie ein Freund vom Radi sind …« Er hob die Schultern, als wolle er signalisieren, dass ihm in diesem Fall die Hände gebunden waren.
Es fiel Friedrich Keller schwer, das Glas Wasser zu leeren, doch unter den Augen des Boxers fühlte er sich dazu verpflichtet. Anschließend zahlte er die Zeche, verabschiedete sich mit schwerer Zunge, wuchtete seinen narkotisierten Leib in die Höhe und verließ schweren Schrittes den Heißen Sporn.
Der Rückweg durch die abendliche Stadt war anstrengend, wieder und wieder dachte Keller, dass er nun wusste, wie Radi Zeiler sich gefühlt haben musste, damals, als er ihm auf der Hauptstraße begegnet war, wo der Dichter mit blindem Blick einen Fuß vor den anderen gesetzt hatte wie ein Schlafwandler. Jetzt tat er es ihm gleich, während ein Gedanke in seinem Kopf wie eine schockierte, panische Person unablässig wiederholte, es gehe bergab mit ihm.
Er hätte dem gewiss mehr Aufmerksamkeit geschenkt, wäre nicht in seinem Geist groß und hell wie eine Leuchtreklame ein Gedicht geschwebt, das zweifellos von Radi Zeiler stammte, obwohl er es noch nie zuvor gesehen hatte. Wie konnte das sein? »Das Reich der Erkenntnis der Liebe« – was sollte das heißen?
An seinem Arm baumelte noch immer der Beutel der Buchhandlung Keller mit Irma Meyers Reisebuch darin. Erst auf halbem Weg war es ihm aufgefallen, und die Tatsache, dass er es nicht verloren hatte, erschien ihm wie ein Wunder der Vorsehung, weshalb er sich entgegen seiner ursprünglichen Absicht, es in den nächstbesten öffentlichen Mülleimer zu befördern, vornahm, nach der Ausnüchterung einen Blick hineinzuwerfen.
Nur nicht jetzt, nur nicht heute. Er sah kaum die Leute, die ihm auf seinem langen Heimweg begegneten, er nahm nicht wahr, dass auf

der anderen Straßenseite die Buchhandlung Keller schloss und Irma Meyer parallel zu ihm den Heimweg antrat, er bemerkte sein Lebensmittelgeschäft nicht, als er an dessen Front vorüberschlurfte, er stand an der Fußgängerampel auf dem zentralen Platz seines Viertels und verpasste eine Grünphase, oder waren es zwei? Er überquerte die Straße so langsam, dass er auf der schmalen Verkehrsinsel, wo nur Unglückliche strandeten, warten musste, während Irma, die keinen Blick nach rechts warf, in die Seitenstraße abbog und aus seinem Blickfeld verschwand, ohne je dort aufgetaucht zu sein.

Als Friedrich Keller endlich vor seinem mannshohen Gartentor stand, hatte sich die Dunkelheit der hereinbrechenden Nacht auch auf jenen offenen Flächen niedergelassen, die bis zuletzt das scheidende Licht des vergehenden Tages einsammeln und mit einer Kraft wiedergeben, welche nicht mehr von der Sonne zu stammen scheint, sondern von den Dingen selbst, so dass sie wirken, als leuchteten sie gegen die Nacht an. Doch diesen magischen Zeitpunkt hatte Keller verpasst, und jetzt kramte er lange nach seinem Schlüsselbund, obwohl dieser sich wie immer in seiner Hosentasche befand. Erst dann stellte er fest, dass das Tor nicht abgeschlossen war.

Ohne einen Blick auf die englischen Rosen zu werfen, die schwarz am Wegesrand blühten, steuerte Keller auf die Glastür zu, die weit offen stand. Er schleppte sich die Treppe hinauf zur zweiten Haustür, schloss sie auf und wurde im Vestibül von grellem, blendendem Licht empfangen. Keller blieb im Türrahmen stehen und schnüffelte. Die Luft schien rein zu sein. Bestimmt hat Elvira gründlich gelüftet, dachte er und ließ die Tür mit dem angenehmen Gefühl wiedergewonnener Geborgenheit hinter sich ins Schloss fallen.

Er stand ganz still in seinem Vestibül, atmete tief durch, schloss die Augen und fühlte die bleierne Schwere seines Körpers, die Betäubung seines Geistes. Und immerzu hing mitten in ihm jenes Gedicht und leuchtete und war nicht zu entschlüsseln. »Das Reich der Erkenntnis der Liebe« – das klang dunkel, weit und geheimnisvoll, und er gab sich diesem Gefühl einfach hin und wiederholte die Verse und vergaß darüber alle Zeit und Müdigkeit.

Nach einer langen Weile öffnete Keller die Augen. Er streifte die Schuhe von den Füßen, zog sein Jackett aus, ließ es achtlos auf den Boden fallen und begann mit dem mühsamen Aufstieg über die knarrenden Stufen der alten Holztreppe in den ersten Stock. Als er oben angelangt war, ging er direkt ins Bad. Ohne die Tür zu schließen, ließ er die Hose herunter, setzte sich auf die Toilette und urinierte lange und ergiebig. Während des Vorgangs driftete sein Blick durch den weiß gekachelten Raum und blieb nirgends hängen, weder am braunen Schmutzrand in der Badewanne, noch an den glatten und krausen Haaren, die verstreut auf dem Boden lagen. Erst, als die letzten Tropfen seine Blase verlassen hatten, merkte er auf. Nun sah er auch das nasse Badetuch, dass jemand zum Trocknen über den Heizkörper gebreitet hatte, die Schere im Waschbecken, die leere Whiskyflasche gleich neben dem Shampoo. Eine dunkle Vorahnung beschlich ihn, und sein Blick schwenkte dorthin, wo er durch die offen stehende Badezimmertür die geschlossene des elterlichen Schlafgemachs sehen konnte.
In diesem Augenblick bewegte sich deren Klinke nach unten. Anschließend erschien ein dunkler Spalt im Türrahmen, der langsam breiter wurde. Und schließlich trat der weiße Morgenmantel der verstorbenen Mutter hinaus in den erleuchteten Flur. Der Morgenmantel ging auf nackten braunen Füßen und hatte ganz oben ein indianisches Gesicht, das entweder dreißig oder sechzig Jahre alt war und Elvira Gómez gehörte.
Es dauerte einen Moment, bis Friedrich Keller sich überzeugt hatte, dass er nicht halluzinierte. Vor ihm stand seine Putzfrau im Morgenmantel der toten Mutter und starrte ihn an, wie er da noch immer mit heruntergelassener Hose auf der Toilettenschüssel saß.
In der nun folgenden Schweigeminute gelang es weder der angestellten Reinigungskraft noch ihrem Arbeitsgeber, die Lage zu entspannen. Erst, als Elvira den rettenden Einfall hatte, sich einfach umzudrehen, konnte Keller aufstehen, die Hose hochziehen und die Spülung betätigen.
Beim Geräusch des stürzenden Wassers wirbelte Elvira erneut herum und kam eilig auf ihn zu. »Ditte, Jefe! Nix wuttendessain!

Chatallesserrrklerung!«, was so viel bedeutete wie: Er, Friedrich Keller, seines Zeichens ihr Chef, solle bitte nicht erzürnen, da es für alles eine Erklärung gebe.
Sodann berichtete die Putzfrau in der ihr eigenen kakofonischen Auslegung des deutschen Lautsystems, was geschehen war, seit er am Morgen überstürzt das Haus verlassen hatte.
In der transkribierten Version ergab sich folgender Ablauf:
Nachdem sie, Elvira, auf sich allein gestellt war, stand sie vor der doppelten Herausforderung, sich der eindeutigen Avancen und des ebenso eindeutigen Schmutzes zu erwehren, mit welchen sein Gast, sie bestürmte. Sie nahm deshalb zu allererst eine Wäscheklammer zu Hilfe, um ihre Nase zu schützen. Da sie nun einmal Krankenschwester in Kolumbien gewesen und erst auf dem zweiten Bildungsweg illegale Putzfrau in Deutschland geworden war, fiel es ihr schwer, einen Mann vor die Tür zu setzen, der doch ganz offenbar kein schlechter Mensch und überdies noch eine Art Leidensgenosse war. Auch benahm er sich die ganze Zeit über sehr, sehr freundlich, dass musste Friedrich Keller ihr glauben.
Sie kam deshalb zu dem einzig vernünftigen Schluss, zu dem übrigens jede Mutter kommen würde, nämlich, dass es unbedingt erforderlich war, zuerst den Schmutz zu bekämpfen. Deshalb nötigte sie den Gast nach oben ins Badezimmer, wo sie ihn ganz im Stil einer Krankenschwester aufforderte, seine Kleidung abzulegen, da diese bei den nun erforderlichen Maßnahmen nur störend gewesen wäre. Der Gast wehrte sich jedoch zunächst, und erst eine gewisse mütterliche Gewaltanwendung ermöglichte es ihr, ihn seiner Lumpen zu entledigen, wobei einiges nebenbei bemerkt zerriss, die Hose, das Hemd. Am Ende des fürsorglichen Kampfes stand der Gast splitternackt und Flüche gegen sämtliche Mütter der Welt ausstoßend vor ihr, und da habe sie zu ihrem Entsetzen bemerkt, dass dessen *pirulita* – hier weigerte Elvira sich mit einem Kichern, eine angemessene Übersetzung zu liefern, und vielleicht errötete sie sogar ein wenig, was aber von ihrer braunen Haut vertuscht wurde – so nach oben stand. Sie streckte den

Zeigefinger schräg in die Höhe und kicherte erneut, diesmal hinter vorgehaltener Hand.
Das sollte sich Friedrich Keller einmal vorstellen: Sie, eine katholische Frau aus Ipiales – wo es übrigens eine bedeutende Wallfahrtskirche gab, die sie während ihrer Kindheit zu jeder christlichen Gelegenheit mit der gesamten achtköpfigen Familie aufgesucht hatte, um gemeinsam mit allen zu beten, der Herrgott möge sie nicht in Versuchung führen – und dieser verwilderte Gast, der ganz zweifellos die letzten Jahre auf der Straße verbracht hatte, allein zu zweit in diesem großen Haus in diesem kleinen Badezimmer – und eine steile *pirulita*!
In jenem schicksalhaften Moment begriff sie, dass dies nur eine Prüfung des Herrn Jesucristo und der heiligen Muttergottes Santa María sein konnte, welche feststellen wollten, ob die Jahre in diesem kalten Land nicht doch ihrer Barmherzigkeit geschadet hätten. Und da verstand sie ihre Mission und was sie in Deutschland hatte ausharren lassen, abgesehen natürlich von dem Geld, das sie verdiente und zum größten Teil nach Hause schickte, um den Eltern die Aufzucht der Tochter Lola einschließlich Erziehung in teurer Privatschule zu ermöglichen. So also wurde sie von der Putzfrau wieder zur Krankenschwester und wusch den Gast nicht nur in der Badewanne – zum Beweis verwies sie auf den Schmutzrand –, sondern schnitt ihm auch noch, nicht ohne einen weiteren, diesmal immerhin aber kürzeren Kampf, das Haar – siehe Schere im Becken sowie glattes Haar auf dem Boden – und rasierte dessen Bart ab – siehe krauses Haar auf dem Boden. Aber – und nun riss Elvira Gómez die Augen weit auf – was musste sie sehen, als der Bart ab war?
»Ja, was denn?«, fragte Friedrich Keller, dessen Geduld durch die ausschweifende Erzählung der Putzfrau arg in Mitleidenschaft gezogen war.
Zur Antwort ergriff Elvira die Hand ihres Arbeitgebers und zog ihn zur Tür des elterlichen Schlafgemachs, öffnete diese und schaltete ohne Rücksicht auf Verluste das Licht ein.
Was Friedrich Keller nun erblickte, ging im ersten Augenblick über seinen Verstand. Im zweiten verstand er es, und im dritten ging es noch

weiter über seinen Verstand als im ersten: Auf dem elterlichen Ehebett lag tief schnarchend nicht etwa Radi Zeiler, sondern – er selbst. Nein, nicht er selbst, vielmehr eine aufgedunsene, verlebte Ausgabe seiner selbst, ein verradizeilerisierter Friedrich Keller gewissermaßen. Er stank nicht mehr, sondern roch nur ein wenig nach Whisky – die leere Flasche neben dem Shampoo! –, und er trug einen seiner, Friedrich Kellers, Schlafanzüge am Leib.
Keller starrte zunächst sein schnarchendes Konterfei und dann Elvira an, die seinem Blick mit wissendem Nicken begegnete.
»Werisdass?«, wiederholte sie ihre Frage vom Morgen.
»Das ... das ist ... unmöglich«, stotterte Friedrich Keller.
»Umoglik? Dassisskainamme!«, rief Elvira und warf ihren Arm in Richtung des Schlafenden. »Wiechaissen? Ssennauswiedeinebrrruderrr!«
Langsam und wie in Trance nickte Friedrich Keller, während sein Mund lautlos ein Wort formte.
»Qué?«, machte die Putzfrau, und obwohl Keller nicht verstand, was sie sagte, gehorchte er und wiederholte das Wort leise aber hörbar.
»Chaissengchainrik?«, fragte sie zur Sicherheit nach, und erneut nickte Keller, ohne den Blick von dem Schlafenden abzuwenden.
»Ah!«, machte Elvira und nickte und blickte den Schlafenden an.
Friedrich Keller sah nicht das versonnene Lächeln auf ihren Lippen. Erst, als sie selbstvergessen »Enrique« flüsterte, wandte er den Kopf und sah, dass sie Tränen in den Augen hatte.
Sie warf ihm ein entschuldigendes Lächeln zu und verriet: »Vatterrr von Lola chaissenggenausso.« Sie nickte noch einmal, warf dem Schnarchenden einen weiteren langen Blick zu, fasste sich und sagte: »Jetzwirrrmussenalle eslaffeng, Jefe. Guttenach!«
Sie näherte sich Keller, der einen Moment brauchte, bis er verstand, dass Elvira, die Putzfrau, ihn, den Eigentümer dieses Anwesens, aus dem Zimmer drängte.
In diesem Augenblick begriff er, dass sie die christliche Barmherzigkeit auf Höhen oder in Tiefen getrieben haben musste, die ihm praktisch unbekannt waren. Nun erst erfasste er die verborgene Bedeutung des mütterlichen Morgenmantels. Dies gepaart mit der unmittelbar

auf dem Fuß folgenden Erkenntnis seiner eigenen Naivität lähmte alle anderen Gedanken und verhinderte jeglichen Widerstand. Zahm wie ein Lamm ließ er sich von Elviras ganzkörperlicher Geste hinausschieben, nicht ohne einen letzten Blick auf die beiden Urnen zu werfen, die links über dem Heizkörper wie stumme Zeugen aufragten.
Als er im Flur stand, löschte sie das Licht im elterlichen Schlafgemach. Das Letzte, was er von ihr sah, war ihr beschwichtigend lächelndes Gesicht im schmaler werdenden Türspalt. Dann schloss sich die Tür, und einen Moment lang war ihm, als wäre alles nur eine Einbildung seines alkoholisierten Gehirns gewesen.
Doch als die Eifersucht in ihm aufloderte, eine absurde, widersinnige, irrwitzige und doch logische Eifersucht, wurde ihm klar, dass sich das alles wirklich ereignet hatte. Wütend stand Friedrich Keller im Flur seines Hauses, das ihm nur noch zur Hälfte gehörte, und hatte das Gefühl, man hätte ihm die Putzfrau, die Mutter und überhaupt jede Frau auf Erden und im Jenseits ausgespannt.
Das Reich der Erkenntnis der Liebe, dachte er voller Bitterkeit. Dann wandte er sich brüsk ab und zog sich auf der anderen Seite des Flurs in sein eigenes Schlafzimmer zurück, ohne sich die Zähne zu putzen oder sonst eine Form der Körperhygiene zu vollziehen.
Obwohl der Tag kräftezehrend gewesen war, dauerte es lange, bis Friedrich Keller einschlafen konnte, so aufgewühlt lag er in seinem Bett, wälzte sich hin und her, wurde von rasenden Gedanken, die in rasende Gefühle gekleidet waren, mitgerissen und wünschte sich zwischendurch nichts sehnlicher, als erneut im Heißen Sporn zu sitzen, mit dem Boxer Brüderschaft zu trinken, als Radi Zeiler aufzuwachen, hierherzukommen und mit ... vielleicht nicht mit Elvira Gómez, vielleicht mit ...
Er wagte es nicht, das Bild zu erfassen, das vor seinem inneren Auge erschien, und er verfluchte die eigene Feigheit, aber auch die widrigen Umstände, die sein ganzes Leben begleitet hatten und es immer noch taten. Das Reisebuch fiel ihm ein, er hatte es im Bad liegen gelassen. Gleich am nächsten Morgen wollte er mit der Lektüre beginnen.

Bevor er einschlief, nahm er sich vor, »Enrique«, wie er verächtlich und nachtragend und in vorauseilender Rage dachte, gleich am folgenden Morgen zur Rede zu stellen. Jetzt will ich alles wissen, dachte er grimmig. Alles! Und damit meinte er alles über diese im Nachhinein betrachtet lächerliche Radi-Zeiler-Posse, aber auch alles andere, ganz andere. Und wenn »Enrique« erneut versuchen sollte, ihm auszuweichen und einfach zu türmen, so würde er diesmal Gewalt anwenden! Ja, das würde er!

Erst nach dieser kriegerischen Selbstvergewisserung fand Friedrich Keller ein wenig Ruhe und sank in einen rastlosen Schlaf.

Er schlug die Augen auf. Er lag in einem weißen Raum in einem weißen Bett und wurde geblendet von einem grellen Licht, das durch ein offenes Fenster zu seiner Linken hereinflutete. Er wollte die Augen zusammenkneifen, doch dies ging nicht. Er wollte die Hände schützend heben, doch auch das war nicht möglich. Plötzlich sah er ein Gedicht wie einen leibhaftigen Körper durch das Fenster schweben, ein schwarzes Buchstabenskelett umhüllt von einem Fleisch aus reiner Leere und Lauten aus klarer Stille, die direkt zu ihm sprachen, nicht über die Ohren, nicht über die Augen.

Es sagte sich gleichsam selbst mit einer seltsam unbeteiligten Stimme: »Sie tasteten sich durch die helle Nacht, als glaubten sie nicht an den Mond, nicht an die Augen, nicht an das Herz. Mit leeren Worten sprachen sie sich nichts als Furcht zu und hätten das Gegenteil meinen können. Kaum einer sah, dass diese Leute Gefolgschaft hatten.«

Plötzlich sagte die Frau neben ihm: »Das nixpoesía! Musserrreimeng, Enrique!«, schaltete ohne Rücksicht auf Verluste das Licht an und drückte ihre großen Lippen auf seinen Mund.

Er schrak hoch, schlug die Augen auf und starrte in die Dunkelheit. Die Schwärze war so tief, dass er nichts sah, kein Buch, keine Frau, kein Ebenbild, keine Schreckgestalt, gar nichts. Er lag da und war mitten in seinem schlafenden Körper wach.

Er schlug die Augen auf. Von draußen drang der helle Morgen mit Licht und Laut herein, der Wecker indes hatte nicht geläutet, weil er ihn nicht gestellt hatte. Er fragte sich, wer er war, und da beschlich ihn der

Gedanke, immer noch in tiefer Nacht zu schlafen und nicht zu sehen, dass es nichts zu sehen gab. Er blickte neben sich, halb in der Erwartung, Elvira zu sehen, die ihn im nächsten Moment küssen würde. Doch er lag allein im Bett.
Dann erinnerte er sich der Ereignisse der vergangenen – oder noch immer andauernden – Nacht, und schon brandete die Wut in ihm hoch, die Wut und die Eifersucht, und er dachte, dass Heinrich imstande wäre, mit Elvira Gómez zu türmen, um sie ihm, Keller, wegzunehmen. Um ihn alleinzulassen in diesem Haus, das er hasste, an das er gekettet war wie der Fährmann an sein Floß.
Ich schlafe nicht mehr, dachte er, aber ich träume noch. In diesem Wachtraum erhob er sich und ging zum Balkon, öffnete die Tür und trat hinaus, genoss das helle Licht des fortgeschrittenen Morgens, als wäre es Sonn- und nicht Dienstag. Er genoss den Lärm der Kinder, die heute Sportunterricht hatten, als wären sie Vögel, die sangen.
Wenn dies ein Traum ist, dachte er, dann gehe ich jetzt auf die andere Seite des Flurs und stelle ihn zur Rede. Dann wende ich Gewalt an, wenn er wieder versucht, mir auszuweichen und zu türmen. Dann räche ich mich für all die Jahre der falschen Gewissheit, dass er das Falsche getan hat – nicht ich.
Er riss die Tür seines Schlafzimmers auf und stand dem anderen gegenüber, der schon die Hand zum Klopfen erhoben hatte, sie nun aber wieder sinken ließ und stumm und ebenso überrascht wie er seinen Blick erwiderte.
Dann fasste sich dieser und sagte mit der tiefen Stimme von Radi Zeiler: »Sei gegrüßt, verlorener Bruder.«
»Verloren? Ich?«, entfuhr es Friedrich Keller ungläubig.
Der andere nickte ernst. »Sieh dich an, Bruder.« Er spähte an ihm vorbei ins Zimmer. Ein dünnes Lächeln erschien auf seinen Lippen, das sogleich wieder verschwand. »Hast immer noch ihre Farbe an den Wänden. Schläfst immer noch in ihrem Bett.«
»Na und?«, blaffte Keller nervös und angriffslustig zurück.

Doch der andere schüttelte nur leicht den Kopf. »Das sind Zeichen, Bruder. Zeichen sind nicht beliebig, sobald sie etwas bedeuten. Keine andere Frau aufgekreuzt, hm?«
Keller starrte sein Konterfei an. Wie konnte der heruntergekommene, versoffene, verlogene und, ja, verlorene Bruder so daherreden? Doch des Bruders Blick ruhte wartend auf ihm, und er musste schlucken unter der Last dieser Augen, die wirkten, als hätten sie alles gesehen, während er ...
»Nein«, sagte er herausfordernd, »keine andere Frau. Wozu auch?«
Der andere runzelte die Stirn. Es entstand ein kurzes Schweigen. Dann sagte der Bruder: »Du lügst.«
»Was?«, rief Keller überrumpelt. »Wie kannst du ...? Ausgerechnet du!«
Der Bruder hob die Schultern, ließ sie wieder fallen. »Du hast ja keine Ahnung.« Dann wandte er sich ab und betrat das Badezimmer.
Genau in diesem Augenblick stellte Keller fest, dass er dringend auf Toilette musste. Wütend stapfte er die Treppe hinunter, betrat das kleine Klosett neben dem Eingang zur Küche und erleichterte sich dort, während sein Kopf immer weiter anschwoll vor Wut, vor Empörung, vor uraltem Groll, der in einer Ecke gehockt und nur darauf gewartet hatte, nun einen Sturm zu entfachen, aber noch immer nicht wusste, wie er das so anstellen sollte, dass der Bruder wirklich mitgerissen wurde.
Als er die Treppe wieder erklomm, um in seinem Schlafzimmer zu verschwinden, wartete der Bruder am Geländer. Er lehnte dort mit verschränkten Armen und betrachtete Friedrich Keller, während dieser Anstalten machte, einfach an ihm vorbeizugehen. Doch das ließ der Bruder nicht zu. Er streckte einen Arm vor und versperrte Keller den Weg.
»Was soll das?«, fuhr dieser auf.
»Wir müssen reden«, erklärte der andere mit seiner tiefen Bassstimme, die zweifellos eine Folge des üblen Lebenswandels war, dessen er sich befleißigt hatte.
»Es gibt nichts zu besprechen!«, bellte Keller.
»Oh doch! Du weißt nicht, was wirklich passiert ist.«
»Ach? Neue Lügen? Neue Ausflüchte?«

Der andere schüttelte den Kopf. »Die Wahrheit«, erwiderte er ruhig.
»Du hast gar keine Wahrheit!«, versetzte Keller und machte Anstalten, des Bruders Arm zu umgehen.
Da stieß dieser sich vom Geländer ab und hinderte Keller daran, sein Zimmer zu betreten, indem er sich kurzerhand in die Türöffnung stellte. »Komm, Bruder«, sagte er, »stoß mich zur Seite! Verschaff dir Zutritt.«
»Lass das! Wir sind keine Kinder mehr! Geh mir aus dem Weg! Sofort!«
»Doch, wir sind Kinder. Aber du willst es nicht zugeben, Bruder. Das war schon immer dein Trick: So tun, als wärest du längst über alles hinaus. Deshalb hast du Greta nicht bekommen! Du wolltest nicht konkurrieren, du wolltest ein anderes Spiel spielen – das Gerechtigkeitsspiel. Du dachtest, weil du es ernster meintest als ich, hättest du mehr Anrecht auf sie und dürftest mir verbieten, sie auch haben zu wollen. Du dachtest, weil unsere Mutter dich vor allem und jedem beschützte, müsse sie dich auch davor beschützen, deinen Mann zu stehen!«
Er schüttelte den Kopf. »Und sie war so dumm, es selbst zu glauben.«
Keller starrte den Bruder an. Er konnte nicht glauben, dass er andere nicht schuldbewusst und mit gesenktem Kopf dastand, sondern ihm seinerseits Vorhaltungen machte. Damit hatte er nicht gerechnet. Seine Kehle wurde trocken, er musste mehrmals schlucken.
»Was hat Mama damit zu tun?«, fragte er vorsichtig.
»Du weißt es nicht? Sie wusste Bescheid. Und ich musste ihr versprechen, dass ich Greta nicht mehr anrühre, weil du ihr Gedichte schriebst und ihr einen Heiratsantrag gemacht hattest.«
»Was?«
Der andere nickte bestätigend. »Und ich Dummkopf habe Ja gesagt.« Er schüttelte den Kopf. »Aber ich war jung, ich wusste noch nicht, dass es Stärkeres gibt als Worte.«
Plötzlich glaubte Keller, ihm gehe ein Licht auf. Er rief: »Deshalb ging es ihr so schlecht, als du mit Greta abgehauen bist!«
»Das hat sie sich selbst eingebrockt!«, erwiderte der Bruder lauter. »Wie konnte sie so offen Partei ergreifen? Wie konnte sie das von mir verlangen?«
»Ich hatte sie doch zuerst!«

»Nicht einmal das stimmt!«
»Was?«
Sie starrten einander schweigend an. Nach einer Weile sagte der Bruder leise: »Sie hat mich weggejagt. Sie hat gesagt, sie will mich nicht mehr sehen.«
»Wer? Greta?«
»Nein. Mama.«
»Was? Deshalb bist du verschwunden?«
Der andere nickte stumm. Dann sagte er leise: »Und ich kann es sogar verstehen.«
»Was? Wieso?«
»Ach nichts. Du warst nun mal ihr Liebling. Und ich ...«
Sie schwiegen erneut.
»Hast du Greta geliebt?«, fragte Friedrich Keller schließlich.
Der andere blickte auf, als wäre er weit fort gewesen. »Geliebt? Nein, ich habe sie nicht geliebt. Ich habe sie benutzt, um mich an dir zu rächen.«
»Dich an mir zu rächen? Wofür denn?«
»Dafür, dass du immer an erster Stelle kamst, immer.« Er atmete tief durch. »Aber ich bin dankbar, dass sie mich weggejagt hat. Ich musste gehen, um aus dieser Zwillingshölle herauszukommen, in der wir gefangen waren, du und ich. Ich habe ihn getötet, Fritzi, ich habe Hennie Keller getötet, ich habe ihn mit Sliwowitz getötet, und mit dem Sliwowitz habe ich Radi Zeiler gezeugt.« Er lachte auf.
»Und dann hast du diese ... diese Gedichte geschrieben?«
Der andere schwieg und senkte den Kopf.
»Du hast sie doch geschrieben, oder?«, fragte Keller verunsichert.
»Ja, natürlich«, sagte der Bruder, ohne aufzublicken. Doch dann blickte er auf und schüttelte den Kopf. »Ich hab sie nicht geschrieben, Fritzi. Sie stammen von einem Kumpel.«
»Von einem Kumpel?«, wiederholte Keller und riss die Augen auf.
»Ja, so ein Penner wie ich. Wir soffen ein paarmal. Er zeigte mir seine Gedichte. Er nannte sich Radi Zeiler, aber er sagte, dass sei nur ein Pseudonym, weil er inkognito bleiben wollte. War so seine Marotte.« Er

schwieg und ignorierte den ungläubigen Ausdruck im Gesicht seines Bruders. »Und eines Tages«, fuhr er fort, »fand ich ihn auf einer Parkbank. Total unterkühlt. Ich konnte ihm nur noch das kalte Händchen halten. Das Letzte, was er sagte, war, dass ich die Gedichte jemandem bringen soll. Und dass ich sagen soll, sie wären von mir. Als ich ihn fragte, warum, lächelte er und sagte, das wäre das perfekte Pseudonym. Dann war's aus mit ihm.«

Es herrschte Stille.

»Ist das alles wahr?«, fragte Keller nach einer Weile.

Der andere nickte stumm, doch Keller war nicht überzeugt. Diese Geschichte klang einfach zu sehr an den Haaren herbeigezogen. Sie klang wie eine der Lügengeschichten, die der Bruder in seiner Kindheit erzählt hatte. Doch warum sollte der Bruder überhaupt lügen? Hatte er nicht gebeichtet, dass die Gedichte nicht aus seiner Feder geflossen waren? Oder war das Geständnis bereits die nächste Lüge? Ihm schwirrte der Kopf, und im Grunde, sagte er sich, konnte es ihm gleichgültig sein. Er würde dem Autor niemals begegnen, und wenn der Bruder doch der heimliche Autor war, so war ihm diese Fiktion sogar ganz recht.

»Wo ist Elvira?«, fragte er, um das Thema zu wechseln.

»Schläft noch.«

Friedrich Keller nickte gedankenverloren. Das Reisebuch war ihm wieder eingefallen. »Ich muss einkaufen gehen«, sagte er laut.

»Dann begleite ich dich! Wir gehen zusammen wie früher, als wir Kinder waren. Erinnerst du dich?«

»Ja«, antwortete Keller knapp.

Die Aussicht, gemeinsam mit seinem Zwillingsbruder in der Öffentlichkeit aufzutreten, behagte ihm nicht. Als wären seitdem nicht drei Jahrzehnte vergangen, dachte er missmutig.

»Was ist mit Elvira?«, fragte er in der Hoffnung, der Bruder werde es sich anders überlegen.

Doch dieser winkte ab. »Die muss doch putzen. Das hat sie gestern nicht mehr geschafft.«

Ein Grinsen huschte über das Gesicht des anderen, es war dasselbe entwaffnend freche, niemals vollkommen ehrliche, aber stets verführerische Grinsen, mit dem der Bruder als Kind seine vielen Lügen halb verborgen und halb vorgezeigt hatte. Misstrauen loderte wie eine Flamme in Kellers Herzen auf, doch er beherrschte sich. Unter dem Vorwand, sich frisch machen zu wollen, begab er sich ins Bad.
Dort lag der Beutel der Buchhandlung Keller immer noch auf der kleinen blauen Holzbank, welche die Mutter einst von fortziehenden Nachbarn – der Familie Giesling aus dem Haus gegenüber – geschenkt bekommen hatte und die seitdem unter dem Mildglasfenster stand. Er ließ sich darauf nieder und zog das Buch heraus.
Es handelte sich um ein gewöhnliches Indienbuch, verfasst von einem gewöhnlichen Reisebuchautor namens Rudolf Zorkowski, dessen hageres, braun gebranntes Gesicht ihm auf der Buchrückseite nichtssagend entgegenlächelte.
Lustlos und ein wenig enttäuscht schlug Friedrich Keller es auf und las die Widmung, die Irma Meyer mit kleiner, regelmäßiger Handschrift auf einer der ersten Seiten hinterlassen hatte:

Lieber Freddie,
ich hoffe sehr, dass dieses Buch dir zusagt!
Vergiss mich nicht!
Deine Irma

Darunter stand eine Telefonnummer.

Von größtem Gewicht

Als Friedrich Keller die Küche betrat, glaubte er einen Moment lang, immer noch zu träumen. Am Küchenblock und mit zugewandtem Rücken stand der Vater im dunklen Sonntagsanzug und hantierte an der teuren Espressomaschine, während weiter hinten die Mutter in ihrem Lieblingsblumenkleid am Küchentisch saß und mit abgewandtem Gesicht aus dem Fenster in den Garten blickte, wo ein hellgrauer Morgen gerade zum Vormittag wurde. Der Tisch war genauso gedeckt, wie Keller es aus seiner Kindheit kannte, dasselbe Porzellan, das er seit zweieinhalb Jahrzehnten nicht mehr benutzt hatte, dasselbe Besteck, dieselben Salz- und Pfefferstreuer. Im Hintergrund hörte man das Geschrei von Kindern, welches entweder vom Sportplatz herüberdrang oder aus dem Garten, in dem die vier Keller-Kinder einander neckten und piesackten, wie es üblich war.
Im nächsten Moment wandte sich der Vater um und sagte mit dem lächelnden Gesicht des verlebten Zwillingsbruders: »Da bist du ja endlich! Ich habe Kaffee gekocht und hoffe, die Maschine hat das überlebt.« Er grinste, als er den Schreck in den Augen des anderen missdeutete, und sagte beruhigend: »Keine Sorge, Fritzi, ist alles noch heil.«
Jetzt wandte die Mutter sich vom Garten ab und rief herüber: »Jefe! Guttemorgeng! Chabich Kleid vommutterangezoggeng. Enriquegesssacktissockee.« Sie zog die Augenbrauen hoch, als wollte sie ein stummes Fragezeichen in seine, Friedrich Kellers, Richtung schicken, um auch sein nachträgliches Einverständnis einzuholen.
Doch bevor dieser sich äußern konnte, erwiderte »Enrique« leichthin: »Natürlich ist das okay, mein Engel! Du kannst anziehen, was du willst! Dieses Haus ist ein Museum, nicht wahr, Fritzi? Ich frage mich, wie du es so lange hier ausgehalten hast.«
Ohne eine Antwort abzuwarten, goss er frischen Kaffee in drei Tassen, die er in einem der Schränke gefunden hatte – Tassen, die Friedrich Keller nie benutzte, da sie den älteren Geschwistern gehört hatten –, und sagte: »Setz dich endlich mal, Fritzi. Wir wollten doch einkaufen gehen, und Elvira bleibt hier und kümmert sich um den Haushalt, nicht war, Schätzchen?«

Die Putzfrau nickte und blickte das Objekt ihrer Barmherzigkeit geschmeichelt und ein wenig kokett an, und Friedrich Keller, der sich rühren wollte, um der Aufforderung des Bruders nachzukommen, stockte peinlich berührt.
Als sie alle drei saßen und Kaffee tranken, der Friedrich Keller an das furchtbare Gebräu im Starbucks denken ließ – vermutlich hatte der Bruder die Maschine doch beschädigt –, eröffnete der andere das Gespräch im Plauderton. Er erzählte der Putzfrau lächelnd Anekdoten aus der gemeinsamen Kindheit und warf dem Bruder hin und wieder einen kurzen Blick zu, um zu sehen, ob dieser sich ebenfalls erinnerte. Dann nickte Friedrich Keller bestätigend, während er in seinem Gedächtnis kramte.
»Ich weiß noch genau, wie wir eingeschult wurden, nicht wahr, Fritzi? Du hattest wahnsinnige Angst, und ich freute mich. Aber nach einer Woche hatte Fritzi einen Riesenspaß am Lernen und ich bekam ständig Ärger mit der Lehrerin. Wie hieß sie doch gleich? Ach ja: Fräulein Meyer, nicht wahr, Fritzi?«
Keller nickte, und diesmal erinnerte er sich tatsächlich. Doch als er versuchte, das Gesicht der Lehrerin zu evozieren, tauchte stattdessen Irma vor seinem inneren Auge auf.
»Sie war eigentlich ziemlich hübsch, nicht wahr, Fritzi? Ich weiß noch genau, dass du in sie verknallt warst«, er lachte kurz, »aber er hat es immer geleugnet!« Er lachte länger.
Da sagte Elvira ernst: »Deinebruderrbrauchemfrau, Enrique. Perdona, Jefe, aberichlangessenn, dassnixguttfurdich ssoallein indiessegrossechaus. Mambrauchefrauimmerrr, sonstewerde verrruckt.«
Friedrich Keller starrte seine Reinigungskraft perplex an, doch er kam nicht dazu, einen klaren Gedanken zu fassen.
»Das hat Mama auch schon zu dir gesagt, erinnerst du dich, Fritzi?«, sekundierte der Bruder und grinste den anderen an. »Aber Fritzi war schon damals anders als die anderen Jungs, nicht wahr, Fritzi? Während ich Fußball spielte und raufte, saß er immer irgendwo und las.« Er lachte. »Deshalb wurden wir auch nie verwechselt! Ich hatte ständig irgendwelche Schrammen und Beulen und Löcher in den Hosen, und

Fritzi war immer makellos.« Er lachte, doch Friedrich Keller vermeinte, einen Schuss Bitterkeit in des Bruders Äußerung vernommen zu haben. Elvira ließ sich indes nicht beirren: »Du mussejetz Fraussuche, Jefe! Nochnixaltfurrrfrau, kannoch Familiechabbeng. Isswichtik Familie.« Sie zog erneut die Augenbrauen hoch, diesmal, um ein Ausrufungszeichen hinter ihre Ausführung zu setzen.

Friedrich Keller nickte artig, um das peinliche Thema endlich loszuwerden. Elvira und der Bruder kamen ihm vor wie zwei Moskitos, die ihn beständig umschwirrten, um eine geeignete Einstichstelle in seiner zarten Haut zu finden.

In diesem Augenblick rief der Bruder mit vollem Mund: »Das erinnert mich an ein Sonett vom Radi! Du kennst es bestimmt auch, es ist ja in dem Stoß Blätter.«

Er erhob sich von seinem Stuhl, kaute noch im Stehen zu Ende, setzte eine feierliche Miene auf und rezitierte zu Friedrich Kellers Verblüffung fehlerfrei und mit brummender Stimme Sonett *VIII. Es handelte davon, dass etwas Begonnenes beendet wurde, um etwas Endloses zu beginnen. Das lyrische Ich wusste, dass es darüber verzweifeln würde, wenn es gewissenhaft vorging, doch vielleicht würde es ihm so gelingen, die eigene Schwäche zu schwächen.

Als er endete, zog Elvira die Augenbrauen hoch und sagte: »Wassisdas? Poesíaaus diesse Buchimbiblioteca?« Sie nickte: »Chabbich gelesseoft wemmputze«, sie warf ihrem Arbeitgeber kurz einen schuldbewussten Blick zu. Dann aber schaute sie skeptisch drein, schüttelte den Kopf und sagte: »Das nixpoesía. Musserrreimeng, Enrique!«

Der Bruder lachte. Er sah nicht den sprachlosen Ausdruck im Gesicht des Bruders, der glaubte, er träume.

»Dann vielleicht das hier, mein Täubchen?«, fragte er Elvira vergnügt. Er räusperte sich und schmetterte mit lauter, ein wenig versoffen klingender Bassstimme:

> Der Grund, auf dem wir laufen,
> ist nur ein kleiner Ball,
> in einem Sternenhaufen

und gänzlich freiem Fall!
Ja, gänzlich freiem Fall!

Drum, Bruder, lass uns saufen,
denn das geht überall,
und kann ich nicht mehr laufen,
komm ich ganz frei zu Fall!
Komm ich ganz frei zu Fall!

Jetzt klatschte Elvira begeistert in die Hände: »Bravo, Enrique, bravo!«, rief sie.
»Danke, mein Engel, danke«, sagte er, als hätte eine Schar von Anhängern ihm zugejubelt. Zufrieden lächelnd fügte er hinzu: »Ja, ja, Dichtung ist pure Wahrheit, die eine gibt's nicht ohne die andere.«
Dann zog er den Anzug des toten Vaters zurecht und setzte sich wieder auf seinen Stuhl, um das Frühstück fortzusetzen. Er biss ein Stück von seinem Butterbrot ab und fuhr mit vollem Mund fort: »Die Verse hat der Radi mal der Wirtin vom Heißen Sporn geschenkt, erinnerst du dich an sie, Fritzi?« Er winkelte beide Arme ab, um des Bruders Gedächtnis mit einer Illustration ihres beeindruckenden Umfangs zu stimulieren. »Wir haben sie oft zusammen gesungen, wenn wir unterwegs waren, der Radi und ich.« Sein Blick verlor sich in kurzer Sentimentalität. Dann wiegte er den Kopf. »Ich weiß nichts Genaues, aber er hat mir gegenüber Andeutungen gemacht, dass er mit der was hatte. Zumindest war sie ihm sehr zugetan.« Er lächelte versonnen. »Bei ihr durfte er sich alles rausnehmen, sogar am Tisch einschlafen, was sie sonst gar nicht mag, weil es das Geschäft schädigt.« Er schluckte seinen Happen herunter und fuhr fort: »Was ich meine, ist, dass Elvira recht hat, Brüderchen: Wenn du was Endloses anfangen willst, dann ist das jetzt der richtige Moment. Und was Endloses – das können ja nur Kinder sein, oder?«
Er lächelte Elvira zu, und einen unwirklichen Moment lang hatte Friedrich Keller den Eindruck, der Bruder sei dabei, sich wirklich in die Putzfrau zu verlieben.

Endlich war das Frühstück beendet. Während Elvira und der Bruder gemeinsam das Bad in Beschlag nahmen und dort geräuschvoll mit hygienischen Verrichtungen zugange waren, zog Friedrich Keller sich erschöpft in sein Schlafgemach zurück.
Er ließ sich auf das Bett fallen, starrte an die Decke und versuchte vergeblich, Ruhe und Stille zu empfinden. Stimmen und Bilder stürmten wie eine panische Büffelherde durch seinen Kopf: die Mutter im geblümten Kleid, die ihm radebrecht, er solle mit der Grundschullehrerin Irma Meyer auf einer einsamen Verkehrsinsel im Pazifik Kinder zeugen; der Vater im Sonntagsanzug, der Trinklieder anstimmt und über die Wahrheit der Dichtung räsoniert, um sich anschließend mit der fetten Wirtin im Ehebett zu wälzen; der tote Radi Zeiler mit dem Gesicht des Bruders, der endlos ein Gedicht rezitiert; Traum-Elvira und Wach-Elvira, die wie aus einem Mund »nixpoesía« rufen; der gänzlich freie Fall als einzige Gewissheit im Universum, die Bodenlosigkeit dieses Falls als einziger Trost im Universum, der Sliwowitz als einziges Mittel, um eins zu werden mit der Wahrheit des Universums.
So wild durcheinander ging es in Friedrich Kellers Kopf zu, so sehr ermüdete ihn dies, dass er, ohne es zu bemerken, in einen tröstlichen Traum glitt.
Farben und Töne wurden blasser und schwächer, schwanden bald spurlos im heller und weißer werdenden Licht, das aus dem Fenster zur Linken hereinflutete. Er blickte blinzelnd dorthin, es war still jetzt, still und friedlich.
Plötzlich aber hörte er eine tiefe, brummende Stimme, die sagte: »Es müsste weggegangen und neu angefangen werden. Aber es wird hiergeblieben und irgendwie weitergemacht. Es müssten Fragen gestellt werden, aber es werden Antworten gegeben.«
Es gab eine Pause, dann sagte dieselbe brummende Stimme: »Ich kann mir keinen Reim darauf machen.«
Er wollte etwas sagen, er wollte etwas richtigstellen, was war es doch gleich? Es war der Körper, der Körper stimmte nicht, der Körper war falsch. Er wollte rufen: Ihr dürft keine Prosa daraus machen, ihr müsst es als Denkakt inszenieren, mit Pausen so lang wie tiefe Zweifel, mit

Worten so langsam wie die Suche nach der Wahrheit des Universums! Ihr müsst es genauso perfekt sagen, wie der falsche Radi Zeiler es mit dem echten Radi Zeiler gemacht hat!
Doch aus seinem Mund drang kein Laut, und niemand hörte ihn, nicht einmal er selbst.
Jemand klopfte laut an die Tür. Friedrich Keller schlug die Augen auf. Er lag in seinem Schlafzimmer, die Wände waren dunkelrot bis hoch zum Goldenen Schnitt, das Bett war mintgrün, von links strömte Licht durch die Gardine herein.
Der Bruder rief von draußen: »Bist du so weit?«
Nein, sagte es in seinem Kopf, doch er rief: »Ja!«
Schwerfällig wie ein alter Säufer wuchtete er seinen unwilligen Körper hoch, als draußen im Flur der Staubsauger ertönte. Es gibt doch noch ein paar verlässliche Dinge, sagte er sich und fragte sich dann flüchtig, wie er jemals Elviras Schlampigkeit hatte bemängeln können. Wenn sie jetzt vor lauter Liebe begänne, alles gewissenhaft zu reinigen, müsste er sie bitten, es zu unterlassen, um die Kontinuität der Wirklichkeit zu garantieren. Lieber wäre es ihm, wenn sie ganz aufhörte zu putzen, denn das stünde in einer logischen Relation zu ihrer Gleichgültigkeit. Lieber wäre es ihm, wenn sie eine ebenso gewiefte Heiratsschwindlerin wäre wie jene Frau, die einst den ältesten Bruder bezirzt hatte, um an das Vermögen und die Liegenschaften der Keller'schen Familie zu gelangen. Lieber wäre es ihm, wenn die beiden gleich morgen heirateten und Kinder bekämen und ihn aus dem Haus ekelten oder schwatzten, denn dann wäre nicht er »verrruckt«, sondern die Welt um ihn herum.
Doch der Bruder klopfte abermals an die Tür, und so musste er in diese unsichere Wirklichkeit gehen, von der er nicht einmal mit Gewissheit sagen konnte, dass sie existierte.
Draußen traf er die Frau in dem geblümten Kleid mit dem Staubsauger in der Hand an. Unten im Vestibül stand der Mann mit dem aufgedunsenen Gesicht, für den Gang zum Lebensmittelgeschäft hatte er sich den beigefarbenen Mantel aus feinem Tweed übergezogen, den der Vater auf vielen Familienfotos trug.

Sie verließen das Haus, folgten dem schmalen, rot gepflasterten Weg zum blauen Tor. Friedrich Keller blieb kurz bei den englischen Rosen stehen und genoss allein die Tatsache, dass es sie noch gab, dass sie nicht über Nacht verschwunden waren oder sich in etwas anderes verwandelt hatten. Er sah sich um, lächelte den Blutbuchen zu, grüßte den Flieder, ja sogar der Himmel erhielt einen dankbaren Blick. Dann folgte er dem anderen, der bereits am geöffneten Tor stand und seine Ungeduld bezähmte.
So unberechenbar die Welt auch sein mochte – sie zeigte es ihm an diesem späten Vormittag nicht. Zumindest nicht sofort. Sie gingen durch die bekannten Nebenstraßen, Friedrich Keller sah Menschen, die er noch wenige Tage zuvor als bekannte Fremde betrachtet hätte, und freute sich über deren fortbestehendes Dasein in seiner Welt.
Der Bruder schwatzte irgendetwas von: »Weißt du noch, als wir klein waren und mit Mama und Papa einkaufen gehen mussten?«, und er, er nickte, er akzeptierte die diskontinuierliche Existenz des Zwillings in seiner Wahrnehmung, dessen Bewegungen ebenso gut die des Vaters sein konnten oder die des echten oder falschen Radi Zeilers oder seine, Friedrich Kellers, eigene.
Aber er beschäftigte sich währenddessen mit der schönen, weil verlässlichen Kontingenz der Häuser und Autos, welche durchaus hätten verschwinden können, es aber ihm zuliebe nicht getan hatten, und für dieses bloße Immer-noch-Dasein war er, Friedrich Keller, voller Dankbarkeit und, ja, Liebe. Er war voller Liebe, als sie an die Hauptstraße kamen und er die Menschenmenge, die unterwegs war, sah und die Autolawinen, die sich in beide Richtungen schoben, er war dankbar für die Existenz der Verkehrsinsel und hätte am liebsten eine oder gleich mehrere Ampelphasen dort verbracht, wäre der Mann an seiner Seite nicht zügig weitergegangen, als befürchtete er, dort zu stranden.
Als sie sich dem geliebten Lebensmittelgeschäft mit seinen geliebten Lebensmitteln näherten, blieb Friedrich Keller abrupt stehen und packte den anderen am Arm.
»Was denn?«, fragte dieser etwas ungehalten.

Doch Friedrich Keller nahm es nicht wahr. Seine Augen blitzten und strahlten, als hätte er eine Epiphanie erlebt. Er sagte: »Kannst du dich an Sonett *IV erinnern?«
»Woran?«, fragte der andere irritiert, aber da hatte Friedrich Keller bereits erkannt, dass der Bruder ja nichts von den römischen Ordnungszahlen wissen konnte.
Deshalb begann er, umtost vom Alltagsverkehr der Stadt, Sonett *IV zu rezitieren: »Ich kann nicht behaupten, die Welt existiere jenseits meiner selbst, ohne ...«
»Ach ja! Ja, ja, ich erinnere mich, natürlich erinnere ich mich, schließlich habe ich es als falscher echter Radi Zeiler verfasst.« Er grinste jovial, machte aber einen Seitschritt, um anzudeuten, dass es Zeit war, das Gespräch zu beenden und das Geschäft zu betreten.
Doch Friedrich Keller kam noch näher, während er ihn immer noch am Arm hielt, sah ihm intensiv in die Augen und sagte: »Hennie! Hennie, ich habe endlich dieses Sonett verstanden. Endlich! Ich dachte immer, es gehe um das Jenseits. Aber es ist viel konkreter! Es geht um das, was außerhalb von dir ist! Das, was außerhalb ist, muss ja innerhalb als außerhalb gedacht werden! Verstehst du, Hennie?«
»Ich möchte lieber Enrique genannt werden, Fritzi, tu mir den Gefallen, ja?«
»Du meinst, wie der gewalttätige Vater von Elviras Tochter?«
»Gewalttätig? Davon hat sie mir nichts gesagt. Hat sie dir das erzählt?«
»Ach, das war beim Einstellungsgespräch. Ich glaube, sie wollte Mitleid schüren für die Tatsache, dass sie illegal in Deutschland lebt.«
»Illegal? Ach ja?«
»Was weißt du eigentlich von Elvira Gómez, Hennie?«
»Sollen wir nicht lieber einkaufen gehen?«
»Weißt du was? Ich finde, ihr solltet heiraten und Kinder bekommen, du und die Putzfrau.«
»Wie bitte? Was ist denn los mit dir, Fritzi? Ich habe sie doch eben erst kennengelernt! Warum soll ich sie denn gleich ...«
»Weil es doch darum geht, etwas Endloses anzufangen, und du bist dem Endlosen schon viel näher als ich. Ich muss erst noch die

Telefonnummer auswendig lernen und ein paar Jahre lang mit mir herumtragen, vielleicht mir ein Mobiltelefon kaufen, damit ich es zur Hand habe, falls mich doch der Mut überkommt, oder der Unmut über meine Feigheit, das kann ja durchaus auf dasselbe hinauslaufen.«

Der andere starrte den Bruder halb bestürzt, halb besorgt und halb ängstlich an. Langsam, als rezitiere er ein Zeiler'sches Gedicht voller Zweifel und Suche, sagte er: »Friedrich, wir sollten dieses interessante Gespräch verschieben und ...«

»Das geht nicht.«

»Was?«

»Man kann kein Gespräch verschieben. Es ist doch kein Ding. Ein Gespräch, das jetzt nicht geführt wird, wird nie mehr geführt. An seine Stelle tritt irgendein anderes Gespräch, aber nicht dieses.«

»Ach so, ja natürlich, Fritzi, du hast ganz recht. Ich wollte auch sagen: Lass uns dieses Gespräch nicht führen und einkaufen gehen, okay?«

»Verstehst du denn nicht: In dem Moment, in dem ich die Welt als Ding da draußen auffasse«, er machte eine weite Geste, die alles umfassen sollte, »in dem Moment fasse ich mich selbst auch als Ding da draußen auf. Und dann gibt es mich auf einmal zweimal! Einmal ich hier und einmal ich da! Wie Zwillinge!« Er lachte. »Wie du und ich!« Er lachte. »Wie du, aufgedunsen von objektiver Existenz, und ich, dünn geworden an subjektivem Zweifel.« Er lachte.

»Aber es gibt mich wirklich, Fritzi, lass das jetzt, bitte. Und sag mir nicht ständig, dass ich aufgedunsen aussehe!« Mit diesen Worten machte der andere auf dem Absatz kehrt und betrat das Geschäft, ohne sich noch einmal umzublicken.

Friedrich Keller folgte ihm nicht. Er genoss die Kontinuität der Diskontinuität des anderen in seiner, Friedrich Kellers, Wahrnehmung und betrachtete voller Dankbarkeit die leere Stelle, an welcher dieser soeben noch gestanden hatte.

»Freddie?«

Er blickte auf. Vor ihm stand Irma Meyer, und ob sie nun Grundschullehrerin war oder Reisebuchhändlerin, das spielte keine Rolle, denn Friedrich Keller freute sich sowohl über die eine als auch die andere.

Er sagte: »Irma! Wie schön, dich zu sehen! Was tust du hier, außer da zu sein?«
Irma lächelte ihn verwirrt, aber positiv gestimmt an und erwiderte: »Nun, außer dass ich da bin, habe ich vor, kurz das Nötigste für heute Abend einzukaufen, denn mein Kühlschrank ist ziemlich leer. Und du, Freddie?«
»Mich gibt es jetzt zweimal, einmal aufgedunsen und einmal dünn geworden. Ich bin der dünn gewordene Freddie, willst du den anderen sehen?«
»Äh ... ja natürlich, Freddie. Wo ist er denn? Du bist so anders als sonst, geht es dir besser oder schlechter? Ich kann das gerade nicht entscheiden.«
Friedrich Keller lächelte die hübsche Irma Meyer an und sagte: »Ich nehme an, es geht mir beides. Aber schauen wir uns den anderen an. Er ist da drinnen. Komm!«
Mit diesen Worten ergriff er die Hand der verdutzten Irma und zog sie ins Lebensmittelgeschäft.
Sie mussten durch ein paar Gänge voller kontinuierlich verschwindender und neu einsortierter Lebensmittel gehen, bis sie vor dem anderen standen, der mit zwei erstaunlich vollen Einkaufswagen dastand und über irgendetwas den Kopf schüttelte, ohne die beiden zu bemerken.
Als Irma Meyer ihn sah, weiteten sich ihre Augen, sie blickte immer wieder von einem zum anderen, dann flüsterte sie verwirrt: »Wer ist das, Freddie? Der sieht ja fast so aus wie ... wie du!«
»Das ist ich«, flüsterte Friedrich Keller zurück. »Aber es ist auch nicht ich.« Er machte ein vielsagendes Gesicht und sagte dann laut: »Lieber Zwilling, darf ich vorstellen: Frau Meyer. Irma, das ist mein ehemaliger Bruder und Platzhalter für alle möglichen Leute: toter Hennie Keller alias echter toter Radi Zeiler alias falscher toter Radi Zeiler alias mutwilliger Namensvetter eines gewissen gewalttätigen Enrique. Sehr erfreut.«
Der andere wollte schon aufbrausen, doch in diesem Augenblick wurde er der Frau an des anderen Seite gewahr und verharrte überrascht. Anschließend verwandelte sich sein Gesicht: Der erboste

Hennie/Enrique verschwand und hervor kam der charmante flirtende Rivale, der keinen anderen Namen trug, an den Friedrich Keller sich aber dennoch oder genau deswegen sehr gut erinnern konnte.
Er lachte kurz auf und sagte: »Ich nenne ihn Hennie, aber das ist nur eine alte Gewohnheit. Er hat mir mal die Frau ausgespannt und ist anschließend getürmt …«
»Fritzi!«
»… und jetzt ist er mit meiner kolumbianischen Putzfrau liiert, die er vermutlich heiraten wird, um etwas Endloses anzufangen, nicht wahr, Hennie?«
Der andere schnappte nach Luft. Noch nie hatte er den verklemmten Bruder so scham- und furchtlos erlebt. Er wollte gerade korrigierend eingreifen, als Irma Meyer plötzlich zu lachen begann.
»Dann ist es also wahr!«, rief sie heiter.
»Was denn?«, fragten die Brüder im Chor.
»Das!«, sagte Irma und wies mit beiden Händen auf die beiden Männer. »Dass Freddie einen Zwillingsbruder hatte.« Jetzt kam sie lächelnd und mit ausgestreckter Hand auf den anderen zu. »Freut mich, Sie kennenzulernen …«
»Hennie, du kannst mich Hennie nennen«, sagte Hennie Keller, der soeben exklusiv für Irma Meyer von den Toten auferstanden war, und lächelte süßlich.
Irma erwiderte sein Lächeln etwas verlegen und wiederholte: »Hennie? Okay. Hennie, freut mich sehr, dich kennenzulernen. Dein Bruder hat mir nie von dir erzählt.« Sie warf Friedrich Keller einen freundlich tadelnden Blick zu.
»Hat er überhaupt jemals etwas erzählt?«, erkundigte Hennie Keller sich skeptisch-charmant.
Irma lachte geschmeichelt auf: »Nein, hat er nicht.«
»Na ja, dafür hat er ja gerade eben alles gesagt: Ich bin tot und mit seiner Putzfrau liiert.« Er lachte, wie man über die Kapriolen eines Clowns lacht, und Friedrich Keller erfreute sich hemmungslos der Kontinuität der Illoyalität seines wiederauferstandenen Zwillingsbruders.

»Ich lasse euch Turteltäubchen jetzt allein und geh nach Hause zu meiner Putzfrau«, sagte er frohgemut, verabschiedete sich und wollte schon von dannen schreiten, als Irma ihm nacheilte und ihn am Arm festhielt.

»Warte, Freddie! Hast du nicht Lust, einen Kaffee mit uns zu trinken? Ich meine ... jetzt, wo dein Bruder wieder da ist und es dir besser geht ...« Sie brach ab.

Ihre Argumentation ergab keinen Sinn, und das wussten sie beide. Doch sie wussten auch beide, dass es nicht um Sinn ging in diesem bedeutungsvollen Augenblick.

Friedrich Keller streichelte Irmas Wange mit der flachen Hand, was diese erröten ließ, lächelte sie freundlich an und sagte: »Weißt du was, Irma Meyer? Ich liebe dich.«

Dann ließ er sie stehen und ging. Und während er der Straße folgte, sprach er langsam und mit brummender Stimme ein schönes Sonett, welches davon handelte, dass ein lyrisches Ich nicht mehr wusste, was es mit dem geliebten Wesen verband, und doch nannte es dies Liebe und schenkte sich selbst Glauben, ohne doch daran zu glauben, dass es wusste, was dies war. Manchmal spürte das lyrische Ich tief unter seinem alltäglichen Zweifel an des geliebten Wesens Treue ein Vertrauen sogar in dessen Verrat.

Keller wusste nicht, wen er meinte: den Bruder oder die Frau? Aber ist das wichtig, fragte er sich und kannte bereits die richtige Antwort: Wichtig war allein, dass er sie liebte für das, was sie waren, was denn sonst!

Er folgte der Straße bis in die Stadtmitte. Anschließend ging er weiter und weiter, überquerte den Viktualienmarkt und stand schließlich erneut vor dem Heißen Sporn.

Ohne zu zögern, betrat er die Wirtschaft, genoss die stickige, verrauchte Luft, die vollen Tische mit den alten Frauen und den schiefen Gesichtern der jungen Männer, sah, dass der Tisch in der Mitte besetzt war, und suchte sich einen freien Platz an einem anderen Tisch.

Es dauerte nicht lange, bis die Wirtin neben ihm stand und rief: »Was wünscht der feine Herr?«

Fast hätte Keller gerufen: Hallo, fette Wirtin! Doch er liebte sie für ihre Fettleibigkeit, für ihre professionelle Dompteurstrenge, für ihre Brüllstimme und ihre vulgär gespreizten Vokale, und deshalb lächelte er sie freundlich an und rief: »Ein Bier – und erzählen Sie mir von Radi Zeiler!«
Die Wirtin runzelte die Stirn und zog ohne ein weiteres Wort ab, kam kurz darauf mit einem Bierhumpen zurück, knallte ihn vor Keller auf den Tisch und ging herum, um niemanden zu übersehen, der etwas bestellen wollte.
Keller genoss die ungehaltene Reaktion der Wirtin, er genoss das kalte Bier, er genoss den Rauch, den ihm sein Gegenüber, ein älterer Säufer mit zerfurchtem Gesicht, entgegenblies, er genoss die Ellenbogenstöße des Kerls neben ihm, der mit der alten Hure, die vor ihm saß, plump und obszön flirtete, er genoss die professionellen Seitenblicke der alten Hure, die ihn auf eine unsichtbare Waage gesetzt hatte und sein Gewicht in Gold aufwog, während sie dem Kerl neben Keller schöne Augen machte. Er genoss das Gebrüll der Menschen, die Schlagermusik, die aus den scheppernden Lautsprechern drang: »Wir werden niemals auseinandergehn.« Er genoss den ersten leichten Rausch, nachdem er den Humpen geleert hatte.
Und als die Wirtin wieder neben ihm stand und ihn fragend und streng ansah, rief er ihr zu: »Ein Bier – und erzählen Sie mir von Radi Zeiler!«
Erneut ignorierte die Wirtin den zweiten Teil der Bestellung, erneut genoss Friedrich Keller es, erneut war das Bier irgendwann leer und der Rausch ein wenig stärker.
Als er zum dritten Mal ein Bier und Auskunft über den Meister bestellte, stemmte die Wirtin die Fäuste in die Hüften, stieß ihr Kinn in seine Richtung und rief: »Was wollen Sie denn vom armen Radi? Der ist tot!«
»Er war mein Bruder!«, brüllte Friedrich Keller zurück.
Und da fiel der Wirtin die Kinnlade herunter, und sie starrte Keller so schamlos verblüfft und abschätzig und neu bewertend an, dass dieser sie liebte für ihre ungehobelte Art. »Sie?«, rief sie mit sehr lang gezogenem i.

»Sie haben mir mal erzählt, dass er Ihnen ein paar Verse geschenkt hat. Kann ich die sehen?«
»Das kostet Sie aber was, feiner Herr!«
»Nur zu!«, rief Keller wohlgemut.
Die Wirtin lächelte hinterlistig. Dann brüllte sie den Mann hinter der Theke an und dieser nickte. »Kommen Sie mal mit, feiner Herr Bruder!«
Das ließ Friedrich Keller sich nicht zweimal sagen. Er sprang auf, fühlte, wie der Gleichgewichtssinn im Alkohol badete, und folgte leicht schwankend der fetten Wirtin, die sich nach hinten zur Theke begab, sie umrundete und die Tür dahinter öffnete.
»Nur hereinspaziert!«
Friedrich Keller drückte sich an der Wirtin vorbei in den unbekannten Raum.
Dann waren sie allein, er und die Wirtin. Der Lärm dröhnte dumpfer von draußen herein, aber Friedrich Keller genoss diese Kontinuität und lächelte glücklich über den verwahrlosten Raum, der wohl ein Büro sein sollte, tatsächlich aber für alles Mögliche benutzt zu werden schien: zum Saufen, zum Übernachten, zum Kopulieren, zum Essen, zum Fernsehen. In einer Ecke befand sich eine schmuddelige Couch, davor stand ein niedriger Tisch, auf dem eine zerlesene Tageszeitung verkündete: »Krise außer Kontrolle!«
»Hier«, sagte die Wirtin und zeigte auf einen Wisch, der mit vier Reißbrettstiften an der rissigen Wand befestigt war, gleich neben dem Fernseher.
Friedrich Keller wollte sich schon nähern, um einen Blick darauf zu werfen, als die Wirtin ihn mit ihrem mächtigen Arm zurückhielt, den sie wie einen Balken horizontal ausfuhr.
»Erst zahlen«, sagte sie und blickte Friedrich Keller lüstern an.
Und dieser verstand, worauf die Wirtin hinauswollte und lächelte.
Die Entjungferung des Friedrich Keller nahm höchstens zehn Minuten in Anspruch. Die Wirtin öffnete mit geübten Handgriffen seine Hose und zog sie ihm von den Beinen, als wäre er ein kleiner Junge, den seine Mutter vor dem Zubettgehen entkleidete. Anschließend führte sie ihn zu der Couch mit braunem Cordbezug, deren bessere Tage

lange schon vergessen waren, und hieß ihn, sich auf den Rücken zu legen. Sodann raffte sie ihre Röcke und bestieg ihn ohne weitere Umstände. Sie stülpte ihr wallendes Fleisch über seine schmalen Lenden, und als unter dem schieren Gewicht der Wirtin die Luft so vollständig aus seinen Lungen wich, als würde er nie wieder einatmen können, und ihm schwarz vor Augen wurde, verstand Friedrich Keller endlich, woher die unergründliche Macht des schwachen Geschlechts rührte, da er nun, nach einem halben Leben, doch noch zu deren Quell vorgedrungen war.

Sexualität zwingt zu unabspaltbarer Selbstbeteiligung, dachte er mit letzter Kraft, bevor sein Denken von der Woge, die ihn unter sich begrub, ausgelöscht wurde.

Während die Wirtin mit wogenden Brüsten und überbordenden Schenkeln auf ihm ritt, dass er vollständig in dem durchgesessenen Sofa versank, auftauchte und erneut versank, konnte er nicht anders, als sie bei ihren wahren Namen zu nennen, die nichts anderes im Sinn hatten, als ihre spezifische Körperlichkeit unverblümt zum Ausdruck zu bringen.

Doch in dieser alles bejahenden Situation war alles erlaubt, und deshalb lachte die Wirtin vulgär auf und rief erhitzt und außer Atem: »So hat der Radi auch immer geredet!«

Damit wollte sie vielleicht die Brüderschaft bestätigen, doch als einer von zwei ungleichen Zwillingen wusste Friedrich Keller, dass es hier um etwas anderes ging, nämlich um die tiefe, in allen Unterschieden stets gegenwärtige Einheit aller Männer, aller Frauen, aller fickenden Wesen.

Die Wirtin hob und senkte sich, mit den mächtigen Armen stützte sie ihren Leib links und rechts von Kellers Kopf ab, ihr schweißnasses, fettes Gesicht hing über ihm, ihr Rhythmus dirigierte seine Lebensfunktionen, den Blutfluss, den Atem, den Puls der Hirnströme, und Keller gaffte sie mit offenem Mund an, er krallte die Hände in ihr monströses Gesäß, er dachte nicht mehr und sprach doch, bewarf sie förmlich mit Wörtern, die er noch nie in den Mund genommen hatte und die jetzt nur so aus ihm heraussprudelten, als ginge der körperlichen

eine geistige Ejakulation voraus, als würden gemeinsam mit der herausgedrückten Luft sämtliche Kraftwörter aus ihm gepresst, die nun wie freigelassene Gefangene vor den Toren des alten Kerkers jubelten und grölten und schon einen neuen Zweck erfüllten, nicht mehr Tabus waren, sondern Anfeuerungen in zwei Richtungen.
Kommt alle!, schienen sie zu rufen, und Keller ließ seinem Mund freien Lauf und spie alles aus. »Komm, du fette Sau!«, riefen sie ohne Umschweife, und die Wirtin kam, und dann kam auch der dünne feine Herr, der nun erst begriff, warum man dies eine Klimax nennt, denn es war die Höhe, was da zwischen diesem Mann und dieser Frau geschah.
Die Tür wurde aufgerissen, und der Mann von der Theke blickte sie ausdruckslos und desinteressiert an.
Der Lärm der Schenke flutete herein und goss über alles eine erfrischende Banalität und Öffentlichkeit, dass Friedrich Keller sich fühlte, als befruchte er nicht nur die fette Wirtin, sondern die gesamte Menschheit.
»Komm endlich, Eva! Der Laden ist voll!«, brüllte er.
Und sie schrie mit erhitztem Gesicht, mit zuckenden Schenkeln, mit hechelndem Atem zurück: »Bin schon da!«, und zu Keller gewandt: »Kannst dir jetzt in aller Ruhe den Zettel vom Radi anschauen, feiner Herr!«
Mit diesen Worten wuchtete sie ihren gigantischen Leib von der Couch, ließ die Röcke fallen, strich sich ein, zwei Haarsträhnen aus dem Gesicht, warf ihm einen letzten Blick zu und verließ den heruntergekommenen Raum, um sich der Kundschaft zu widmen. Geräuschvoll schloss sie die Tür und ließ Friedrich Keller allein.
Er dauerte eine Weile bis er zu sich kam. Ihm war, als sei er einem Fiebertraum entstiegen. Erst allmählich wich das Blut aus Kopf und Geschlecht und kehrte in den Rest des Körpers zurück, der sich zerschunden und geprellt anfühlte. Mühsam, aber glücklich erhob er sich, suchte seine Hose und Unterhose, die auf dem schmutzigen Boden lagen, zog sie mühsam über die Schuhe, die er die ganze Zeit an den Füßen getragen hatte, und näherte sich anschließend langsam, fast vorsichtig dem Zettel an der Wand.

Es handelte sich um ein unliniertes Din-A4-Blatt, das jemand aus einem Ringbuch herausgerissen hatte. Dort stand in gut lesbarer Handschrift und mit blauem Kugelschreiber geschrieben:

Ich denk
mir
nix
mehr dazu

Ich denk
mir
nix
mehr weg

Ich hab
jetzt
meine

Ruh
mitten
im Schreck.

Das letzte Wort hatte jemand mit schwarzem Filzstift durchgestrichen und darunter in einer anderen Handschrift »Dreck« geschrieben.
Das Gedicht passte durchaus an den Ort, an dem es sich befand, dachte Keller, zumal in seiner korrigierten Fassung. Darüber hinaus aber war ihm die Kugelschreiberschrift seltsam vertraut, doch er konnte sich nicht entsinnen, wo er sie schon einmal gesehen hatte.
Er betrachtete das Blatt aus nächster Nähe, fuhr mit den Fingerkuppen darüber und stellte überrascht fest, dass noch etwas auf der Rückseite stehen musste. Wie ein Dieb blickte er sich um und zog anschließend die Reißbrettstifte mit den Fingernägeln aus der Wand.
Er wendete das Blatt und las:

Die Zukunft
wird dich
an die Gegenwart
verraten

und dann
reichen sie dich
durch
in die Vergangenheit

wo du
wieder warst
wie du geworden wärest

hätte sich alles
so zugetragen
wie du wolltest.

Keller wendete das Blatt mehrere Male hin und her, um die Handschriften zu vergleichen. Auf den ersten Blick sah das Schriftbild der beiden Sonette gleich aus. Aber am Ende war er sicher, dass es sich insgesamt um drei verschiedene Schriften handelte. Wie konnte das sein?
Er überlegte: Wenn der echte Radi Zeiler das Gedicht auf der Vorderseite geschrieben hatte, dann stammte »Dreck« vielleicht vom falschen Radi Zeiler, also vom Bruder, der womöglich dasselbe mit der Wirtin getrieben hatte wie soeben er, Friedrich Keller. Vielleicht stammte das Gedicht in Wahrheit vom Bruder, weshalb ihm die Handschrift so vertraut war, und irgendjemand Unbekanntes hatte »Dreck« beigesteuert? Vielleicht sogar die fette Wirtin? Der Mann an der Theke? Ein beliebiger Kunde, der mit seiner Korrektur Kritik am Zustand dieses Zimmers zum Ausdruck hatte bringen wollen? Alles schien möglich zu sein.
Gänzlich unverständlich aber war Keller die dritte Handschrift, denn sie passte in keine logische Erklärung, obwohl es sich, mehr noch

als bei dem Gedicht auf der Vorderseite, um einen klassischen Radi Zeiler handelte, daran bestand kein Zweifel. Hatte vielleicht der erste Radi das rückseitige, der zweite Radi das vorderseitige und irgendwer »Dreck« geschrieben?
Wie ein Agent fühlte Friedrich Keller sich, und er genoss es, im Hinterzimmer des Heißen Sporn einer heißen Spur zu folgen, die nirgends hinführen mochte. Er blickte sich suchend im Raum um und fand tatsächlich ein abgegriffenes, speckiges Comic-Buch, dessen Deckblatt verloren gegangen war. Das leere Vorsatzpapier war noch vorhanden, und die Größe stimmte. Keller riss es heraus, suchte und fand einen Kugelschreiber, der unter dem Fernseher im Staub lag, und schrieb das vorderseitige Gedicht ab, wobei er darauf achtete, die Handschrift zu imitieren, was ihm erstaunlich leichtfiel.
Als er fertig war, befestigte er die Fälschung mit den Reißbrettstiften an der Wand, faltete das Original zusammen und steckte es in die Hosentasche. Zum Schluss betrachtete er zufrieden sein Werk. Er hatte den »Dreck« eingedenk der Tatsache, dass das Hinterzimmer für sich selbst sprach und er ohnehin keinen Filzstift zur Hand hatte, schlicht weggelassen.
In diesem Augenblick riss die Wirtin die Tür auf, blickte ihn mit routinierter Strenge an und rief: »Genug geguckt, feiner Herr! Du musst jetzt gehen!«
Friedrich Keller verließ den Heißen Sporn, nicht ohne seine Zeche zu zahlen. Er trat auf die Straße. Der Himmel war aufgeklart, die Frühlingssonne bereits untergegangen, es wurde frisch.
»Hätte sich alles so zugetragen, wie du wolltest«, rezitierte er lautlos. Wie wollte ich es denn?, fragte er sich und fand keine Antwort.

Das Rätsel der Lösung

Als ein anderer Mann hatte Friedrich Keller das Hinterzimmer des Heißen Sporn verlassen, den stickigen, menschenvollen Raum durchquert, sich an der Tür noch einmal zur Theke umgewandt – dort hatte die Wirtin gestanden und ihm nachgeblickt, unergründlich und so fremd wie zuvor. Nein, fremder noch, viel fremder, denn nun gab es das, was er sah, und das, was er wusste. Sie stand dort, fett und vulgär wie immer, zu keinem Zeitpunkt hatte es einen Bruch in ihrem Wesen gegeben, keine Intimität, keine Zugeständnisse.
Keller hatte bezahlt, um die Gedichte zu sehen. Sex für Sonette. Er hatte sich im Namen der Dichtung prostituiert und war reich entlohnt worden, sogar beim Akt des Bezahlens.
Und wer weiß, dachte er, während er die Wirtin an der Theke betrachtete, vielleicht weiß sie es sogar. Und dann ist es doch Liebe gewesen. Er fühlte noch immer ihren schweren Leib auf seinem, noch immer waren seine Hände in ihr grenzenloses Fleisch gekrallt, noch immer pochte der Puls jener hitzigen, brennenden, gedankentilgenden Ballung in seiner Körpermitte, jener unabwendbaren Konzentration auf das Wesentliche, die ihn soeben als Mann hatte zur Welt kommen lassen, erschaffen durch die Berührung dieser unwahrscheinlichen, gaiahaften Frau. Vertrauter als alles. Fremder als alles. Herrlich!
Als ein anderer öffnete Friedrich Keller die Tür der Wirtschaft und trat in Gedanken an seine tote Mutter hinaus in den Abend.
Und dort, im hastigen Treiben letzter Kunden, die kreuz und quer eilten, um kurz vor Ladenschluss noch sämtliche Waren zu erstehen, die sie dringend zu benötigen glaubten, stand ein junger Mann und blickte ihn unverwandt an. Er musste knapp über zwanzig sein, und die erwartungsvolle und ein wenig nervöse Art, wie er Keller taxierte, sagte ihm, dass er dort auf ihn gewartet hatte.
Jetzt kam er zögerlich, fast zweifelnd auf ihn zu, streckte seine rechte Hand aus und sagte mit überraschend tiefer Baritonstimme: »Sind Sie Radis Bruder? Ich bin Radis Sohn. Ich bin Ihr Neffe.«
Später würde Keller dieses Treffen als den Beginn eines ontologischen Schwindels definieren, der ihn schier um den Verstand oder endlich zur Vernunft bringen sollte – wie konnte man das überhaupt

noch entscheiden wollen angesichts der Wandlungen und Wendungen scheinbar felsenfester Umstände? Er, Keller, sollte eines Tages den Entschluss fassen, für den Rest seines Lebens darauf zu verzichten.
Doch jetzt, an diesem Frühlingsabend, in dem trüben Gemisch, das Dämmerung und Straßenbeleuchtung auf alle Dinge, alle Menschen gossen, umgeben von Bewegungen, die alle flüchtig wirkten, entfaltete der Satz des jungen Mannes eine betäubende Wucht.
Und so stand Keller zunächst scheinbar ungerührt da und starrte den anderen an, der geduldig wartete, bis der kulturelle Mechanismus sich aktivierte und Kellers Hand selbsttätig die seine ergriff. Die Berührung weckte ihn aus der Betäubung.
»Ich ... ich ...«
»Sie werden alles verstehen, keine Sorge! Zumindest alles, was ich verstehe«, er lächelte flüchtig. »Bitte, kommen Sie mit. Ich möchte Ihnen etwas zeigen, das Ihrem Bruder gehörte.«
Der Meister!, fuhr es Keller durch den Kopf. Er würde doch noch die Chance erhalten, ihm näherzukommen! Keller war plötzlich sehr erregt, und diese Erregung überdeckte jenen anderen Gedanken, der ihm gekommen war und der sich damit befasste, dass er, Keller, gelogen hatte, als er behauptete, Zeilers Bruder zu sein. Diese eine Lüge aber hatte ihm eine Mannwerdung und einen Neffen eingebracht. Wer konnte wissen, was in der Zukunft noch auf ihn wartete?
Er nickte stumm, der junge Mann nickte seinerseits (»Hier entlang, bitte«), und dann gingen sie schnellen Schrittes los wie zwei Agenten, die sich wortlos verstehen.
»Mein Name ist Tinus«, sagte er nach einer Weile, »eigentlich Mutinus«, er lächelte gequält.
»Friedrich«, antwortete Friedrich.
Der andere nickte: »Sehr erfreut.«
Sie gingen jetzt durch Gassen und Gässchen, wo sich Touristen Gute Nacht sagen und die Geschäfte nichts als Typisches zur Schau stellen. Seit seiner Kindheit hatte Keller sich nicht mehr hier aufgehalten, und er hätte sich gewiss verlaufen, doch Tinus suchte seinen Weg durch die Menge mit ortskundiger Zielstrebigkeit.

Vor einem kleinen, grünen und nachträglich verputzten Fachwerkhäuschen mit quadratischen Bauernhausfenstern blieb er stehen und zog einen Schlüsselbund hervor. Er musste ihn in die Höhe halten, um den richtigen Schlüssel zu erkennen, und das gab Friedrich Keller die Gelegenheit, sein Gesicht in Ruhe zu betrachten. Beinahe überirdisch schön erschien er ihm jetzt – wie ein junger Gott, dachte er –, und er wunderte sich, dass ihm dies nicht sogleich aufgefallen war.

Tinus schloss die Tür auf und schaltete im Flur ein grelles Licht an. Keller sah groben Putz an den Wänden. Vor ihnen führte eine schmale, steile Steintreppe nach oben. Es roch nach altem, feuchtem Gemäuer.

»Stoßen Sie sich nicht den Kopf«, sagte Tinus leise, lächelte ihn an und erschien ihm in diesem Augenblick wie ein Gesandter, der vom Himmel gekommen war, um ihn hierherzuführen.

Oben war die Decke in der Tat sehr niedrig, so dass Keller und sein falscher Neffe leicht gebeugt durch einen schmalen Korridor gehen mussten. Jeweils zwei schmale Türen mit kleinen Milchglasfenstern führten links und rechts in dunkle Räume, aus denen kein Laut drang. Am Ende des Flurs gab es eine etwas breitere, weiß lackierte Tür. Tinus sperrte sie mit einem großen Schlüssel auf, betätigte einen schwarzen Drehschalter und machte anschließend eine einladende Handbewegung.

Keller trat an ihm vorbei in ein erstaunlich geräumiges, viereckiges Zimmer mit zwei kleinen Fenstern in der gegenüberliegenden Wand. Der Boden bestand aus groben Holzdielen, zwischen denen breite, dunkle Fugen wie blinde Durchgucke in die Unterwelt quer durch den Raum verliefen, die Decke wurde von zwei dicken Stützbalken getragen, an denen man sich hervorragend Beulen stoßen konnte, die unebenen Wände waren weiß getüncht. Die Einrichtung: ein breites schmiedeeisernes Bett mit hohen Kopf- und Fußenden, ein schmaler Schreibtisch zwischen den Fenstern, auf welchem neben Büchern, Schreibwerkzeug und Heften eine große schwarze, dem Anschein nach hundert Jahre alte Schreibmaschine der Marke Orga stand, zwei Stühle aus Holz, ein alter Bauernschrank, in welchem sich vermutlich Kleidung befand, und ein schlichtes Baukasten-Regal aus Fichtenholz, vollgestellt mit alten, zerlesenen Büchern und ein paar Aktenordnern.

Ganz links gab es noch einen rechteckigen Küchentisch, eine schmale Vitrine mit Geschirr und an der Wand daneben ein kleines Spülbecken, über dem ein Wasserhahn seinen hohen Bogen schwang.
»Wohnen Sie hier?«, fragte Keller.
Tinus schüttelte den Kopf. »Hier hat mein Vater gelebt. Die Wohnung gehörte ihm. Ich habe sie nach seinem Tod geerbt. Erst dadurch erfuhr ich überhaupt von ihr.« Er schüttelte den Kopf: »Und davon, dass er doch irgendwo gewohnt hat. Hier!«, er ging zum Schrank und öffnete dessen beide Türen weit, trat zur Seite und wies auf den Inhalt. »Schauen Sie!«
Friedrich Keller näherte sich dem Schrank und sah fünf identische Mäntel. »Das sind ...«
»Ja. Es ist der Mantel, den er immer trug in fünffacher Ausführung. Sie können sie anfassen, sie sind sauber. An einem hängt sogar noch ein Reinigungszettel.«
»Aber dann ...«, begann Keller und stockte angesichts der Konsequenzen dieser Wahrheit.
Tinus nickte. »Ich weiß, was Sie denken. Mir erging es nicht anders, als ich das alles sah.«
»Warum? Warum hat er das getan?« Keller starrte abwechselnd die Mäntel und Radi Zeilers Sohn an.
Tinus zuckte mit den Schultern und machte ein nachdenkliches Gesicht: »Kommen Sie, setzen wir uns. Möchten Sie etwas trinken. Es gibt Sliwowitz.« Er lächelte unmerklich.
Keller nickte. Er brauchte jetzt etwas Brennendes im Hals.
Sie setzten sich an den kleinen Küchentisch. Durch eines der Fenster sah Keller im gelblichen Licht der Straßenlaterne die dunklen Fassaden der gegenüberliegenden Häuserzeile. Hier gab es kaum noch Gebäude mit Mietern über den Geschäften.
Tinus stellte ein winziges bauchiges Gläschen mit langem, engem Hals vor Keller auf den Tisch und goss vorsichtig eine gelbliche Flüssigkeit aus einer Flasche hinein. »Die nennt man ›Enkel‹ in Serbien. Ich hab's im Internet recherchiert. Keine Ahnung, woher mein Vater die hatte.

Sie sind eigens für Sliwowitz gemacht.« Er setzte sich Keller gegenüber und beobachtete, wie dieser an der Flasche roch.
»Sie trinken nicht?«, fragte er Tinus.
Dieser schüttelte schweigend den Kopf.
Keller trank. Es war ein besonders starker Sliwowitz, stärker als das farblose Zeug, das er aus dem Heißen Sporn kannte.
»Das ist kein billiger Fusel. Ich hab's gegoogelt. Der ist richtig teuer«, sagte Tinus.
»Hat er dem Meist..., Zeiler ... Ihrem Vater gehört?«
»Was denken Sie denn? *Ich* kaufe mir so was nicht«, versetzte der andere abwehrend.
Keller betrachtete erneut die Flüssigkeit. Der Sliwowitz des Meisters, dachte er andächtig und nahm den nächsten Schluck, als empfinge er ein Sakrament.
»Sie sagen, dass Sie sein Bruder sind, und ich bilde mir ein, dass ich die Ähnlichkeit erkenne, obwohl Sie weder Bart noch langes Haar tragen. Aber Sie müssen mir schon ein wenig mehr liefern.«
Darauf war Keller vorbereitet. Er sagte: »Er hat mir die Gedichte gebracht. Einen ganzen Stapel: ›Den blinden Göttern‹.«
Tinus riss seine Augen auf: »Ihnen?«
Keller nickte. »Ich habe ihn nicht erkannt. Er war heruntergekommen, trug einen Bart, langes Haar und hatte eine tiefe Bassstimme.«
Tinus betrachtete Keller nachdenklich. »Sind Sie sicher, dass es Ihr Bruder war und nicht jemand anderes?«
Damit hatte Keller nicht gerechnet. »Wie kommen Sie darauf?«, fragte er ausweichend.
Aber Tinus zuckte nur mit den Schultern: »Diese fertige Gedichtsammlung, die er Ihnen und nicht mir oder meiner Mutter gegeben hat – ich bin mit ihnen aufgewachsen. Wann immer er eines geschrieben hatte, hinterließ er es bei uns im Briefkasten. Jahrelang. Als ich klein war, verstand ich sie natürlich nicht und hielt sie nur für einen weiteren Ausdruck seiner Verkommenheit.« Ein bitterer Zug legte sich um seinen Mund. »Ich stand unter dem Einfluss meiner Mutter, wie sollte es auch

anders sein? Sie hat ihm nie verziehen, dass er sie verlassen hatte, um sich selbst zu verwirklichen.«

»Das war der Grund?«

»Ja. Einmal hat sie mir erzählt, dass er nach einem ihrer vielen Streits zu ihr gesagt hat, er hätte sich geirrt. Wörtlich soll er gesagt haben: ›Ich habe nicht alles aufgegeben, um noch einmal in dieselbe Falle zu tappen.‹ Er soll gesagt haben: ›Lies die Gedichte. Da findest du meine Wahrheit.‹«

»Das hat er gesagt?«

Tinus nickte. Dann erhob er sich plötzlich, begab sich zum Baukasten-Regal, entnahm ihm etwas und brachte es Keller.

Es handelte sich um ein Sammelsurium unterschiedlich großer Papierblätter, die zum Teil stark verschmutzt, zum Teil wellig von Feuchtigkeit und zum Teil halb zerrissen waren. Aber auf jedem einzelnen dieser Blätter befand sich ein Sprachgebilde aus vierzehn Zeilen, unterteilt in je zwei Quartette und zwei Terzette, seltener in drei Quartette und eine zweizeilige Schlussstrophe – die Shakespeare-Variante.

»Alle seine Sonette«, sagte Tinus, der neben Keller stehen geblieben war. »Und zwar in der Reihenfolge, in der mein Vater sie bei uns im Briefkasten hinterließ. Das Erste zuoberst. Meine Mutter übergab sie mir nach seinem Tod.«

»Das ist ... fantastisch«, murmelte Keller und strich mit der Hand fast zärtlich über das obenauf liegende Blatt, ein liniertes Din-A5-Papier, das Zeiler offenbar aus einer Ringbuchbindung gerissen hatte.

Zu seiner Überraschung stand dort Sonett *LXXVI, welches in seiner eigenen Sammlung an letzter Stelle kam. Er las es leise vor:

Um es
wirklich
ernst
zu meinen

muss man
viel mehr
aufgeben
als man will:

das
was man
zurückhält

das
wofür
man es tut.

Dieses Gedicht war ihm stets rätselhaft erschienen, geradezu dunkel. Auch jetzt fragte er sich flüchtig und vergeblich, wie man überhaupt noch etwas tun konnte, wenn man den Grund, aus dem man es tat, nicht mehr hatte.

Er wendete das Blatt. Auf der Rückseite befanden sich Schreibübungen, offensichtlich von Kinderhand verfasst, große runde, ungelenke Buchstaben standen dort nebeneinander aufgereiht und erinnerten Keller augenblicklich an die eigene Grundschulzeit.

»Sie mögen seine Gedichte, nicht wahr?«, fragte Tinus, als kenne er die Antwort bereits.

Keller blickte auf: »Mögen? Sie sind göttlich. Und das habe ich ihm auch gesagt.«

»Sie hatten Kontakt zu ihm?«

»Nur zweimal. Das erste Mal kam er in unsere Buchhandlung, um sie mir zu geben, und das zweite Mal sah ich ihn auf der Straße und folgte ihm bis zum Heißen Sporn. Wir wechselten zwei Worte, dann schlief er ein.«

Sie seufzten fast gleichzeitig.

Tinus sagte: »Das war die Zeit, in der er sich nicht mehr blicken ließ, auch keine Gedichte mehr brachte.«

Und es war die Zeit, als Hennie den Platz des wahren Radi Zeiler eingenommen hatte, dachte Keller. Laut sagte er: »Vielleicht hatte er seine Sammlung beendet. Sonst hätte er sie mir doch nicht gebracht, oder?«
Tinus überlegte. Dann nickte er: »Entweder er hat sie Ihnen kurz vorher oder jemand anderer kurz danach gebracht.«
»Wie kommen Sie darauf, dass es jemand anderer gewesen sein könnte?«
Tinus wiegte den Kopf, ging um den Tisch herum und setzte sich Keller wieder gegenüber. Fixierte ihn, wie er es vor der Tür des Heißen Sporn getan hatte. Wollte etwas sagen, unterließ es, begann erneut, brach ab, bevor ein Laut über seine Lippen kam, und sagte schließlich: »Wissen Sie, woran er gestorben ist, mein Vater?«
Keller wollte »erfroren« sagen, erinnerte sich jedoch rechtzeitig daran, dass er dies gar nicht wissen durfte und schüttelte den Kopf.
»Jemand hat ihn angezündet. Mein Vater ist verbrannt. Mitten im Winter.«
Ein Schluchzen begleitete das letzte Wort und zwei Tränen quollen aus Tinus' Augen. Er senkte den Kopf, und diese Geste erinnerte den bestürzten Keller tatsächlich an den im Heißen Sporn vor ihm sitzenden Radi Zeiler, obwohl das doch in Wahrheit sein Bruder gewesen war.
Verbrannt! Hennie hatte entweder gelogen oder es gar nicht gewusst und das Plausibelste erfunden. Im Winter verbrennt man nicht, dachte Keller, man erfriert.
Tinus wischte sich die Tränen mit dem Handrücken vom Gesicht, räusperte sich und sagte: »Die Polizei geht davon aus, dass es irgendwelche Jugendliche waren. So was scheint öfter vorzukommen.« Er atmete tief durch, als ringe er nach Luft. »Jedenfalls wurden die Ermittlungen eingestellt – es gab keine brauchbaren Spuren.« Er senkte den Blick. »Die wissen nicht einmal, wer er war. Das weiß nur ich«, fügte er hinzu. »Hier!«
Er griff in seine Hosentasche und zog ein Smartphone heraus, tippte eine Weile darauf herum und hielt es Keller hin.
»Die haben Leute geschossen, die ihn fanden«, sagte er trocken. »Sie haben die Fotos im Internet gepostet, weil sie glaubten, die Welt

müsse noch mehr Abscheulichkeiten sehen.« Er lachte bitter auf. »Mit Angabe von Ort, Datum und Uhrzeit.« Er atmete tief durch. »Doch ich bin ihnen dankbar, denn schauen Sie hier«, er zeigte auf eine Stelle, »sehen Sie das? Seine Armbanduhr. Und hier: ein Stück Stoff von einem seiner Mäntel und der Schuh oder das, was von ihm übrig geblieben ist.«

Er blickte auf, seine Augen leuchteten wie die eines Fanatikers, der die dürftigen Beweise für die Existenz seines Gottes mit glühender Überzeugung in die Höhe hält.

Keller zwang sich, zustimmend zu nicken. Beim Anblick der Fotografien war er innerlich zusammengezuckt, als stünde er neben dem Zeitungsregal seines Lebensmittelgeschäfts und läse angsteinflößende Schlagzeilen. Fast hätte er weggeschaut, doch sein Sinn für Normalität hielt ihn davon ab. Außerdem aber war er keineswegs überzeugt von deren Beweiskraft, sondern vielmehr ein wenig enttäuscht, weil der Scharfsinn dieses schönen jungen Mannes sich an einen so dünnen Faden klammerte, an ein Stück Stoff und einen halb verbrannten Schuh. Die Armbanduhr allerdings war ihm irgendwie vertraut, und er suchte in seinem Gedächtnis nach einem Hinweis, fand jedoch keinen und zweifelte an seiner Wahrnehmung. Keller suchte nach der von Tinus erwähnten Datumsangabe, fand sie aber nicht.

Der junge Mann hatte ihn nicht aus den Augen gelassen. Sein Gesicht nahm einen entschlossenen Ausdruck an. Er sagte: »Wenn Sie mir das genaue Datum nennen, an dem er auftauchte, um Ihnen die Gedichte zu bringen, dann nenne ich ihnen seinen Todestag – und wir wissen Bescheid.«

Keller starrte Tinus an. Deshalb also waren sie hier. Der Sohn suchte auf eigene Faust nach dem Mörder des Vaters! Und er, Friedrich Keller, war als Zeuge vorgeladen. Ein schrecklicher Verdacht keimte in ihm auf: Was, wenn der Bruder den Dichter ermordet hatte und heimgekehrt war, um sich zu verstecken?

»Nun?«, fragte Tinus.

Er beobachtete jede Regung in Kellers Gesicht, und diesem wurde abwechselnd heiß und kalt. Denn er wusste nicht: Sollte er dem anderen

das wahre Datum mitteilen, oder sollte er es um eine oder zwei Wochen vorverlegen, um den Bruder zu schützen, selbst wenn dies bedeuten konnte, dass er einen Mörder deckte?
»Ich bin nicht sicher«, sagte er schließlich. »Sie müssen verstehen: In meinen Augen war er nur irgendein Penner, der nichts in einer Buchhandlung zu suchen hatte. Er stank entsetzlich und starrte vor Schmutz. Ich weiß nicht einmal genau, warum ich den Stapel mitnahm. Und dann vergingen Wochen, bis ich ihn mir anschaute, und es geschah auch nur, weil meiner Putzfrau beim Abstauben ein paar Blätter auf den Boden gefallen waren. Ich ... ich weiß es beim besten Willen nicht mehr auf den Tag genau.«
Tinus hatte ihn während seiner Aussage nicht aus den Augen gelassen. Eine Weile saßen die beiden Männer stumm voreinander da.
Plötzlich aber nannte der Jüngere ein Datum, und Friedrich Keller schloss erschrocken die Augen und sah den Bruder mit einem leeren Benzinkanister in der einen, einem brennenden Streichholz in der anderen Hand und den gestohlenen Gedichten unter dem Arm, während vor ihm im Schnee der vermummte, schlafende Radi Zeiler lag und nicht ahnte, dass sein letztes Stündlein geschlagen hatte.
Er öffnete die Augen wieder, suchte den wartenden Blick des anderen und sagte leise: »Ich hoffe nur, es war nicht der Mörder, der sie mir brachte. Aber wenn er es gewesen ist, dann muss er Zugang zu dieser Wohnung gehabt haben, denn er trug einen solchen Mantel«, er wies zum Schrank.
Tinus nickte leicht. Er war nicht überzeugt von Keller, doch ebenso wenig schien er dessen Notlüge durchschaut zu haben. »Es gibt noch eine Unstimmigkeit: die Handschrift«, sagte er.
»Was ist mit der Handschrift?«, fragte Keller fast ängstlich.
Tinus zog den Stapel zu sich herüber und blätterte darin. Schließlich hob er den größten Teil ab und legte ihn neben die verbliebenen Blätter. Er zeigte darauf: »Ab hier verändert sich die Handschrift. Oberflächlich betrachtet ist es immer noch dieselbe. Aber schauen Sie genauer hin, dann sehen Sie den Unterschied.« Er drehte die Stapel um hundertachtzig Grad und schob sie zu Keller hinüber.

Als Keller die unterschiedlichen Handschriften sah, kramte er den Zettel, den er aus dem Hinterzimmer des Heißen Sporn entwendet hatte, aus der Hosentasche hervor, entfaltete ihn und legte ihn daneben.
»Was ist das?«, fragte Tinus und runzelte die Stirn.
»Zuerst sagen Sie mir, wer Sie darüber informiert hat, dass der Bruder Ihres Vaters im Heißen Sporn ist.«
»Meine Mutter.«
»Ihre Mutter?«, rief Keller überrascht.
Tinus nickte langsam.
»Woher wusste Ihre Mutter das denn?«
Tinus wiegte den Kopf. »Sie zahlte der Wirtin jahrelang eine Art Prämie für Hinweise.«
»Über Ihren Vater?«
Tinus nickte stumm und machte ein schuldbewusstes Gesicht. »Ich wusste nichts davon bis ... bis nach seinem Tod.«
Welch eine Verwicklung, dachte Keller und empfand Mitleid mit dem jungen Mann. Er dachte daran, wie die eigene Mutter sich nach dem Tod des Vaters verändert hatte. Hart wie Holz war sie geworden, unnachgiebig und unnahbar. Als wäre die Poesie aus ihrem Leben gewichen.
»Also gut: Den Zettel habe ich aus dem Hinterzimmer des Heißen Sporn entwendet, nachdem die Wirtin mir Zugang gewährt hatte.« Das Wort »Zugang« hallte eigentümlich in seinem Kopf nach, doch er überging es. »Und schauen Sie«, fuhr er fort, »die Handschrift auf der Vorderseite sieht genauso aus wie hier«, er wies auf den Stapel mit den letzten Gedichten, wo jetzt Sonett *XL zuoberst lag, »während die Rückseite des Zettels der älteren Handschrift entspricht.«
Tinus versuchte trotz der verdrehten Perspektive, etwas zu erkennen, scheiterte, erhob sich, nahm seinen Stuhl, kam um den Tisch herum und setzte sich neben Keller, der inzwischen zur Seite gerückt war. Nun beugten sie sich gemeinsam über den Zettel und die Stapel.

Schließlich lehnte Tinus sich zurück: »Kein Zweifel«, sagte er bestätigend. Dann nahm er den Zettel aus dem Hinterzimmer und las beide Sonette. »Sie wirken wie ein Dialog«, sagte er nachdenklich.
Das war Keller noch nicht aufgefallen.
»Doch! Schauen Sie!«, beharrte der andere, »das vermutlich ältere Gedicht beschäftigt sich mit Zukunft, Gegenwart und Vergangenheit und sagt etwas über die Probleme aus, die entstehen, wenn man von Zielen und Plänen beherrscht wird, ohne die Gegenwart zu berücksichtigen: Man landet in der Vergangenheit, nein, nicht in der Vergangenheit: in einem Mythos der Vergangenheit.« Seine Augen leuchteten, einen Moment lang wich die Strenge aus seinen jugendlichen Zügen. »Und nun das neue«, fuhr er fort, »es schlägt einen völlig anderen Ton an, fast schon respektlos klingt es, als wollte es das Gedicht der Rückseite verhöhnen, indem es auf umgangssprachliche Weise die Gegenwart feiert.« Er hielt inne. »Aber wer hat denn dieses ›Dreck‹ dahingekritzelt?«
Keller zuckte mit den Schultern.
Tinus lehnte sich zurück. Sein Blick glitt über die Blätter auf dem Tisch, anschließend durch die Wohnung seines Vaters. »Keines der beiden findet sich in seiner Sammlung«, sagte er dann und schüttelte resigniert den Kopf. »Ich habe den Eindruck, dass nicht einmal sicher ist, wer letztlich der Autor ist oder ob es nicht vielleicht mehr als einen gibt.«
Bevor Keller etwas erwidern konnte, war Tinus aufgesprungen und eilte zum Regal. Er zog mehrere Bücher heraus, die er anschließend auf den Tisch neben Zeilers Werk legte.
»Sehen Sie selbst!«, forderte er Keller auf. »Er hat sich intensiv mit Sonetten beschäftigt. Sehen Sie nur! Petrarca, Gryphius, Shakespeare, Goethe, Heine, Rilke, Brecht, Aichinger! Er hat sie alle gelesen. Und öffnen Sie die Bücher!«, rief er erregt, »alles voller Anmerkungen und Unterstreichungen! Er hat Sonette studiert! Und dann«, er machte eine feierliche Pause, »und dann hat er seine eigene Form entwickelt!« Wie im Fieber hastete er erneut zum Regal, brachte Bücher mit und rief: »Aber er hat seine Form nicht aus der Luft gegriffen! Schauen Sie hier:

Bashō, Buson, Issa, Shiki, Sumio – alles Haiku-Dichter! Die großen vier und der letzte Bedeutende, erst vor ein paar Jahren gestorben! Verstehen Sie? Mein Vater wollte einen Hybrid erschaffen, ein Haiku-Sonett!« Er starrte Keller an, doch diesmal war nichts Beobachtendes, nichts Misstrauisches, nichts Suchendes in seinem Blick, nur Begeisterung, Stolz und Liebe, ja auch Liebe, Liebe für den Vater, der nicht nur ein Säufer gewesen war, nicht nur ein Verräter an Mutter und Sohn, nicht nur ein Taugenichts, sondern ein großer Mann, ein Genie, ein Meister, der alles Konventionelle für die höchste Kunst geopfert hatte. Ein im besten Sinne des Wortes Wahnsinniger.
Und das verstand Keller sehr gut. Und er war beeindruckt vom detektivischen Gespür seines falschen Neffen, von dessen Hingabe an die Causa und seiner geistigen Brillanz.
Dann aber betrachtete er die Bücher genauer und stellte fest, dass ihm der wasserblaue Stempel auf dem Oberschnitt bekannt vorkam.
Plötzlich spürte er, wie ein Schwindel in seinem Kopf einsetzte, und hatte das Gefühl, sämtliche Bewegungen des Universums gleichzeitig wahrzunehmen. Denn der wasserblaue Stempel war nichts anderes als jenes Zeichen, welches einst vor langer Zeit der Vater gewählt hatte, um die Bücher seiner Privatbibliothek als Keller'sches Eigentum zu kennzeichnen.
Vor den überraschten Augen seines falschen Neffen sprang Keller auf, wobei der Stuhl nach hinten kippte und geräuschvoll auf die Dielen schlug, eilte zum Regal und griff wahllos Bücher heraus, warf einen gehetzten Blick auf deren Oberschnitt und stellte sie ebenso wahllos wieder zurück.
»Hey! Was tun Sie da?«, rief Tinus und eilte herbei, um den vermeintlichen Onkel an dessen Zerstörungswerk zu hindern. »Sie bringen die Ordnung meines Vaters durcheinander!«, schrie er verzweifelt.
Das brachte Keller zur Vernunft. Er ließ von den Büchern ab, entschuldigte sich und setzte sich ratlos auf die Kante des Schreibtisches.
»Warum haben Sie das getan?«, fragte Tinus, der sogleich damit begann, die Bücher des Vaters wieder an der richtigen Stelle einzuordnen.

Dies hier ist also sein Museum, ging es Keller durch den Kopf, während er ihn beobachtete und gleichzeitig versuchte, die eigenen Gedanken zu ordnen. Laut sagte er: »Der Stempel – er hat diese Bücher alle aus meiner ... unserer Bibliothek mitgenommen.«
»Na und? Er war doch Ihr Bruder!«, erwiderte Tinus unwirsch.
»Ja, natürlich, Sie haben recht. Vielleicht habe ich es bis jetzt selbst nicht wirklich geglaubt.«
»Wie haben Sie überhaupt erfahren, dass mein Vater Ihr Bruder ist?«
Er hatte Keller den Rücken zugewandt, und so sah er nicht, wie dieser erstarrte, da ihm mit einem Schreck bewusst wurde, dass er keine Erklärung für dieses Wissen vorweisen konnte. Als das Schweigen des falschen Onkels zu lange währte, wurden Tinus' Bewegungen langsamer und hörten schließlich ganz auf. Er wandte sich um.
»Warum sagen Sie nichts?«, wollte er wissen, und erneut flackerte Misstrauen in seinem Blick auf. »Was verschweigen Sie mir?«
»Ich ... ich kenne jemanden, der Ihren Vater kannte«, sagte Keller ausweichend.
»Wer ist das?«, fragte Tinus, »Warum haben Sie mir das nicht gleich gesagt? Das ist doch wichtig!«
Keller blickte den anderen schuldbewusst an. Erneut sah er sich vor die Wahl gestellt, den eigenen Bruder einem Mordverdacht auszusetzen oder ihn mithilfe einer weiteren Lüge vor dem Zugriff dieses todernsten jungen Mannes zu schützen.
»Er ... er ist der Grund, weshalb ich heute im Heißen Sporn gewesen bin«, begann Keller vorsichtig. Er suchte fieberhaft nach einer plausiblen Version der Wahrheit, die den Bruder nicht ins Spiel brachte. »Vor ein paar Tagen stand er plötzlich vor meiner Tür.«
»Was war das für einer?«
»Auch so ein Penner«, erwiderte Keller ausweichend. »Er behauptete, ein Freund Ihres Vaters zu sein.«
»Und sonst? Was hat er sonst noch gesagt?«
»Nur, dass Radi Zeiler verschwunden sei und außerdem mein Bruder. Dann ist er wieder gegangen.«
»Einfach so?«

»Er … er wollte noch Geld für seine Information, ich habe ihm zwanzig Euro gegeben, damit gab er sich zufrieden«, antwortete Keller und fand seinen Einfall richtig gut, weil er dem Gesetz der Wahrscheinlichkeit entsprach und deshalb unbedingt glaubhaft war.

»Das war alles?«, rief Tinus fast entrüstet. »Sie sind nicht auf den Gedanken gekommen, die Polizei zu rufen, weil Ihr Bruder verschwunden war?«

»Mein Bruder war seit Jahrzehnten verschwunden!«, verteidigte Keller sich lautstark. »Er hatte sich abgesetzt, hatte mit seiner Familie gebrochen, mit uns! Ich wusste nichts von ihm, gar nichts! Es war, als wäre er längst gestorben!« Er machte eine Pause und fuhr ruhiger fort. »Außerdem stank dieser Freund ihres Vaters entsetzlich, und ich war froh, als er wieder fort war.«

Keller hätte sich wie ein Kind über diese neue glaubwürdige Idee freuen können, wäre er nicht so sehr damit beschäftigt gewesen, ehrlich zu wirken, um den bohrenden Blicken dieses jungen Rächers etwas Schützendes entgegenzusetzen. Es gelang ihm.

Tinus seufzte resigniert. »Den finden wir nie wieder«, sagte er und wandte sich erneut dem Regal zu.

Er bemerkte nicht, wie Keller erleichtert aufatmete.

»Es sei denn«, begann Tinus erneut und wandte sich wieder zu Keller um, »es sei denn, Sie und ich, wir gehen beide so lange durch die Stadt, bis wir Ihren Penner gefunden haben.« Er sah Keller intensiv an, während er über das, was er gerade gesagt hatte, nachdachte. Der Gedanke schien ihm zu gefallen, denn seine Miene hellte sich auf. »Dann ist es nur noch eine Frage der Zeit! Was denken Sie?«

Keller nickte gezwungenermaßen, obwohl ihm die Aussicht, nach einem fiktiven Obdachlosen zu suchen, nicht im Geringsten behagte. Doch er konnte nichts tun, er war in seiner Lüge gefangen, die ihm zwar eine Mannwerdung und einen falschen Neffen eingebracht hatte, nun aber drauf und dran war, ihm die Laune zu verderben.

Irgendwann würde er philosophisch darüber nachdenken und sagen, das Schwierigste sei nicht, die Freiheit zu erlangen, sondern sie zu bewahren. Jetzt aber fühlte er sich nicht wohl in seiner Haut.

Tinus seinerseits war zufrieden und voller Tatendrang. Er hatte ein neues Ziel gefunden, eine mögliche, wenn auch äußerst unwahrscheinliche Spur. Er war jung und bereit, viel Energie in abwegige Hoffnungen zu investieren. Ein Ziel zu haben, war fast so, als hätte er es bereits erreicht. Hätte er gewusst, dass er im Begriff war, nach einer Fantasiegestalt zu suchen oder schlimmer noch: nach einem Hybrid, einem Frankenstein'schen Monstrum, halb wirklicher Mensch, halb Lügengespinst, er wäre wenig erbaut gewesen.
Doch er wusste es nicht, und deshalb lächelte er seinen falschen Onkel an und sagte: »Sie werden müde sein. Soll ich Sie nach Hause begleiten? Dann können wir gleich an ein paar Plätzen vorbeigehen, wo sich Penner aufhalten.«
»Nicht, bevor ich nicht noch einen ausgiebigen Blick auf die Sonette und ein paar andere Dinge werfen konnte«, wandte Keller ein, um Zeit zu gewinnen, aber auch, weil es der Wahrheit entsprach.
Tinus war einverstanden, und so setzten sie sich erneut an den Küchentisch, und Keller widmete sich den originalen Niederschriften seines hochverehrten Meisters, wenn es nicht gar zwei von ihnen gab. Beim ersten Durchblättern war ihm aufgefallen, dass die Sonette in exakt der umgekehrten Reihenfolge zu seiner maschinengeschriebenen Version verfasste worden sein mussten, vorausgesetzt, Tinus' Mutter hatte beim Sammeln keinen Fehler begangen, was durchaus möglich war.
Nun aber fielen ihm weitere Unterschiede auf. Erstens: Die vor ihm liegende Sammlung hatte keinen Titel. Zweitens: Es fehlten Sonette. Seine, Kellers, Ausgabe war um mindestens vier oder fünf oder sogar mehr Gedichte umfangreicher. Drittens: Manche Gedichte schienen im Nachhinein, beim Abtippen also, noch verändert worden zu sein, denn die vermeintlichen Originale unterschieden sich an mehreren Stellen von den maschinengetippten Versionen, die sich in seinem Besitz befanden.
Keller berichtete seinem falschen Neffen von diesen Beobachtungen und stellte mit heimlicher Zufriedenheit fest, dass dieser ob solcher Offenbarungen völlig außer sich geriet.

»Wir müssen zu Ihnen nach Hause gehen! Sofort! Ich muss Ihre Sammlung sehen!«, rief er.
Keller nickte, bat aber um Geduld. Er hoffte, den jungen Mann ein wenig von seiner Suche nach dem Phantom-Penner abzulenken, um zumindest nicht sofort mit selbiger beginnen zu müssen. Er erhob sich und ging zur alten Schreibmaschine, erbat sich ein Blatt Papier, woraufhin Tinus eine der Schubladen des Tisches öffnete und eines hervorzog. Keller spannte es auf die Walze, drehte sie und genoss das Geräusch von rotierenden Zahnrädern, bis das Blatt auf der Vorderseite der Walze zum Vorschein kam. Dann tippte er aus der Erinnerung Sonett *XXIX:

Ich habe
meinen inneren
Schatten gesehen
nur ganz kurz

als das Licht
der Wahrheit
günstig fiel
und ich erkannte

wer ich
im Versuch
zu sein

geworden war:
meine eigene
Verdunklung.

»Ja«, sagte er, als er fertig war, »mit dieser Schreibmaschine wurde meine Version geschrieben. Nur das Deckblatt mit dem Titel nicht, das wurde ...«, er brach ab.

In seinem Geist war ein ungeheuerlicher Gedanke aufgetaucht, doch er kam nicht dazu, ihn richtig zu denken, denn Tinus rief: »Ist das eines Ihrer Sonette? Das kenne ich wirklich nicht!«
Keller nickte. Deshalb hatte er es getippt.
»Es ist auf jeden Fall von meinem Vater«, verkündete Tinus stolz, fast besitzergreifend. »Es weist eindeutig seine Diktion auf. Und auch seine Art, die Egozentrik zu transzendieren.«
»Wie bitte?«, fragte Keller überrumpelt.
»Ja, sehen Sie das nicht?«, versetzte Tinus ungeduldig. »Er kreiste ständig um sich selbst. Ich nehme an, deshalb musste er die meiste Zeit allein sein. Aber indem er es tat, entdeckte er Dinge, die in jedem ablaufen. Wie das hier«, er wies auf Sonett *XXIX. »Er sagt doch nichts anderes, als dass wir so sehr versuchen, jemanden darzustellen, dass wir unsere innere Wahrheit verlieren. Und nur, wenn wir Glück oder uns noch nicht ganz verloren haben, gibt es Momente, in denen wir das erkennen können. Und dann können wir auch etwas ändern!«
Keller nickte, sagte aber nichts, um den jugendlichen Optimismus des anderen nicht zu dämpfen.
Ihm selbst erschien dieses Gedicht eher wie die Beichte eines Ausweglosen, eines, der wusste, dass er mehr nicht erreichen konnte, als ab und zu einen kurzen Blick auf die schreckliche Wahrheit zu werfen, die da lautete, dass das Leben genau dies war – und nichts anderes: Verdunklung. In Kellers Augen eine klare Metapher der Unbewusstheit, die wir benötigen, um all das auszublenden, was uns nicht dazu dient, nach den Vorstellungen, die uns eingeprägt wurden, zu leben und geliebt zu werden. Denn aus welchem anderen Grund sollte man jemand sein wollen, warum sollte man überleben wollen, wenn nicht für die Liebe? Und was war die Liebe anderes als ein Mittel zum Zweck des Überlebens? Und alles gemäß den Konventionen, die keinen Platz für wahre Freiheit lassen.
Doch er schwieg, weil er dachte, dies müsse jeder Mensch selbst herausfinden. Und er schwieg, weil er dachte, dass er, Keller, so schlecht darin war, jemand Liebenswertes zu sein, dass er Sonett *XXIX

vielleicht deshalb auf diese fatalistische Weise und nicht positiver interpretieren konnte.
Laut sagte er: »Tinus, glauben Sie, wir könnten in den Gedichten konkrete Hinweise auf den Autor finden? Hinweise, die uns vielleicht helfen, der Wahrheit näherzukommen?«
»Sie meinen abgesehen von Varianten, Fehlern und Handschriften? Lyrische Hinweise gewissermaßen?« Der junge Mann blickte Keller skeptisch an. »Ich weiß nicht«, sagte er dann, »was für eine Wahrheit erwarten Sie denn von einem Gedicht? Eine korrekte Abbildung der Wirklichkeit?«
»Man könnte doch anders vorgehen, indem man zum Beispiel nach Schlüsselwörtern sucht. Dann müsste man sich fragen, in welchen anderen Kontexten ›Verdunklung‹ noch auftaucht, und auf diese Weise findet man vielleicht eine Spur.«
»Im Krieg werden Städte verdunkelt. Die Lichter werden ausgeschaltet, damit der Feind es schwer hat, sie zu finden«, sagte Tinus.
»Sehr gut!«, rief Keller.
»Aber das hat doch nichts mehr mit dem Gedicht zu tun«, wandte Tinus ein.
»Vermutlich nicht«, gab Keller zu, »aber vielleicht mit dem Autor.«
»Hm«, machte der andere nachdenklich. »Mein Vater war in keinem Krieg.«
»Vielleicht hatte er Feinde, die nach ihm suchten«, erwiderte Keller.
»Damit verkehren Sie doch die Aussage des Gedichts in ihr Gegenteil. Sie stülpen sie förmlich nach außen, als würde man einen Pullover auf links drehen. So funktioniert scholastische Exegese. Und Zensur, Zensur funktioniert genauso, glauben Sie mir, ich studiere das!« Er atmete tief durch, um ruhig zu bleiben. »Wenn überhaupt, dann war mein Vater sein eigener Feind, und vielleicht hatte er alles hinter sich gelassen, um diesem Feind zu entgehen oder ihn zu besiegen. Aber er hatte doch keine äußeren Feinde!« Tinus war beinahe empört über diese Vermutung.
Doch Keller blieb unnachgiebig: »Und weshalb wurde er dann ermordet?«, fragte er spitz.

»Hm«, machte Tinus erneut, doch diesmal klang es eher ratlos als skeptisch.
»Finden Sie nicht, dass Ihr Vater in seinen Sonetten sehr viel über Dunkelheit spricht, über Sehen und Nicht-Sehen und solche Dinge? Als ich mit ihm im Heißen Sporn sprach, sagte er mir, er trinke, damit das Sehen aufhöre.« Keller blickte seinen falschen Neffen bedeutsam an.
»Das hat er gesagt?«
»Oh ja! Und seine Gedichte erscheinen mir seitdem in einem ganz anderen Licht.«
Sie schwiegen eine Zeit lang.
Keller schätzte, dass es schon auf Mitternacht zugehen musste und er sich nun der Suche nach einem nicht existierenden Penner getrost verweigern konnte, ohne das Misstrauen des Jüngeren zu erregen. Dann aber bemerkte er, dass seine eigenen Worte auch ihn selbst beeindruckt hatten. Was, wenn Radi Zeiler wirklich Feinde hatte und der Bruder nun vor denselben Leuten Zuflucht suchte?
Er betrachtete Tinus plötzlich aus einem ganz anderen Blickwinkel. Wie konnte er sicher sein, dass der junge Mann die Wahrheit sagte? Am Ende half er dem Mörder von Radi Zeiler bei der Suche nach dem einzigen Zeugen – seinem Bruder!
In diesem Augenblick sagte Tinus, der offenbar ganz anderen Gedanken nachhing, mit einem Lächeln auf den Lippen: »Mein Vater ist der Grund, weshalb ich Literaturwissenschaften studiere. Mein Leben lang habe ich versucht, sein Verhalten zu verstehen, und irgendwann hielt ich die Gedichte in den Händen und begann, dort nach ihm zu suchen. Und nach mir als seinem Sohn.« Er hatte feuchte Augen, als er sich immer noch lächelnd Keller zuwandte. »Sein größtes Geschenk bestand darin, mir zu zeigen, was Wahrheit wirklich ist: nicht dieses Richtig/Falsch, mit dem wir unseren Alltag organisieren und gleichzeitig vergiften.« Er schnaubte verächtlich durch die Nase. »Sondern etwas, das sich jenseits davon befindet, oder vielleicht etwas, das beides zwar enthält, aber noch etwas anderes hinzufügt, etwas, das die Frage nach richtig oder falsch überflüssig macht, weil es zeigt, dass die wahre Wahrheit woanders liegt.«

Er schwieg, als hätte er bereits zu viel gesagt.
Ganz zerbrechlich erschien er Keller nun, wie jemand, der sein Innerstes gezeigt hatte und verunsichert war. Erneut sah er den Glanz einer schier überirdischen Schönheit auf Tinus' Gesicht, und er hatte kurz den Eindruck, neben einer leibhaftigen Allegorie zu sitzen – einer Allegorie der Dichtung selbst.
Der Moment verflog. Keller räusperte sich.
Wie Wasser, das angesichts einer schmackhaften Speise im Mund zusammenlief, hatten sich auf seiner Zunge ungeachtet der erhebenden Gefühle illustre Namen versammelt: Heidegger hockte dort, zum Sprung in Tinus' wehrloses Ohr bereit, neben ihm Julia Kristeva, bewaffnet mit dem poetischen Dreizack, gleich dahinter der außermoralische Nietzsche, Wittgenstein, der den Schmerz verstand, den er nicht fühlte, mitten im Fund der ontologischen Mitte Hegel und sogar der alte Platon, den anklagenden Zeigefinger gegen alle lügenden Dichter ausgestreckt – wild durcheinander rangelten sie auf engstem Raum um den vordersten Platz hinaus in diese traurige Stube, in der ein treuloser Vater sein Leben als falscher Obdachloser verwaltet hatte, um auf Kosten anderer Menschen seinen Traum von Dichtung und Wahrheit zu verwirklichen.
Doch Keller unterdrückte den Impuls, die ungelenken Worte des Jüngeren mit den geschliffenen Formulierungen toter oder noch lebender Meisterdenker wegzuwischen.
Er nickte nur und sagte: »Sollen wir uns auf den Weg machen?«

Zur erfundenen Wirklichkeit

Während der Fahrt im Taxi – Keller hatte auf ein solches bestanden und war erhört worden – sprachen sie nicht miteinander. Sie saßen im Fond des Wagens, ein jeder blickte durch sein Seitenfenster hinaus in die dunkle, schlafende Stadt und hing seinen Gedanken nach. Es hatte geregnet, die Straßen glänzten, der Wagen fuhr mit einem lauten Schschsch über den nassen Asphalt.
Kellers Gedanken kreisten um die Reihenfolge der Gedichte. Je länger er darüber nachdachte, desto mehr war er davon überzeugt, dass seine Sammlung mit Absicht falschherum geordnet war. Ihm schien, als drehe sich alles um die beiden ersten beziehungsweise letzten Gedichte der zwei Sammlungen. Er rezitierte sie leise in chronologischer Folge:

Um es
wirklich
ernst
zu meinen

muss man
viel mehr
aufgeben
als man will:

das
was man
zurückhält

das
wofür
man es tut.

Der Wind
fährt
wie ein Gedanke
durch

die Felder
und alles
gerät
in Bewegung

bis
der Wind
sich legt

und
die Felder
still werden.

Nachdem er sie mehrere Male fast im Flüsterton gegen die beschlagene Scheibe seines Fensters gesprochen hatte, war er sich ganz sicher: Das Erste handelte von einem Menschen, der alles hinter sich ließ, die Familie, den Beruf, die Sicherheit, die Identität – einfach alles. Und das Letzte verkörperte den Moment der Ankunft in einem Raum ganz ohne Ich. Wie ein Haiku von Bashō erschien es ihm, und Keller verstand, warum Zeiler anschließend nichts mehr geschrieben hatte.
Umso rätselhafter erschien ihm die Umkehrung der Reihenfolge. Sollte hier der Endpunkt zum Vorwort gemacht werden? Waren alle Gedichte, die auf Sonett *I seiner eigenen, maschinengeschriebenen Sammlung folgten, nichts anderes als die Illustration von dessen Aussage? Alles geriet in Bewegung, weil ein Gedanke nach dem anderen durch den Geist fegte? Und am Ende musste man alles aufgeben, sogar die tiefsten und geheimsten Absichten, um Ruhe zu finden? War wirklicher Ernst also nur derjenige, der keinen Anlass und keinen Ausblick mehr hatte? Ein Ernst des Augenblicks, nur um des Augenblicks willen?

Um der Leere willen? War Schweigen dann das wahre, das perfekte Gedicht, und war deshalb das Wind-Sonett am Schluss seiner chronologisch gegenläufigen Sammlung auch wieder ein Vorwort, doch diesmal zu etwas, das sich jenseits der Sprache befand und nicht mehr gedacht werden konnte, sondern nur noch gelebt?
Keller erinnerte sich an ein Sonett, dessen Ordnungsziffer ihm unerklärlicherweise entfallen war. Es befand sich im Mittelfeld beider Sammlungen, der chronologischen und der gegenläufigen:

Ich verstehe
nichts
von der Leere
so sehr ich

sie suche
sie zeigt sich
mir nicht
so sehr

ich versuche
nichts zu versuchen
um die Leere

leer zu lassen
läuft sie mir
doch voll.

Durfte man am Ende nicht einmal versuchen, nichts mehr zu versuchen, um die Leere wirklich leer zu lassen? Wie sollte das möglich sein? Hatte Radi Zeiler diesen Punkt erreicht und deshalb aufgehört zu schreiben? Weil nun alles ein Gedicht war, die ganze Wirklichkeit, ein wortleeres, laut »stummendes« Gedicht (siehe Sonett *II – chronologisch das vorletzte) ohne lyrisches Ich oder »man«? Weil der Rhythmus des Geistes mit seinen erscheinenden und wieder verschwindenden Gedanken nur

noch ein natürlicher Vorgang war ohne weitere Bedeutung, ganz wie ein Wind, der aufkommt und wieder abflaut?
Welch eine Freiheit, dachte Keller, aber da bremste der Fahrer den Wagen und sagte näselnd: »So, die Herren, macht dreiundzwanzig Euro sechzig.«
Keller zahlte. Sie stiegen aus, das Auto glitt davon, und sie standen allein auf der dunklen Straße. Vor ihnen ragte der Keller'sche Familiensitz in den verhangenen, sternenblinden Nachthimmel. Alle Fenster waren schwarz, nirgends ein Lebenszeichen zu erkennen.
Friedrich Keller fühlte einen Widerwillen in sich aufkommen, ein Gefühl, wie es derjenige haben muss, der wissentlich eine Falle betritt, die zuschnappen wird. Und er wusste nicht: War es die bevorstehende Begegnung zwischen Hennie und Tinus, die alle Lügen, seine und die des Bruders, auffliegen lassen konnte? Oder war es noch mehr als das? Die ganze Geschichte seines Lebens mit allen schlechten Angewohnheiten und Zwangsneurosen, die dort – er war sich ganz sicher – in irgendwelchen Ecken des Vestibüls nahe der zweiten Eingangstür lauerten wie Ungeziefer, wie Flöhe, um ihn beim Betreten anzufallen und nie wieder loszulassen?
Keller atmete tief durch und suchte seinen Schlüsselbund. Währenddessen sinnierte er darüber, wie viel gefühlte Zeit seit seinem Aufbruch zwölf Stunden zuvor vergangen war. Wie eine Ewigkeit kam es ihm vor. Er fand den Schlüssel, schob ihn ins Schloss, öffnete die Tür, und sie betraten den schmalen Weg, gingen an den schlafenden englischen Rosen vorbei, die Keller fast scheu betrachtete, als befürchte er, dort lauere gleich die erste Zwangsattacke, die darin bestünde, sofort eine Heckenschere und anderes Werkzeug zu ergreifen und schneidend und harkend und stutzend den Garten zu durchpflügen, damit er stets so aussähe wie in der Kindheit, als Vater und Mutter noch lebten und die Welt heil war –abgesehen von den kindlichen Grausamkeiten der Geschwister untereinander.
Ich sollte Hennie dankbar sein, dachte er flüchtig, brachte jedoch keine Empfindung zustande.

Er öffnete nacheinander die beiden Haustüren und schaltete das Licht im Vestibül ein.
»Bitte«, sagte er leise und bedeutete Tinus einzutreten.
»Wohnen Sie nicht allein hier?«, fragte der junge Mann, dem die Vorsicht des Älteren aufgefallen war.
»Äh ... nein«
»Wer wohnt denn noch hier?«
»Äh ... meine Putzfrau.«
»Ihre Putzfrau?«
»Und ... mein Bruder.«
»Oh.«
»Mein Zwillingsbruder.«
»Ihr was?«
»Zwillingsbruder.«
»Warum haben Sie mir das nicht gesagt?«
»Sie haben nicht gefragt.«
»Wie soll man bitte nach so etwas fragen?«
»Es ist doch gar nicht wichtig.«
Tinus schwieg.
»Bitte hier entlang«, sagte Keller und wies nach links auf die Tür zur Bibliothek. Er wollte Tinus die Sammlung zeigen, mit ihm ein wenig über Lyrik und Wahrheit und was sonst noch philosophieren und anschließend ein Taxi für den falschen Neffen rufen und zu Bett gehen.
Sie betraten die Bibliothek. Keller schaltete das Licht ein und blickte auf ein Durcheinander von Decken, Schlafsäcken, Isomatten und Matratzen, auf denen etwa dreißig bärtige Männer lagen. Ein scharfer Geruch nach menschlicher Ungewaschenheit zog ihm in die Nase. Jemand schnarchte laut, ein anderer gab grunzende Geräusche von sich, und mindestens einer der Schläfer litt unter Blähungen. Eine Prise Alkoholgeruch und ein Schuss Zigarettenrauch mischten sich unter alles.
»Das sind ja alles Obdachlose!«, flüsterte Tinus aufgeregt, dem offenbar völlig gleich war, wie die Herrschaften hergefunden hatten. »Vielleicht ist Ihrer auch dabei!«

Keller nickte apathisch. Seine Bibliothek, sein Tempel, sein Heiligtum, sein Rückzugsort, sein Refugium vor der Welt, der einzige reine Ort im Haus, wo die Wahrheit, die ganze Wahrheit und nichts als die Wahrheit, heimisch war – verloren, beschmutzt, entweiht!
Ich müsste jetzt einen Herzinfarkt erleiden, dachte er, ich bin im richtigen Alter, die Situation ist angemessen. Ich müsste einen Schmerz im linken Arm verspüren und dann langsam zu Boden sinken. Oder ich müsste von einem gerechten Zorn ergriffen werden und sie alle fluchend und schimpfend hinauswerfen. Oder ich müsste weinend zusammenbrechen, weil die Bibliothek des Vaters vergewaltigt wird, oder ich müsste so tun, als wäre nichts dabei und einfach zwischen diesen Leibern hindurch zum Alkoven gehen, um die Sammlung des Meisters zu holen, oder ich müsste in hysterisches Gelächter ausbrechen, weil auf absurde Weise wieder einmal das Höchste mit dem Niedrigsten eine überraschende Verbindung eingegangen ist, als gäbe es hinter den Kulissen dieser törichten Wirklichkeit einen bösartigen Zwillingsbruder von William Shakespeare, der alle Fäden in der Hand hält und nach Belieben an ihnen zieht, oder ich müsste hochrennen und Hennie zur Rede stellen und einen dramatischen Showdown provozieren – vielleicht würden wir kämpfen, und endlich einmal wäre ich der Sieger oder erneut und wie seit unserer Kindheit der ewige Verlierer, weshalb ich geschlagen dieses Leben verließe, oder ich müsste auf dem Absatz kehrtmachen und das Haus für immer verlassen, nicht ohne vorher die englischen Rosen in einem Akt ebenso sublimer wie banaler Symbolik mit denselben Werkzeugen zu köpfen, mit denen ich sie so viele Jahre gepflegt habe, nein, ich würde sie in einem Akt kathartischer Barbarei mit Stumpf und Stiel ausreißen und nicht auf die Dornen achten, die meine Hände blutig stechen in ihrem sinnlosen Versuch der Selbstverteidigung! Oder ich müsste ...
Ihm fiel nichts mehr ein. Er stand da und wusste, dass seine Reaktion den Verlauf dieser Geschichte grundlegend beeinflussen würde, doch alles, was er zustande brachte, war, das Licht zu löschen und die Tür zur Bibliothek von außen zu schließen.

Anschließend blickte er seinen falschen Neffen wie aus weiter Ferne an und sagte mit matter, ausdruckloser Stimme: »Ich gehe jetzt ins Bett. Gute Nacht.«
Er war überzeugt, dass in diesem Augenblick sämtliche Neurosen des Hauses aus ihren Ecken gekommen und auf ihn gehüpft waren, als hätten sie ihn vermisst. Er wandte sich ab und begann, gemeinsam mit seinen blutsaugenden Haustieren, die Treppe zu erklimmen, während Tinus allein unten im Vestibül stand und ihm nachschaute und nicht wusste, was er zu alldem sagen sollte.
Bevor der andere um die Kurve verschwand, rief er: »Kann ich hier übernachten, Onkel?«
Und der falsche Verwandte erwiderte, ohne anzuhalten: »Natürlich, Sie gehören doch zur Familie! Jeder gehört zur Familie! Suchen Sie sich ein Zimmer aus – irgendeins!«
Dann war er fort.
Keller war einen Moment lang fast enttäuscht, niemanden in seinem Bett vorzufinden, als er die Tür öffnete und Licht machte.
Bei Gelegenheit würde er darüber sinnieren, dass ein solcher Schlag ihm vielleicht die katapultierende Kraft verliehen hätte, alles hinter sich zu lassen und womöglich sogar die Reise nach Indien anzutreten. Doch sein Bett war leer. Ohne weitere Körperpflege und ohne sich mehr als seiner Schuhe, der Hose und des Jacketts zu entledigen, begab Keller sich mit einem laut gehauchten »Ah!« auf seine Liegestatt und fiel augenblicklich in einen tiefen Schlaf.
Doch es sollte kein erholsamer Schlaf werden.
Er schlug die Augen auf und lag in demselben weißen Bett in demselben weißen Raum und geblendet von demselben weißen Licht, welches wie immer von links hereinflutete. Diesmal aber sah er ein Gesicht. Neben seinem Bett stand ein ganz in Weiß gekleideter Mann mit gepflegtem silbergrauen Vollbart und beugte sich leicht zu ihm vor.
Er sagte mit tiefer Stimme: »Ich glaube, er ist wach. – Herr Keller? Können Sie mich hören? Herr Keller? Wenn Sie mich hören können, bewegen Sie die Augen von oben nach unten und wieder nach oben, in Ordnung? Ah! Gut. Sehr erfreut! Mein Name ist Rudolf Zeller, ich bin

derjenige, der Ihnen Sachen vorliest, auch wenn ich manchmal den Eindruck habe, dass Sie nicht unbedingt einverstanden sind mit der Art und Weise, wie ich lese.« Er lächelte entschuldigend. »Ich tue mein Bestes. Möchten Sie, dass ich Ihnen jetzt etwas vorlese? Ja? Sehr gut!« Er verschwand kurz aus Kellers Blickfeld, tauchte aber sogleich wieder mit einem aufgeschlagenen Buch in den Händen auf.

Er lächelte kurz, räusperte sich und sagte: »Also los: Da kamen Sänger und sangen den Weltkrieg von morgen und klangen so siegreich dabei, dass die Hälfte der Leute meinte, es müsse die Wahrheit sein. Es waren nur Lieder, doch nach Kunst hatte niemand ein echtes Verlangen.« Er hielt inne, warf Keller einen fragenden, vielleicht sogar etwas unsicheren Blick zu und sagte: »Ich hoffe, es hat Ihnen gefallen.« Er hob die Augenbrauen und schien auf eine Antwort zu warten.

Keller wollte Nein sagen, er wollte sein Missfallen äußern, er wollte die vollkommen ungenügende Rhythmik bemängeln und verlangen, jemand Talentierteres möge erscheinen und ihm Sonett *LXVII noch einmal richtig vorlesen. Und er hatte das Gefühl, dass es jetzt möglich sein müsste, den Mund zu öffnen, deshalb biss er die Zähne zusammen, als wäre es notwendig, Druck im Kopf aufzubauen, um die Gedanken herauszupressen.

Doch es ging wieder nicht. Keller spürte, wie der Moment verstrich, ihm war, als hätte er in seinem Kopf einen Zipfel gesehen, den er nur ergreifen müsste, um ins Freie gezogen zu werden, er hatte die Hand, den Geist, seinen Willen ausgestreckt, ihn zu erhaschen, doch er entwischte, und Keller spürte, wie die Kraft versiegte und er aufgab.

Auch der Arzt gab das Warten auf, entschuldigte sich kurz und verschwand aus Kellers Blickfeld.

Da geschah es. Kellers Mund entschlüpfte ein Wort, ein einziges nur, doch es änderte alles. Er sagte: »Verdammt.«

Vielleicht sagte er auch: »Mist« oder sogar »Scheiße!«, er konnte sich anschließend nicht mehr an den genauen Laut erinnern, und es war auch nicht wichtig, denn es änderte nichts mehr am Verlauf dieses eigenartigen Traums.

Im nächsten Augenblick erschien der Kopf des Mannes erneut vor Keller, doch diesmal waren seine Augen weit aufgerissen und er rief viel zu laut: »Er hat etwas gesagt!« Und noch lauter: »Er hat etwas gesagt!«

Kurz darauf erschien ein zweiter Kopf. Ein Mann mit unordentlichem schwarzem Haar und einer dicken Brille.

Derjenige, der sich als Rudolf Zeller oder vielleicht auch Randolf Zoller oder Reinhard Ziller vorgestellt hatte, lächelte jetzt sehr aufgeregt, als er Keller anblickte und auf seinen Nebenmann wies: »Das ist Steffen Uhlig, er ... er zeichnet alles auf, was Sie im, äh ... Schlaf gesagt haben. Herr Uhlig ist Sprachexperte, deshalb haben wir ihn engagiert, er hat die Lücken und undeutlichen Passagen dessen, was Sie in Ihrem ... besonderen Zustand gesagt haben, sinnvoll gefüllt. Vielleicht können Sie eines Tages selbst dazu beitragen, seine Aufzeichnungen zu überprüfen.« Er lächelte flüchtig und warf dem anderen einen bedeutsamen Blick zu, den dieser auffing.

Uhlig oder Uhlmann oder Uhlen – Keller würde sich auch dessen nicht mehr genau entsinnen – lächelte nun seinerseits und sagte: »Es freut mich, Sie kennenzulernen, Herr Keller. Ich muss Ihnen sagen, Ihre Geschichte ist toll! Atemberaubend und, äh ... natürlich auch sehr ... wie soll ich sagen ... ungewöhnlich, aber ...« Er brach ab, weil Zeller oder Zeuler oder Zuller ihm einen strengen Blick zuwarf.

Gerade wollte dieser etwas sagen, als er sich an Kellers Zeugenschaft erinnerte, diesen nervös anlächelte und sagte: »Entschuldigen Sie uns einen Augenblick, Herr Keller, wir sind gleich wieder da.«

Die beiden Herren verschwanden, doch Keller, dessen Gehör nun seltsam geschärft war, vernahm ihre dumpfen Stimmen folgendermaßen:

Zoller: »Wir haben doch gesagt, keine verstörenden Attribute verwenden! Sie als Sprachexperte müssten das doch unter Kontrolle haben!«

Uhl: »Ich habe nur ›ungewöhnlich‹ gesagt, was ist denn dabei? Wollen Sie ihn anlügen?«

»Hier geht es nicht um Wahrheit oder Lüge! Hier geht es um Rücksicht auf seinen Zustand. Um Mitgefühl für das, was dieser Mann durchgemacht hat, obwohl er vielleicht schuldig ist. Das ist doch selbst für einen Intellektuellen wie Sie nachzuvollziehen, oder etwa nicht?«

»Was wollen Sie denn damit andeuten? Habe ich meine Arbeit bisher nicht gut gemacht?«

»Doch, haben Sie. Aber jetzt geht es nicht mehr darum, bloß aufzuzeichnen und den Grips zu benutzen, um aus Fetzen ein Ganzes zusammenzureimen. Jetzt geht es darum, dass Sie direkt mit ihm arbeiten müssen, von Angesicht zu Angesicht – das heißt, vorausgesetzt, sein Zustand stabilisiert sich weiter. Und da können wir Verstörendes nicht gebrauchen, leuchtet Ihnen das ein, Herr Uhlein?«

»Ja, ja, schon gut.«

»Wir haben jetzt noch ein paar Minuten, dann kommt Álvara Guñoz. Also los!«

Sie kehrten zurück, positionierten sich im Zentrum von Kellers Blickfeld am Fußende seines Bettes und lächelten wie auf Verabredung. Zieler blickte Ulling an, als höre er ihm zu.

Dieser verstand die Geste und sagte zu Keller: »Nun, Herr Koller«, – sagte er wirklich Koller? Keller war sich nicht sicher –, »ich muss schon sagen, Ihre Erzählung – ich nenne sie einfach mal so –, ist schon etwas Besonderes.« Er lächelte, als wollte er jede Aufwühlung ob der Wortwahl verhindern. »Ich glaube, ich kann für das ganze Team sprechen, wenn ich sage, dass wir alle gespannt darauf warten, wie es weitergeht.«

Züller runzelte die Stirn.

Ugly bemerkte es, räusperte sich nervös und fuhr fort: »Was ich meine, ist, dass ... nun ja, wir würden gern mehr davon verstehen. Vielleicht könnten Sie uns etwas dazu sagen? Handelt es sich um Erinnerungen? Ist es reine Fantasie oder eine Mischung aus beidem?«

Er hielt inne und blickte Keller erwartungsvoll an, doch dieser verstand die Frage nicht. Er gab ein paar unartikulierte Laute von sich, denen kein tieferer Sinn zu entnehmen war. Erneut versuchte er verbissen, etwas Verständliches zu formulieren, bis die Kraft aus ihm wich und er erschöpft hervorbrachte: »Sonette.«

»Wie bitte?«, sagten beide Männer gleichzeitig.

»So … nette.«
»Oh, sehr freundlich, Herr Kaller«, sagte Ulky und stieß Zahler an, der sich beeilte, seinerseits einen Dank für das Kompliment zu formulieren. Keller wollte den Kopf schütteln, er wollte das Missverständnis aus der Welt schaffen, doch es ging nicht, und am Ende resignierte er erneut und sagte wie zu sich selbst: »Dummköpfe.«
Die beiden Herren in Weiß hatten keine Zeit mehr, über diese unerwartete Wendung von Kellers Aussage zu räsonieren, denn in diesem Augenblick betrat eine weitere Person den Raum und Kellers Blickfeld. Eine kleine Frau mit indianischen Gesichtszügen, die nicht lächelte, sondern sagte: »Sso! Sseit issabgelaufeng, jetz musse masaje macheng.«
Herr Zähler, dem das abrupte Ende ihrer einseitigen Unterhaltung sichtlich unangenehm war, unterdrückte seine Entrüstung über Alvora Gámez' taktloses Eindringen, sandte ein letztes gezwungenes Lächeln in Kellers Richtung und wollte sich verabschieden.
Da sagte Stefan Ullman: »Das ist Ihre Physiotherapeutin, Frau Guímez. Wir werden Sie jetzt für ein Weilchen mit ihr allein lassen, aber wir sind gleich nebenan. Sie müssen nur rufen.«
Er grinste, als wäre ihm ein Scherz gelungen, fing einen Blick der Frau auf, der ebenso gut gleichgültig wie vorwurfsvoll sein konnte, verabschiedete sich gemeinsam mit Herrn Zohlar und verschwand aus Kellers Sicht.
Er hörte noch, wie der eine zum anderen sagte: »Lange schau ich mir das nicht mehr an. Diese Person sorgt immer dafür, dass er wieder abtaucht. Wenn der Chef nur nicht so darauf bestehen würde!«
Woraufhin der andere erwiderte: »Aber dann geht die Story endlich weiter.«
»Was wollen Sie? Ihn in die Wirklichkeit zurückbringen, oder eine Geschichte hören?«
»Ist die Wirklichkeit nicht auch nur eine Geschichte? Nur nicht eine ganz so gute?«

»Unsinn, die Wirklichkeit, das ist die Realität. Und in dieser Realität verlangt die Kripo von uns, dass wir helfen, ein mögliches Verbrechen aufzuklären.«
»Ist ja gut. Aber wer weiß – vielleicht gibt uns seine Story doch noch einen brauchbaren Hinweis. Ich finde es bisher ganz vielversprechend. Und falls nicht, mache ich einen Roman daraus.«
»Dazu benötigen Sie Kullers Erlaubnis, das wissen Sie hoffentlich.«
»Ich ändere einfach die Namen und baue ein paar Sachen um, dann ist es meine Geschichte.«
»Ihr Schreiberlinge! Wollt alles immer nur verwursten!«
»Ich frage mich, was er mit ›So nette Dummköpfe‹ meinte?«
»Am Ende hält er uns doch zum Narren.«
»Ach was! Das EEG und alle neuronalen Tests haben bewiesen, dass seine Zustände authentisch sind. Wäre es ein Schwindel, würde er nie schlafen. Und das kann gar nicht sein.«
»Wer weiß. Ich hab schon alles Mögliche gesehen.«
»Sie sind ein richtiger Schwarzseher, wissen Sie das?«
»Und Sie sind naiv! Glauben Sie wirklich, mit einer so verworrenen Geschichte könnten Sie auch nur einen Leser hinterm Ofen hervorlocken? Die zeigen Ihnen einen Vogel!«
»Sie haben ja keine Ahnung von Kunst! Sonst wären Sie wohl kaum Arzt geworden?«
»Was ist denn bitte falsch daran, anderen Menschen zu helfen?«
»Nichts. Aber lassen Sie Ihre heilenden Hände bitte aus der Kunst heraus, die braucht keine Ärzte.«
»Sie braucht Publikum, werter Herr Linguist! So viel verstehe selbst ich davon. Ohne Publikum gibt es weder Kunst noch Künstler. Aber ein Arzt ist immer ein Arzt!«
»Unsinn!«
»Sso meing Ssusserrr, jetztu gechoremirallaing«, sagte da die indianische Frau mit den großen, fleischigen Lippen und lächelte nicht.
Er schlug die Augen auf. Durch das Fenster zur Linken drang trübes Tageslicht herein.

Zum Glück kein Sonnenschein nach so viel grellem Schlaf, dachte Keller, ohne Erleichterung zu verspüren. Was war nur aus dem sicheren Rückzugsort der letzten zweieinhalb Jahrzehnte geworden? Eine Szenerie wie aus der schlechten Parodie eines Kriminalromans. Hätte ich ein anderes Leben führen können?, fragte er sich unwillkürlich. Was wäre denn sinnvoll? Für eine gerechte Sache zu kämpfen? Notleidende zu retten? Wo wäre je die Gelegenheit dazu gewesen? Ich hätte sie suchen müssen. Ich hätte nach Indien reisen und dort für eine gerechte Sache kämpfen müssen. Jetzt ist es zu spät. Ist es zu spät?
Keller sah sich – bepackt nicht mit Sonetten, sondern mit Neurosen – ein Flugzeug nach Delhi besteigen in der Hoffnung, dort helfend seine seelischen Parasiten loszuwerden. Der letzte Satz von Quevedos »Buscón« fiel ihm ein. Welch eine Aussicht, dachte er niedergeschlagen und konnte sich nicht entscheiden, das Bett zu verlassen. Gab es hierzu ein passendes Sonett von Radi Zeiler? Keller suchte in seinem Gedächtnis. Vielleicht ja Nummer *XVII?, dachte er und sah es vor seinem inneren Auge:

Ich
gehe
weiter
bis zum

Ende.
Wie
lange
wird das

sein?
Spielt
es eine

Rolle?
Ja und
nein.

Auch bei diesem handelte es um ein unmögliches, scheinbar mit rücksichtsloser Gewalt erzwungenes Sonett. Und doch gab es eine Struktur, die nur in dieser Form sichtbar wurde. Denn nach den Regeln der Syntax hätte die Gestalt des Gedichts nicht vier-vier-drei-drei sein müssen, sondern fünf-vier-drei-zwei. Durch die Sonettform aber war es dem Dichter gelungen, sowohl die Quartette als auch die Terzette durch einen Verssprung miteinander zu verzahnen.

In den Quartetten stand außerdem der einzige Vers mit zwei Wörtern jeweils an vierter Stelle, in den Terzetten an dritter und zweiter. Warum hat der Dichter diese Unregelmäßigkeit in Kauf genommen?, überlegte Keller. Er hätte doch einfach das »es« hinter das »Spielt« rücken können, und schon wäre es regelmäßig gewesen. Doch dann erkannte er, dass die Unregelmäßigkeit in Wahrheit ein Hinweis war: Legte man nämlich das syntaktische Fünf-vier-drei-zwei-Schema zugrunde, so ergaben sich für die Zwei-Wort-Verse die Positionen vier, drei, zwei, eins. Das Gedicht war als Fuge konzipiert, die sich hinter, nein, *in* der Form des Sonetts verbarg – eine Fuge zum Ende hin, zur Null, zum Tod. Wer immer dieses Gedicht geschrieben hat, dachte Keller, dem die Frage der Autorschaft zum ersten Mal fast gleichgültig war, hatte ein kleines Juwel erschaffen. Auch die Genese des Poems interessierte ihn nicht mehr. Dann war es eben das Werk zweier oder mehrerer mittelmäßig begabter Dilettanten! Je mehr Autoren, umso besser! Erhielt es dadurch nicht eine geradezu volkstümliche Dimension?

Und selbst der Gedanke, dass seine, Kellers, Interpretation womöglich seine Erfindung war, ließ ihn kalt. Nicht mehr die Ursachen waren von Bedeutung, nur noch die Ergebnisse! Und das Ergebnis war in diesem Fall göttlich, ja göttlich! Eine Stele aus Worten auf dem Grab der Ewigkeit, schloss er pathetisch. Vielleicht übertrieb er an dieser Stelle deshalb so stilbrechend, weil er nach der anstrengenden Nacht irgendetwas Großes empfinden wollte, was er den kleinen Wadenbeißern in seinem Gemüt entgegenhalten konnte. Vielleicht aber ging es ihm auch darum, die Vergangenheit endlich hinter sich zu lassen, solange noch Zeit war, bevor das Ende kam.

So stand er also endlich auf – mit dem zwiespältigen, und doch harmonischen Gefühl, dass es völlig gleichgültig und zugleich von größter Bedeutung war, wie lange alles noch andauerte. Wichtig war allein, dass er, Friedrich Keller, in Bewegung blieb und dabei die Ruhe bewahrte.
Den störenden Gedanken, dass die lateinische Fuge eine deutsche Flucht war, seine Flucht (wovor?), blendete er kurzerhand aus.
Er zog die Kleidung vom Vortag an und verließ sein Schlafzimmer. Von unten drang gedämpft ein Stimmengewirr zu ihm hoch, als befände sich dort nicht das Vestibül, sondern ein öffentlicher Bahnhof. Als er die Treppe herunterstieg, stellte er fest, dass die bärtigen Männer aus der Bibliothek im Raum standen und sich unterhielten, dass es sich gar nicht durchweg um Männer handelte, sondern auch um Frauen und Kinder und dass er kein Wort von dem verstand, was sie sagten.
Verwirrt blieb er stehen. In der Mitte des Vestibüls und gleichsam von den Fremden umzingelt befanden sich Hennie, Tinus, Elvira Gómez und Irma Meyer neben mehreren hohen Wäschestapeln und verteilten Kleidung, die er, Keller, aus den verschiedenen Schränken des Hauses kannte – Sommerkleider und Mäntel von Alma, der in London lebenden Schwester, Hemden und Hosen von Gerhard, altmodische Westen vom Großvater mütterlicherseits, weite Röcke aus der Jahrhundertwende, die er nicht einmal mehr zuordnen konnte, enge Jeans aus den Siebzigern, langweilige Hemden aus den Achtzigern, außerdem Schuhe der Eltern, Unterhosen des Vaters, Keller'sche Schlüpfer, die er noch nie hatte auseinanderhalten können.
Die Leute nahmen, was ihnen gereicht wurde, und nun fiel Keller auf, das manche der Frauen Kopftücher trugen, dass die Haut der Fremden dunkel war, dass sie orientalische Gesichter und schwarzes Haar aufwiesen und dass sie klein waren, kleine, schmale Menschen mit noch kleineren und schmaleren Kindern.
Plötzlich ertönte die laute Stimme einer Frau, die neben Kellers Bruder stand und ihm bisher nicht aufgefallen war, weil sie ebenso fremdländisch wirkte wie die übrigen Gäste. Keller verstand kein Wort von dem, was sie sagte, doch sobald sie verstummt war, begannen diejenigen,

die Wäsche im Arm hielten, die Treppe zu erklimmen. Schnell bildete sich eine Schlange, die sich auf ihn, Keller, zubewegte. An ihrer Spitze ging eine junge Frau mit zwei kleinen Kindern, einem Jungen und einem Mädchen. Sie beachtete ihn flüchtig, entbot ihm womöglich sogar einen leisen Gruß, den Keller nicht als solchen erkannte, und war schon vorbei, gefolgt von mehreren kleinen Herren unterschiedlichen Alters, die tatsächlich Bärte trugen. Einer von ihnen lächelte sogar kurz, doch niemand blieb stehen, und Keller begriff, dass hier eine Choreografie in Gang gesetzt war, in welcher er keine Funktion ausfüllte. Der intensive Geruch nach schwitzenden, ungewaschenen Körpern, den Keller in der Nacht zuvor wahrgenommen hatte, eroberte die Luft im Haus und nötigte ihn zur Flachatmung.
Nun entdeckte Irma Meyer ihn. Ihr Gesicht hellte sich auf, sie winkte ihm kurz zu, dann streckte sie den Arm in seine Richtung und sagte etwas. Alle drehten sich um und blickten ihn an.
»Fritzi! Wie schön, dass du da bist!«, rief der Bruder und winkte ihn zu sich.
Keller war viel zu betäubt, um der Aufforderung nicht nachzukommen. Langsam und mechanisch stieg er die restlichen Stufen zum Vestibül hinunter.
»Onkel Friedrich!«, sagte Tinus aufgeregt, »Ihr Bruder hat mir schon alles erzählt! Das ist eine tolle Sache! Ich habe schon gesagt, dass ich unbedingt helfen will!«
»Wir alle wollen helfen, Freddie«, ergänzte Irma und sah ihn bedeutsam, fast mahnend an, als wisse sie, was in seinem Kopf vorging.
»Auktu konne chelfeng, Jefe!«, sagte Elvira und lächelte nicht.
»Langsam, langsam!«, mahnte Heinrich Keller lächelnd, »mein Bruder weiß ja noch von nichts. Schaut ihn euch an: Er sieht aus, als hätte er Gespenster gesehen!«
»Oh, du Armer!«, rief Irma mitfühlend und eilte zu ihm, nahm ihn seitlich in den Arm und rieb mit der freien Hand kreisförmig über seinen Bauch, als wollte sie einem Kleinkind bei der Verdauung behilflich sein.

In diesem Augenblick wünschte Keller sich, dies alles wäre nichts als ein Albtraum, und er müsste nur aufwachen, damit es vorbei wäre.
Doch dafür ließ man ihm keine Zeit.
»Fritzi, komm her!«, sagte Hennie. »Ich möchte dir jemanden vorstellen!«
Er wies auf die unbekannte Frau, die nun geschäftsmäßig lächelte, während ihre Hand zum Gruß vorschnellte.
»Das ist Aludra Hamdaoui, sie ist eigentlich Kindergärtnerin in einer Elterninitiative, hilft nun aber als Dolmetscherin aus, weil sie Arabisch kann.«
Keller ergriff die Hand der Frau, welche nun in sehr deutschem Deutsch sagte: »Der Akzent ist ziemlich verschieden, aber es geht schon irgendwie.«
Sie ließ Kellers Hand los und widmete sich erneut den Fremden, die noch keine Wäsche erhalten hatten. Ihr wurde dabei von Elvira assistiert, deren Aufgabe offenbar darin bestand, die passenden Größen abzuschätzen.
»Tut mir leid, dich so zu überraschen«, fuhr der Bruder fort. »Ich wollte es dir gestern im Supermarkt sagen, aber dann kam die schöne Irma dazwischen und hat alles durcheinandergebracht.«
Er lächelte Irma süßlich an, und sie schlug zweimal kokett die Augenlider nieder, fing sich aber einen Seitenblick von Elvira ein und wurde schnell wieder ernst.
»Enrique« störte sich nicht daran, immer noch lächelnd sagte er: »Erinnerst du dich an das geniale Gedicht von seinem Vater«, er legte den Arm väterlich um Tinus Schultern, und dieser lächelte ihn dankbar und zutraulich an, »das ich gestern beim Frühstück rezitierte? ›Etwas Endloses‹ und so weiter?« Er machte eine große Geste in Richtung der Fremden. »Das hier ist so etwas. Verstehst du?«
Keller verstand nichts.
Irma sagte: »Freddie! Sag bloß, du liest keine Zeitungen!« Sie schüttelte missbilligend den Kopf. »Das hier sind Menschen, die aus Syrien geflohen sind! Die Krise ist völlig außer Kontrolle geraten. Wir müssen jetzt alle helfen!«

Keller starrte die Fremden an, die inzwischen auf der Treppe Schlange standen, während aus dem Bad im ersten Stockwerk Geräusche von fließendem Wasser und rutschenden Füßen auf emaillierter Wanne ertönten. In seinem Kopf wirbelte der ontologische Schwindel, Gedanken, Gefühle, Bilder drehten sich wild umeinander, eine Zeitung, ein Sonett, eine fette Wirtin, eine tote Mutter, eine Putzfrau, eine ehemalige Kollegin, ein erfrorener Dichter und ein verbrannter, ein falscher Neffe und eine gerechte Sache, der Reichtum dieser Stadt, die Armut seiner Gefühle, die englischen Rosen, die endlich geköpft gehörten, ein Museum, nein, zwei Museen – Tinus hatte sich ebenso neurotisch in Radi Zeilers Wohnung verhalten wie er im Keller'schen Domizil. Und nirgends einfach nur Leere und Ruhe und Stille und Frieden.
»Freddie, ist alles in Ordnung?«, fragte Irma, die ihn besorgt von der Seite anblickte.
»Wie sollte denn alles in Ordnung sein?«, rief der Bruder aus, »seine Welt bricht gerade zusammen, nicht wahr, Fritzi? Aber glaub mir, es ist besser so! Schau dir diese Menschen an: Die haben echte Probleme. Kein Zuhause mehr, kein Land, keine Arbeit, kein Geld, nicht mal jemanden, der sie versteht, wenn sie den Mund aufmachen!«
»Du … du hattest das alles längst geplant?«, fragte Keller, der endlich etwas sagen konnte.
»Na ja, ich hatte so ein Erweckungserlebnis. Das ist schon eine Weile her, da lungerte ich mit seinem Vater«, er zog Tinus, den er immer noch seitlich um die Schultern gefasst hielt, kurz zu sich heran und lächelte, »am Hauptbahnhof herum, und plötzlich kam ein Zug aus dem Süden an, und bald schon war alles voller Menschen …«, er wies auf die Leute auf der Treppe, »… solchen Menschen! Das war mein Erweckungserlebnis. Und wäre dein Vater«, er wandte sich an Tinus, »nicht gestorben, vielleicht hätte ich die Botschaft nicht vernommen. Aber so …« Er brach ab und lächelte zufrieden.
Keller starrte Tinus an.
Der Jüngere bemerkte es und sagte: »Ihr Bruder hat mir alles erzählt, Onkel! Er hatte die ganze Zeit Kontakt zu meinem Vater! Er hat ihm die Wohnung besorgt, weil er nicht mit ansehen konnte, dass einer seiner

Brüder auf der Straße gelandet war. Er hat ihm auch die Mäntel gekauft und sie regelmäßig reinigen lassen. Und er hat ihn verbrannt, nachdem er ihn erfroren aufgefunden hatte, weil das der Wunsch meines Vaters gewesen war! Verstehen Sie? Es hat gar keinen Mord gegeben!«
Er strahlte Keller an. Dann machte er eine abwehrende Handbewegung: »Ich verstehe nur zu gut, dass Sie mir nichts von Enrique sagen wollten! Sie mussten ja denken, dass er womöglich in einen Mord verwickelt war!« Er lachte kindlich.
Der Bruder sagte trocken: »Danke, Fritzi, dass du mich beschützen wolltest.« Dann grinste er verschmitzt.
Keller war so überrumpelt, dass er im Kopf die Namen und Gesichter aller seiner Geschwister durchging, um sicher zu sein, dass sie nicht doch zu fünft gewesen waren und er jahrzehntelang in partieller Amnesie gelebt hatte. Doch so oft er auch zählte, er kam nur auf vier. Sprachlos konstatierte er sodann die Dreistigkeit, mit welcher »Enrique« den Meister und Vater dieses ahnungslosen jungen Mannes kurzerhand zu einem weiteren Bruder ernannt hatte. Und wie eigenartig, dass auch er, Keller, genau diese Lüge benutzt hatte! Ob Tinus ihm unwissentlich die Vorlage dazu gegeben hatte? Schwindel, ontologischer Schwindel überall!
»Verstehst du?«, fragte der Bruder jetzt und machte eine beiläufige Geste, die alle anwesenden Hilfskräfte in die Küche einlud, während er sich selbst bereits in Bewegung setzte, »... die Botschaft lautete: Tu etwas Sinnvolles! Hilf anderen Menschen, anstatt immer nur um dich selbst zu kreisen!« Er warf seinem Bruder einen ernsten Blick zu und betrat die Küche.
Friedrich Keller folgte der kleinen Gesellschaft nicht sofort. Er blieb im Vestibül stehen und konnte sich nicht entscheiden, welchem Impuls er zuerst folgen sollte: Die Heckenschere holen, um im Garten zu wüten, den Bruder vor allen Anwesenden und ohne Rücksicht auf Verluste zur Rede stellen, das Haus verlassen, Irma ins Schlafzimmer zerren?
Er tat etwas anderes: Er eilte in die Bibliothek und suchte das Buch des Meisters. In der Hast stolperte er über die vielen Isomatten und Matratzen, die nun verlassen dort lagen und immer noch ihren nur allzu

menschlichen Duft ausdünsteten. Tatsächlich und gleichsam trotz des Chaos, das sich in seinem Leben ausgebreitet hatte, lag das Buch unverrückt auf dem kleinen Beistelltischchen neben dem Ohrensessel im Alkoven. Keller griff danach und blätterte es durch. Die gegenläufig chronologische Ordnung war exakt eingehalten, und das, obwohl Elvira die ersten zehn oder zwölf Blätter heruntergefallen waren und sie diese anschließend wahllos wieder zusammengeschoben hatte. Wie war das möglich?
Er legte das Buch wieder auf das Tischchen und begab sich zum linken der beiden Regale, die zwischen den zwei mittleren Fenstern standen. Und tatsächlich: Bashō und die anderen vier Haiku-Dichter fehlten, doch jemand hatte die Lücken durch eine luftigere Anordnung der übrigen Bücher kaschiert. Er begab sich zu den deutschen Dichtern, welche die gesamte dem Alkoven gegenüberliegende Wand einnahmen. Er musste ein Leiterchen zur Hand nehmen, um das Fehlen sämtlicher Bücher zu bestätigen, die er in Radi Zeilers Wohnung gesehen hatte.
Durch diese Entdeckungen beruhigte sich der Schwindel in Kellers Kopf ein wenig. Ihm war jetzt klar: Wenn der Bruder log, und er musste lügen, dann bestand immer noch die Möglichkeit, dass er ein Mörder war. Gleichzeitig aber bedeutete es, dass der Bruder schon früher ins Elternhaus eingedrungen war und heimlich Bücher mitgenommen hatte. Und das wiederum bedeutete, dass er Radi Zeiler wirklich gut gekannt haben musste. Vielleicht stimmte es sogar, dass er ihm die Wohnung finanziert hatte. Warum aber sollte man dies für einen Fremden tun? War Radi Zeiler womöglich kein Fremder? Wer aber sollte er gewesen sein?
Keller riss alle Fenster auf und verließ die Bibliothek. Im Flur traf er auf den schwarzen Hosenanzug der Mutter der Mutter, der soeben gemeinsam mit der kurzen Lederhose und dem karierten Hemd des fünf Jahre alten Gerhard Keller und dem Dirndl der vierjährigen Alma Keller die Küche betreten wollte. Unter anderen, weniger unkonventionellen Umständen wäre er vermutlich erschrocken stehen geblieben.

Doch nun nahm er das befremdliche Schauspiel kommentarlos hin und folgte den dreien.
In der Küche waren die Frauen und der falsche Neffe damit beschäftigt, Frühstück für sehr viele Menschen anzurichten. Nun verstand Keller, warum der Bruder am Vortag gleich zwei Einkaufswagen bis zum Rand gefüllt hatte, und freute sich beinahe über das kleine widerspruchsfreie Detail in diesem großen Durcheinander.
Elvira hatte offenbar eine Suppe in vier großen Töpfen gekocht, zwei davon erkannte Keller als Besitztum des großelterlichen Paares, welches unter dem Dach eine eigene Kochnische besessen hatte. Mit einer schwarzen Kelle schöpfte die Putzfrau nun in einen tiefen Teller mit rotem Meißner Muster, welcher der toten Mutter gehört hatte, eine Portion Suppe und reichte ihn der Kindergärtnerin, welche ihn dem schwarzen Hosenanzug der Großmutter samt silbernem Suppenlöffel aus deren eigener Aussteuer aushändigte.
Tinus stand dabei und schnitt eines von mehreren Baguettes in handliche Schnitten, neben ihm war Irma damit beschäftigt, Käsescheiben auf die Brote zu verteilen – soeben reichte die Kindergärtnerin eines davon an den Hosenanzug weiter. Anschließend erhielten die Lederhose und das Dirndl ebenfalls Suppenteller, Löffel und Käsebrot.
Mit scheuem Lächeln wandten sich die drei Familiengespenster nun Keller zu, der immer noch am Eingang zur Küche stand, und wurden zu lebenden syrischen Flüchtlingsmenschen, in deren Gesichtern Dankbarkeit und Erschöpfung stand, neben einer Menge anderer Dinge, die Keller nicht zu entziffern vermochte, die ihn jedoch zu dem Gedanken anregten, wie eigentümlich es doch anmutete, dass dieses Haus, in dem er, Keller, zweieinhalb Jahrzehnte Zuflucht vor der Welt gesucht und gefunden hatte, nun zu einem ebensolchen Ort für Menschen geworden war, die aus just dieser großen und gefährlichen Welt stammten, und Keller fühlte einen kurzen Moment lang eine tiefe Verwandtschaft mit ihnen, die weit über die Kleiderwahl hinausging.
Kaum waren die drei Verköstigten draußen und vermutlich auf dem Weg zur Bibliothek, als schon die nächsten Kleider an Keller vorbeikamen, um Suppe und Brot zu erhalten. Auch sie wurden von neuem

Leben erfüllt, sobald sie sich umwandten und ihre Gesichter zeigten, während die Suppe zwischen ihren Händen dampfte.
Eine ganze Weile stand Keller so da und beobachtete den Kantinenbetrieb, der sich über Nacht in seiner Küche etabliert hatte, während hinter dem Küchenblock der Bruder am Tisch saß und bei offener Terrassentür frühstückte, denn der Tag war sonnig und warm.
Schließlich trat Keller zu den anderen. Er setzte sich dem Bruder gegenüber und sah ihn herausfordernd an.
Diesem schwante Ungutes, und er wollte bereits irgendein Gespräch in Gang setzen, um den anderen zu überrumpeln, als dieser laut, und ohne ihn aus den Augen zu lassen, sagte: »Tinus! Wie war doch gleich der Name deiner Mutter?«
Tinus blickte überrascht auf, so vertieft war er in seine helfende Tätigkeit. »Den habe ich Ihnen doch gar nicht gesagt, Onkel!«
»Verrätst du ihn mir jetzt?«, beharrte Keller und genoss beinahe den alarmierten, fast panischen Gesichtsausdruck, der sich auf des Bruders Gesicht breitmachte.
»Greta«, sagte Tinus, als wäre nichts dabei.
»Aha«, erwiderte Keller, »danke dir, Tinus. Du kannst mich übrigens ruhig duzen. Du bist schließlich mein Neffe, nicht wahr?«
»Klar, Onkel Fritz, entschuldige!«
»Kein Problem, Neffe Tinus!«
Ein Schweigen breitete sich zwischen den Brüdern aus. Mitten im geschäftigen Treiben der Flüchtlinge, die hereinkamen, um Essen zu erhalten, dem klappernden Lärm der Kelle, den arabischen Begleitworten der Kindergärtnerin, dem sägenden Geräusch des Brotmessers, den Kinderstimmen, die vom Sportplatz hereindrangen, dem zirpenden Gesang der Vögelchen im Garten und dem entfernten Rauschen der Autos auf der großen vierspurigen Straße, die geradewegs in die Stadtmitte führte, vorbei an der schmalen Verkehrsinsel, am Lebensmittelgeschäft und an der Buchhandlung Keller, herrschte beredte Stille.

Als stünde alles still

»Es ist nicht so, wie es scheint«, sagte Heinrich Keller leise zu seinem Bruder.
»Wie scheint es denn?«, fragte dieser kühl.
»Es scheint, als hätte ich nichts als Lügen erzählt.«
»Etwa nicht?«
»Nein, es gibt noch viel mehr, das du nicht weißt.«
»Noch mehr Lügen?«
»Nein, die Wahrheit, die ganze Wahrheit.«
Keller beugte sich vor, um noch leiser sprechen zu können: »Hast du Radi Zeiler ...?«
»Ermordet? Bist du verrückt!«
»Bist *du* es?«
»Fritzi!«
»Nenn mich nicht Fritzi! Und sag mir endlich, von wem die Gedichte sind!«
»Die sind von ...«
»Na los!«
»Von ...«
»Sag schon, Hennie!«
»Nenn mich nicht Hennie!«
»Mein Gott!«
»Also gut: Die sind von mir.«
»Aber nicht alle!«
»Wie kommst du darauf?«
»Es gibt zwei Handschriften.«
»Handschriften?«
»Dein Sohn hat mir die Originale gezeigt. Weiß er, dass sein Vater gar nicht tot ist, sondern hier in diesem Raum sitzt?«
»Er ist nicht mein ... Ach, Fritzi, wenn ich es dir doch nur sagen könnte.«
»Warum kannst du es denn nicht?«
»Weil ich der Mutter am Sterbebett ...«
»Nein! Nicht das schon wieder!«
»Doch. Wir alle mussten ...«
»Halt den Mund, Hennie! Ich will nichts mehr hören!«

»Ach, Fritzi.«
Sie schwiegen eine Weile, während der Kantinenbetrieb weiter vonstattenging. Immer mehr frisch gewaschene und neu beziehungsweise alt eingekleidete Menschen betraten die Küche, wurden versorgt und strebten anschließend in die Bibliothek, um dort zu essen. Bald liefen vier oder fünf Gerhards unterschiedlichen Alters durchs Haus, sechs Almas, sieben Mütter der Mutter, achtmal die Mutter selbst, zehnmal der Vater und immerhin zwei Großväter mütterlicherseits.
Friedrich Keller betrachtete den Sohn seiner Verlobten aus grauer Vorzeit. Jetzt, da er Bescheid wusste, erkannte er Gretas Züge in Tinus' Gesicht, ja, es gab keinen Zweifel an der Wahrheit. Und auch den Bruder erkannte er im Neffen.
»Sie war also schwanger, als sie verschwand«, sagte er leise zum Bruder, der nichts erwiderte. »Und warum sollte ich das nicht erfahren?«
»Weil …«, begann der Bruder und verstummte.
»Ach, Hennie.«
Sie schwiegen erneut.
Schließlich sagte Keller: »Und die Sache mit den Flüchtlingen? Was soll das? Willst du auf diese Weise das Museum ›Keller‹ zerstören?«
Der andere zuckte mit den Schultern. Er sagte: »Eigentlich wollte ich Obdachlose aus der Stadt unterbringen. Aber dann kam die Flüchtlingskrise …«
»Du meinst das wirklich ernst, oder?«
Der andere nickte: »Ja, ich meine das ernst. Endlich einmal meine ich etwas ernst, Fritzi. Weißt du: So ernst, dass ich nicht einmal sagen kann, warum ich es tue.«
»Wie in dem Sonett?«
»Genau. Das hier ist etwas wirklich Wichtiges, verstehst du? Nicht so eine Familienscheiße wie bei uns. Das ist Krieg, Fritzi, Krieg! Da sterben Menschen zu Tausenden, während wir uns wünschen, ein gutes Gedicht zu schreiben!«
»Wie kannst du das eine mit dem anderen vergleichen?«, erwiderte Keller bitter. »Wer bist du denn, dass du so urteilen darfst? Du weißt

doch gar nichts vom Krieg! Stellst ihn dir doch nur vor! Hast doch selbst nur einen Haufen Neurosen, die du dir nicht anschauen willst, und glaubst jetzt, wenn du Flüchtlingen hilfst, gehen die weg! Du willst ein Geschäft machen, nicht wahr, Hennie? Ich helfe anderen, und im Gegenzug werde ich geheilt, ist es nicht so? Aber die Neurosen gehen nicht einfach weg, Hennie, die bleiben bei dir, und wenn du nicht aufpasst, mischen sie sich in dein kleines Hilfsprojekt ein und versauen es dir – und diesen armen Leuten.«
Er machte eine Pause und betrachtete seinen Bruder, der ihn bestürzt ansah.
So saßen sie eine Weile da, bis auch der letzte Gast in die Bibliothek verschwunden war und Tinus und die drei Frauen, die offenbar spürten, dass die Brüder etwas zu besprechen hatten, sich ebenfalls dorthin zurückzogen.
Nun waren sie allein in der Küche, und wären die vier großen Töpfe auf dem Herd nicht gewesen und die leisen Geräusche von Menschen und von klappernden Suppenlöffeln, die aus der Bibliothek zu ihnen drangen, man hätte meinen können, es wäre sonst niemand im Haus.
Keller seufzte. Sein verbaler Ausbruch tat ihm bereits leid. Er sagte: »Ich hab nichts dagegen, Menschen zu helfen, Hennie. Und mit dem Museum hast du vermutlich sogar recht. Eines Tages werde ich dir bestimmt dankbar sein für das Chaos, das du in mein Leben gebracht hast. Aber du lügst mich immer noch an.«
Der andere senkte den Blick. Leise sagte er: »Es ist nur zu deinem Schutz.«
»Zu meinem Schutz? Sieh mich an, ich bin Ende vierzig! Wovor willst du mich denn beschützen?«
»Vor dem, was ich nicht mehr vergessen kann. Vor der Wahrheit.«
»Die Wahrheit ist immer besser!«
»Nicht immer, Fritzi.«
»Nenn mich nicht Fritzi!«
»Ach, Fritzi.«
»Wissen Gerhard und Alma etwa auch Bescheid?«
Der andere nickte stumm.

»Und warum ich nicht?«
»Du und ich, wir wussten es beide nicht. Bis ich es durch Zufall erfuhr. Jetzt bist du der Letzte, der noch ahnungslos ist.«
»Wozu soll das gut sein, Hennie?«
Der andere schwieg. Dann sagte er: »Du hast recht, es hat keinen Sinn mehr.« Er atmete tief durch, schluckte ein paarmal, fasste sich ein Herz und sagte: »Papa ist nicht an einem Herzinfarkt gestorben, als wir noch ganz klein waren. Das war nur eine von Mamas Lügen, damit sie uns nicht erzählen musste, was wirklich passiert war.«
»Wie bitte?«
»Ich hab dich gewarnt. Jetzt ist es zu spät. Papa ertrug sein spießiges Leben nicht mehr. Er ist abgehauen, um seinen Traum zu verwirklichen. Er wollte nicht einfach nur Gedichte verkaufen und eine Familie ernähren, er wollte selber welche schreiben, ein Künstler sein. Aber mit vier Kindern, einer Frau und einem Geschäft ging das nicht. Deshalb ist er abgehauen.«
»Was? Du spinnst doch!«
»Nein, Fritzi, ich spinne nicht. Es ist die Wahrheit, jetzt weißt du es. Geh hoch ins Schlafzimmer unserer Eltern und mach die blaue Urne auf – sie ist leer! Keine Asche drin!« Er atmete tief durch. »Als du mit Greta verlobt warst und ich mit ihr herummachte, sah ich ihn eines Tages auf der Straße. Er sah genauso aus wie ich später – total verwahrlost mit einem riesigen Zottelbart. Aber ich erkannte ihn trotzdem. Er war sturzbetrunken und schwankte an mir vorbei, ohne mich wahrzunehmen. Ich bin ihm gefolgt, Fritzi, durch die ganze Stadt bis ins Zentrum. Er ging in irgendeine Spelunke, um da weiterzusaufen. Und ich habe mich zu ihm gesetzt und hab's ihm auf den Kopf zugesagt, ich hab zu ihm gesagt: ›Du bist mein Vater!‹ Und er gab es zu, Fritzi. Er gab es einfach zu!«
»Das ... das glaub ich alles nicht.«
»Und dann, als Mama mich rauswarf, weil ich dich hintergangen hatte, da nahm er mich bei sich auf. Greta hat sich einfach drangehängt, ich wollte sie eigentlich loswerden. Aber als Papa sie sah ...« Er zögerte. »Tinus ... ist nicht dein Neffe, Fritzi. Er ist ...«

»… unser Bruder«, vollendete Keller den Satz geistesabwesend.
Der andere seufzte: »Greta und Papa hatten so eine Amour fou, weißt du. Sie bildete sich ein, er würde bei ihr bleiben, die dumme Kuh! Und er bildete sich ein, sie würde verstehen, dass er Künstler ist und frei sein muss, der alte Esel!« Er seufzte. »Als Greta schwanger wurde, ertrug er es nicht mehr und warf sie raus.«
»Er sie?«
»Ja. Tinus hat sie es natürlich andersherum erzählt, sonst wäre es zu hart gewesen.« Er seufzte. »Da siehst du's: Wir legen uns alle die Wahrheit so zurecht, wie wir sie brauchen.«
»Und die Gedichte? Sind die von Papa?«
»Gedichte? Er schrieb doch bloß Aphorismen, mehr bekam er nicht zustande. Dabei war er wirklich fleißig. Las die Bücher, die er von zu Hause mitgenommen hatte, rauf und runter.« Heinrich Keller lachte freudlos auf. »Er versuchte, die Formel für das richtige Sonett zu enthüllen! Wie ein Doktor Faustus, der in Leichen nach der Seele sucht. Oder ein Arzt, der mit dem EEG die Liebe finden will.« Er seufzte. »Am Ende musste ich ihm helfen, aus seinen Aphorismen Sonette zu basteln.«
»Wie? Das sind eigentlich gar keine Gedichte gewesen?«
»Ach was! Das waren nur Versuche! Okay, manches reimte sich sogar. Aber Papa hatte einfach kein Gefühl für Rhythmus und Sprache. Das musste dann ich erledigen. Und mir kam zugute, dass du Greta damals so viele Sonette geschrieben hattest. Da habe ich einiges übernommen.«
»Du hast was?«
»Dass dir das nicht aufgefallen ist, wundert mich immer noch. Manchmal habe ich sogar fast alles kopiert. Deine Gedichte waren wirklich gut, Fritzi, ist dir das etwa nicht klar? Und Papa war glücklich mit dem Ergebnis, denn im Grunde wollte er nur seinen Namen auf einem Buch sehen. Aber das hab ich ihm versaut.« Er grinste. »Greta hatte die Idee. Sie wollte nicht, dass Tinus die Wahrheit erfährt, deshalb erfand sie Radi Zeiler. Und als Papa tot war, habe ich das Deckblatt ausgetauscht.«

Friedrich Keller schwieg betroffen. Die Sonne schien jetzt zwischen den Blutbuchen hindurch, ihr Licht fiel auf den Bruder, der ganz in einen goldenen Glanz getaucht war. Auf dem Sportplatz war es still geworden. Nur noch das Gezwitscher der Vögel und das Summen fliegender Insekten war zu hören. Ab und zu brachte ein Wind alles in Bewegung.
»Was fand Papa an Greta?«, fragte Keller den Bruder nach einer Weile.
»Was weiß ich«, entgegnete dieser und machte eine abwehrende Handbewegung. »Sie war jung, vermutlich hoffte er, selbst wieder jung zu werden durch sie. Tun das nicht alle Männer, die sich eine Frau anlachen, die ihre Tochter sein könnte?«
»Was hielt Alma davon?«
»Sie hat nie wieder ein Wort mit ihm geredet, obwohl ich nach Mamas Tod auf seine Bitte hin Kontakt mit ihr aufnahm. Aber sie wollte nicht.« Er zuckte mit den Schultern.
»Und wie ist er nun wirklich gestorben, unser Vater? Sag mir die Wahrheit, Hennie!«
»Es ist so, wie ich Tinus erzählt habe. Er war betrunken auf einer Parkbank eingeschlafen, weil er den Weg nach Hause nicht mehr geschafft hatte. Ich fand ihn, als er schon erfroren war, und damit Tinus nichts erfährt, habe ich ihn angezündet. Das ist dann im Internet viral gegangen, weil irgendwer ihn gefilmt hatte. So bekam Tinus Wind davon. Zu dumm auch, dass ich vergessen hatte, ihm die Armbanduhr abzunehmen.« Er seufzte. »Danach gehörte die Wohnung mir, aber ich hab's so gedreht, dass Tinus jetzt glaubt, er hätte sie von seinem Vater Radi Zeiler geerbt.« Er grinste.
»Irgendwann muss er doch die Wahrheit erfahren«, erwiderte Keller.
»Ach, die Wahrheit! Die Wahrheit ist für niemanden gut, Fritzi! Die Wahrheit macht nur traurig.«
»Du glaubst doch nicht im Ernst, dass du hier bist, um glücklich zu sein, Hennie!«
»Wozu sonst, Fritzi?«
»Bist du denn jemals glücklich gewesen?«
Heinrich Keller wollte etwas erwidern, er öffnete den Mund, suchte nach Worten oder nach Glück, fand weder die einen noch das andere

oder fand vielleicht beides und entschied, es dem Bruder vorzuenthalten, denn er schloss den Mund wieder und schwieg.
Aus der Bibliothek drang nun nicht mehr das Geklapper von Suppenlöffeln, sondern Stimmen und Gelächter. Sie hörten, wie Elvira in spanischem Deutsch radebrechte, wie Irma Meyers helle Stimme sich hineinmischte, wie Aludra übersetzte, woraufhin ein Stimmengewirr einsetzte und anschließend noch mehr Gelächter ertönte.
»Die haben wohl eine gute Zeit miteinander«, bemerkte Heinrich Keller gönnerhaft.
»Eines musst du mir noch sagen«, begann Keller das Gespräch wieder, »die fette Wirtin – wieso wusste die von Radi Zeiler, wenn Papa diesen Namen nie selbst benutzt hatte?«
Er blickte den Bruder herausfordernd, fast triumphierend an, als hätte er doch noch die Lücke in dessen Lügengespinst gefunden.
Doch »Enrique« alias »Radi« alias »Heinrich« lächelte nur hintergründig und sagte: »Rate mal, wer Radi Zeiler war.«
»Du warst Radi Zeiler? Dann ist Papa nie im Heißen Sporn gewesen?«
Der andere schüttelte zufrieden den Kopf: »Nur dieses eine Mal, als ich ihm gefolgt war. Danach nie wieder.«
»Und du bist unter falschem Namen hingegangen?«
»Es war Gretas Idee. Sie rief einfach in der Wirtschaft an, tat verzweifelt und versprach der Wirtin Geld, wenn sie ihr verriet, was ihr Mann, Radi Zeiler, so trieb. Dann setzte ich mich in die Wirtschaft und soff und machte der Wirtin schöne Augen.« Er wiegte den Kopf und blickte selbstkritisch drein. »Ich soff ziemlich viel in dieser Zeit – hab gewissermaßen das Nützliche mit dem Angenehmen verbunden.« Er grinste.
»Aber die beiden unterschiedlichen Handschriften auf dem Zettel im Hinterzimmer!«, rief Keller verwirrt, »was ist mit denen?«
»Ganz einfach: Das eine hab ich nüchtern geschrieben, das andere angetrunken – das Erste ist übrigens zum Teil von dir und zum Teil von Opa.« Er grinste, als er die Wirkung seiner Worte auf dem Gesicht des Bruders sah. »Und als ich völlig blau war, veränderte ich noch was und schenkte es anschließend der Wirtin.«

»Und die handgeschriebenen Zettel, die in Gretas Briefkasten landeten, hast du die etwa auch zum Teil nüchtern und zum Teil betrunken geschrieben?«
»Kann schon sein. Anfangs soff ich ja noch gar nicht. Und hatte auch keinen Kontakt zu Greta. Erst als Tinus anfing, nach seinem Vater zu fragen, rief sie mich an und bat mich, ihr zu helfen. Eigentlich wollte ich nichts mit ihr zu tun haben, aber weil der Kleine mein Bruder war, erklärte ich mich einverstanden. So konnte ich wenigstens irgendetwas Gutes tun, wenn ich schon sonst nichts zustande brachte. Damals hatte ich eine Affäre mit einer Serbin, die mich übrigens mit dem Sliwowitz bekannt machte. Einmal schenkte sie mir spezielle Gläser – man nennt sie ...«
»Enkel, ja, ja, ich weiß«, unterbrach Keller ihn.
Der andere grinste kurz, dann fuhr er fort: »Aber sonst lebte ich mit Papa in seiner Wohnung und machte nichts. Du hast mich nach Glück gefragt, Fritzi, und ich sage dir, was mich glücklich machte: Dass ich doch noch eine Gelegenheit hatte, unseren Vater täglich zu sehen, und ich hätte es dir so gerne gesagt, damit du ihn auch ..., aber er wollte nicht. Er wollte frei sein, und er tolerierte mich nur, weil ich ihm bei den Gedichten half und ihn ansonsten in Ruhe ließ.« Er seufzte.
Friedrich Keller schwirrte der Kopf. Auf alles hatte der Bruder eine Antwort, die weder glaubwürdig noch offensichtlich gelogen klang. Aber die ganze Geschichte erschien ihm so absurd, dass er gar nicht wusste, wo er ansetzen sollte. Er kam sich vor wie der Hase, der zum Wettrennen gegen den Igel angetreten ist und von dessen Sippe an der Nase herumgeführt wird. Keller schloss die Augen und spürte fast körperlich, wie die Sinnlosigkeit sich wieder in ihm ausbreitete.
Was hatte überhaupt noch Bedeutung, wenn alles gelogen, kopiert, zusammengestückelt und fingiert war? Wo gab es in dieser großen Illusion noch eine Zuflucht, auf die Verlass war? Sogar die Gedichte, die er, naiv, wie er war, für göttlich gehalten hatte, erwiesen sich als Fake! Seine elaborierten Interpretationen dieser »Meisterwerke« waren ihm mit einem Mal peinlich, er fühlte sich entblößt wie die Menschen in »Des Kaisers neue Kleider«, die nicht dumm hatten sein wollen und

umso dümmer dastanden. Man hatte ihm mit Fäden, die es gar nicht gab, ein Kunstwerk gewoben, und er hatte geglaubt, etwas Einzigartiges entdeckt zu haben! Immerhin verstand er jetzt, warum viele dieser falschen Sonette so erzwungen wirkten – weil sie es waren! Und was nur sollte er davon halten, dass einige dieser Machwerke offenbar fast vollständig von ihm selbst stammten? War er nicht wie Narziss, der sein eigenes Spiegelbild auf der Wasseroberfläche nicht erkennt und sich darin verliebt?

Plötzlich musste Friedrich Keller lachen. Er lachte zuerst leise und wie für sich selbst, doch nach einer Weile steigerte er sich in eine lachende Hysterie hinein und konnte gar nicht mehr aufhören. Der Bruder schaute ihn zunächst sympathisierend, dann befremdet und schließlich offen besorgt an, doch Keller bekam nichts davon mit. Er lachte und lachte und lachte, und selbst, als sein Bauch schmerzte und er am liebsten aufgehört hätte zu lachen, gelang es ihm nicht.

Erst als Irma Meyer, von den ungewöhnlichen Lauten angelockt, herbeieilte, um sich zu vergewissern, dass sie richtig gehört hatte und in der Küche tatsächlich der freudlose Friedrich Keller saß und nichts anderes tat, als zu lachen, und erst als sie, ob dieses Anblicks selbst in Gelächter ausbrach, kam dieser wieder zu sich.

War dies ein Moment des Glücks?, sollte Keller sich anschließend fragen und sich wünschen, seine Unbewusstheit bewusst miterlebt zu haben, um anschließend ein Urteil fällen zu können, welches Ja oder Nein gelautet hätte. So aber verstrich der Moment, und niemand würde anschließend sagen können, wie er zu kategorisieren gewesen wäre. Der Bruder würde von Wahn, die Reisebuchhändlerin von Lebensfreude sprechen, und Keller würde denken, dass womöglich beides zugleich oder nichts davon zutraf.

Er blickte Irma an, die mitlachte, als hätte sie seit Jahren darauf gewartet, genau dies einmal tun zu können, und er dachte: Papa hat uns kastriert, uns alle! Gerhard mit seiner Heiratsschwindlerin, die vielleicht gar keine war. Und Alma. Greta ist fast in ihrem Alter – wie eine Konkurrentin muss sie gewirkt haben. Vielleicht hatte sie deshalb geglaubt, Gerhard retten zu müssen. Und Hennie. Papa hat ihn zu seinem

Handlanger gemacht – Liebe für Hilfsdienste in Sachen Kunst. Und ich selbst – verlassen und in mehrfacher Hinsicht von ihm betrogen. Betrogen und kastriert. Er sagte: »Willst du meine Frau werden?«

Und Irma antwortete: »Ja, Freddie, das will ich.« Sie grinste verschmitzt. »Aber nur, wenn wir die Flitterwochen in Indien verbringen.«

In dieser Nacht schlief Friedrich Keller zum ersten Mal in seinem Leben nicht allein in seinem Bett. Als die Flüchtlinge in der Bibliothek schlummerten und vielleicht versuchten, die Gräuel des Krieges zu vergessen, oder sich der dort zurückgebliebenen Freunde und Verwandten erinnerten; als der Bruder mit der Putzfrau schlafend im elterlichen Gemach lag und Tinus unter dem Dach im Bett des verschmähten Großvaters mütterlicherseits von einem Vater träumte, dessen »richtiger« Name Karl Keller lautete – ein Name, den Heinrich auf des Halbbruders plötzliche Nachfrage ad hoc erfunden hatte –, da begab sich das zukünftige Ehepaar Keller-Meyer schüchtern und erhitzt in jenes Zimmer, das er seit seinem fünften Lebensjahr bewohnte und das Irma auf Anhieb für die gelungene Farbgebung sowohl des Bettes als auch der Wände bewunderte, was Keller wiederum schweigend zur Kenntnis nahm.

Dieser zweite Liebesakt innerhalb von vierundzwanzig Stunden verlief vollkommen überraschend für ihn. Erstens brachte Irma Meyer weniger als ein Drittel des Gewichts der fetten Wirtin auf die Waage, wodurch sich, aufgrund der ausgeglichenen physischen Voraussetzungen, eine komplexere Liebesmechanik ergab, zweitens entstand währenddessen keine Kongruenz von äußerem und innerem Schmutz oder »Dreck«, um mit dem Wort des ominösen Poems aus dem heruntergekommenen Hinterzimmer des Heißen Sporn zu sprechen, sondern beiderseits eine fast kindliche Unschuld und Reinheit – zumindest kam es Keller so vor –, ein Hier und Jetzt ohne Zukunft oder Vergangenheit, ein Raum ohne Zeit, ein endloser Verlauf ohne Ausblick auf sich selbst. Und drittens gab es einen Bruch in Irma Meyer, eine Lücke, durch welche hindurch Friedrich Keller einen Blick auf das wahre Wesen seiner Verlobten werfen konnte. Es war jener Moment nach dem Höhepunkt, während sie ihren Geliebten anblickte, als sähe sie ihn zum ersten Mal

überhaupt. Er würde nie das Strahlen in ihren Augen vergessen, und er wusste, dass die unsichere Frage »War es gut für dich?«, die ihm bereits auf der Zunge gelegen hatte, überflüssig blieb, solange die Liebe diesen Glanz zauberte.
Als sie anschließend nebeneinander im Bett lagen, flüsterte Keller in Irma Meyers Ohr: »Willst du ein falsches Sonett hören?«
Sie lachte leise und mit geschlossenen Augen. »Was ist denn ein falsches Sonett?«
»Na, eines, das eigentlich gar keines ist, sondern nur so tut als ob.«
»Aha, und so was gibt's?«
»Und wie!«
»Als gut, sag's mir!«
Friedrich Keller räusperte sich, und dann flüsterte er Folgendes in Irmas lauschendes Ohr:

Ich werde die Frauen
nicht verstehen
solange ich sie
verstehe.

Ich habe erkannt
dass Erkenntnis
keine Erkenntnis ist
sondern Illusion.

Ich habe die Illusion
dass diese Erkenntnis
alles ändern kann

sogar meine Zeilen
die ich schreibe
als gäbe es diesen Mann.

Als er geendet hatte, wandte Irma ihm das Gesicht zu und blickte ihn wieder so an, als wäre er ein attraktiver Fremder: »Das ist wunderschön, Freddie! Ist es von dir?«

»Keine Ahnung.«

»Du bist verrückt.«

»Schon möglich.«

Sie kicherten und tauschten Küsse aus, dann löschte Friedrich Keller das Licht, und sie kuschelten sich in Löffelstellung aneinander, um nach allen Regeln der konventionellen Liebschaft eine gemeinsame Nacht zu verbringen.

Während Keller allmählich wegdämmerte, wunderte er sich noch über Sonett *LIX. Ihm war bislang nicht aufgefallen, dass die Hoffnung, bereits geschriebene Zeilen könnten durch eine illusorische Erkenntnis gleichsam im Nachhinein verändert werden, rätselhaft war. Welche Erkenntnis sollte das sein?, fragte er sich dumpf, doch er kam nicht mehr dazu, darüber nachzudenken, denn die gleichsam pränatale Wärme, die von Irma Meyers Körper ausging, raubte ihm schier das kritische Bewusstsein. Und so überließ er sich dem reinen Fühlen, das ihn sanft davontrug, hinein in die dunkle Nacht.

Er schlug die Augen auf. Weißes Bett, weißer Raum, weißes Licht von links. Er blinzelte geblendet und wandte den Kopf nach rechts.

Dort stand ein Mann, Brille, ungekämmtes schwarzes Haar, und lächelte ihn an. »Hallo, Herr Keiler! Willkommen zurück! Erinnern Sie sich an mich? Stephan Ullrich mein Name.«

»Ja«, antwortete er sehr zum Erstaunen des anderen.

»Oh! Sie können weiterhin sprechen?«

»Ja, kann ich.«

»Das ... das ist großartig, Herr Keuler! Das ist wirklich großartig!«

»Großartig?«

»Ja, großartig!« Der andere lachte, riss sich dann zusammen und sagte so professionell wie möglich: »Nun, da Sie wieder wach sind und sprechen, könnte ich Ihnen etwas vorlesen, was meinen Sie? Herr Züller ist heute nicht da, er hat sich etwas erkältet, und dann ist es nicht so gut, im Krankenhaus herumzulaufen, das ist doch einleuchtend, nicht wahr?« Er lächelte gewinnend und leicht nervös, fasste sich dann und sagte: »Also, was sagen Sie? Vorlesen?«

»Gut, lesen Sie mir was vor.«

»Sehr schön. Ich weiß nicht, ob jemand es Ihnen bereits gesagt hat, aber falls nicht, dann tue ich es noch einmal: Während Ihrer, nun ja, Schlafphasen lesen wir Ihnen Auszüge aus dem vor, was Sie selbst uns gewissermaßen erzählt haben, während Sie sich in diesem ... luziden Koma befinden, oder wie auch immer man Ihren Zustand benennen mag. Wir haben so etwas noch nie gehabt, ich meine, ich bin nur Sprachwissenschaftler, und wenn Sie nicht wären, hätte man mich vermutlich niemals hinzugezogen, aber Ihr Fall ist so einzigartig, dass die gar nicht mehr wussten, was sie tun sollten. Tja, deshalb bin ich hier, und wenn Sie mich fragen, dann sind Ihre Storys der Beweis für Lacans These vom sprachlich organisierten Unterbewusstsein.« Er lächelte eitel, rief sich dann zur Räson und sagte beschwichtigend: »Aber das nur am Rande, das sind Fachgrübeleien, mit denen ich mir die Zeit vertreibe. Also gut: Vorlesen!«

Er räusperte sich und sagte in übertrieben leierndem Tonfall und unter Vermeidung jeglicher Betonung: »Ich bewache die Tür, ich stemme den Rücken dagegen, ich lächle in die fragenden Blicke der Menschen, ich lege alle Kraft, die mir bleibt hinein, und spreche ein Siegel.«

Er blickte auf und betrachtete seinen Patienten wie ein Versuchskaninchen. »Hm«, machte er unschlüssig. »Es scheint Sie heute nicht zu stören, dass ich das so vorlese.«

Der Patient aber öffnete den Mund und sagte leichthin: »Sie lesen es falsch vor, weil es Sonette sind. Aber es sind falsche Sonette, und deshalb ist es zwar nicht richtig vorgelesen, aber eben auch nicht falsch, weil es ja schon falsch war, bevor Sie den Mund geöffnet haben.« Er schüttelte nachdenklich den Kopf.

Storben Œly aber ging um das Fußende des Bettes herum, setzte sich auf einen Krankenhausstuhl, der dort stand, lehnte sich zufrieden zurück, lächelte hintergründig und sagte gedehnt: »Jetzt können wir uns unterhalten.«

»Worüber wollen Sie reden?«

»Über Ihre Geschichte natürlich.« Er beugte sich vor, stützte die Ellenbogen auf die Knie, legte die Fingerkuppen aneinander, runzelte die Stirn, als dächte er angestrengt nach, und sagte: »Schauen Sie, Herr Kuller, oder wie immer Sie heißen mögen, denn das ist keinesfalls geklärt: Es ist mir ganz gleich, ob Sie ihn oder sie umgebracht haben oder niemanden und also wirklich ein weiteres Opfer sind. Glauben Sie mir: Es ist kümmert mich nicht. Okay?«
»Okay«, erwiderte Kohler, der nichts verstand.
»Gut. Dann haben wir das ja geklärt.«
Er räusperte sich, senkte den Kopf, als müsse er noch angestrengter nachdenken, hob ihn erneut und sagte leise und eindringlich: »Das Einzige, was mich persönlich interessiert, ist Ihre Geschichte. Nicht Ihre wahre Geschichte, sondern Ihre Erzählung. Das interessiert mich!« Ein seltsamer Glanz trat in seine Augen. »Sie ist ...«, ihm schienen die Worte zu fehlen, sein Blick wanderte suchend zur weißen Decke.
Kühler folgte ihm mit den Augen dorthin und erschrak, als der andere plötzlich rief: »Eine göttliche Komödie! Genau! Das ist sie.«
Ohne aufzustehen, rutschte er mit dem Stuhl näher an Käller heran, bis er ganz nah an dessen linker Seite saß. Er blickte listig drein und sagte: »Manchmal, da schweigen Sie plötzlich mitten im Satz. Aber die Geschichte in Ihrem Kopf geht weiter. Es ist, als hätten Sie bloß vergessen, sie zu erzählen. Und wissen Sie was? Das sind die Momente, die ich am erregendsten finde! Denn dann bin ich gefragt. Ich muss mich in Sie hineinversetzen, muss mit all meiner Empathie dafür sorgen, dass diese Lücken geschlossen werden, und zwar so, dass man es nicht bemerkt, weil es vollkommen logisch, vollkommen organisch ist. Verstehen Sie? Ihr Schweigen ist wie ...«, er suchte nach Worten und fand sie sogleich: »wie ein Geschenk!«
Straban Ullily hatte jede wissenschaftliche Distanz aufgegeben. Begeisterung stand in seinen Augen. Begeisterung und noch etwas anderes, etwas, das Kauler schon einmal gesehen hatte, doch er erinnerte sich nicht mehr daran, bei wem: Wahnsinn. Kein offener, grell blitzender Wahn, nein, vielmehr ein leiser, von Schatten zu Schatten schlüpfender Wahn, der um seine eigene Verbotenheit wusste und der

deshalb stets auf der Hut vor aller Vernunft der Welt war, der eigenen und jeder anderen. Ein luzider Wahn gewissermaßen, ein Wahn, dem es darum ging, durch alle Instanzen des Geistes zu gehen und am Ende zu obsiegen. Worüber? Über die Wirklichkeit? Wer sollte das wissen?
Keller räusperte sich. Sein Mund war trocken. Er wandte den Blick von Stuffan Umbly ab und sagte: »Leider erinnere ich mich an gar nichts.«
Zu seiner Überraschung lachte der andere auf. »Das würde der Mörder auch sagen!«, rief Gugly heiter aus. Das Gespräch schien ihm größtes Vergnügen zu bereiten, er räkelte sich jetzt geradezu in seinem unbequemen Krankenhausstuhl. »Aber nehmen wir einmal an, Sie sagen die Wahrheit. Dann ist doch die nächste Frage, ob Sie überhaupt noch wissen, wer Sie sind, nicht wahr?« Er lächelte maliziös, sein Blick wurde lauernd, während er Kemmler ansah.
Ohne nachzudenken, sagte dieser: »Natürlich weiß ich das noch. Ich bin ...« Seine Gedanken gerieten ins Stocken. »Ich bin ...«, begann er noch einmal, doch vergebens.
Wo er eben noch eine geradezu unbewusste Gewissheit von Selbst empfunden hatte, gab es nunmehr ein großes leeres Nichts, so leer und so nichts, dass es war, als erblinde er, sobald er den inneren Blick dorthin richtete. Erstaunlich aber war daran nur die Tatsache, dass die Gewissheit und das Nichts ein und dasselbe zu sein schienen.
Stiffon Duhlir betrachtete sein Forschungsobjekt zunächst skeptisch, dann gespannt und schließlich selbstzufrieden. Er nickte leicht und sagte: »Hab ich's mir doch gedacht.«
»Was denn?«, fragte Kullmar zerstreut.
Er war immer noch mit seiner inneren Blindheit beschäftigt – und damit, dass er die Tatsache, nicht zu wissen, wer er war, nicht im Mindestens beängstigend fand. Im Gegenteil, ihm schien, als bedeute es nichts.
Durly aber rieb sich die Hände und sagte eifrig: »Ich glaube, ich weiß, was mit Ihnen los ist: Diese Geschichte, die sie uns erzählen – ich glaube, Sie versuchen, sich an sich selbst zu erinnern. Aber ...«, er machte ein nachdenkliches Gesicht und sein Blick wanderte zur Decke. »... aber dieses Gedächtnis ist sozusagen nicht mehr an Ihre

alte Identität geknüpft, und deshalb funktioniert es wie ein Traum.« Er nickte sich selbst zu und rief: »Genau! Und wie bei Freud sind alle Figuren in der Geschichte Sie selbst beziehungsweise Teilaspekte Ihres früheren Selbst. Verstehen Sie?«
Kimmly schüttelte den Kopf.
Aber auch das brachte Dummly nicht aus dem Konzept. Er strahlte beinahe, als er rief: »Natürlich nicht! Sie erinnern sich ja an nichts. Und deshalb werde ich Ihnen jetzt alles vorlesen. Alles! Vielleicht passiert ja etwas Unvorhergesehenes. Vielleicht kommt ja doch noch eine Ordnung, eine Identität, ein Sinn in Ihre Geschichte. Und dann! Dann haben wir einen Bestseller!«
»Sie meinen, dann haben wir die Wahrheit, oder nicht?«, fragte Kell.
Aber Ull schüttelte nur unwillig den Kopf: »Papperlapapp. Die Wahrheit! Die Wahrheit hat doch gar nichts mit der Wirklichkeit zu tun. Sehen Sie: Wenn wir Ihrer Geschichte eine Wahrheit entlocken, dann höchstens die, dass wir sie überzeugend finden, dass wir beginnen können, an sie zu glauben.« Er setzte eine kluge Mine auf und sagte dozierend: »Dass wir glauben können, die Geschichte und die Wirklichkeit wären deckungsgleich. Die Wahrheit, das ist der Geist, der uns die Kluft zwischen uns und der Welt vergessen lässt. Ob Sie nun einen Mord begangen haben oder beinahe selbst das Opfer eines solchen geworden sind, spielt dabei gar keine Rolle. Verstehen Sie?« Er blickte sein Gegenüber stolz und erwartungsvoll an.
Doch dieser blinzelte ratlos und fragte schüchtern: »Was ist mir denn zugestoßen?«
»Ihre Verletzung?«
»Ja. Was war das?«
»Sie sind auf den Kopf gefallen oder so was Ähnliches. Der Oberarzt hat mich nicht genau informiert wegen laufender polizeilicher Untersuchungen. Jedenfalls hat man Ihnen von außen nichts angemerkt. Sie lagen da und redeten, und ich, ich saß genau hier und hielt mein Mikrofon dicht an ihre Lippen, denn manchmal flüsterten Sie nur. Stundenlang, stun-den-lang! Und dann bin ich nach Hause gegangen,

habe alles transkribiert und die Lücken gefüllt. Soll ich Ihnen das Resultat vorlesen? Ich habe alles dabei.«
»Ja, bitte, lesen Sie es mir vor.«
»Wunderbar!«
Er bückte sich, sein Kopf und seine Arme verschwanden aus Kullus Blickfeld und tauchten sogleich wieder auf. Stolz hielt er einen losen Packen Din-A4-Blätter hoch.
»Hier ist das Meisterwerk!«, rief er fröhlich aus. Dann schlug er ein Bein über das andere, legte das Manuskript auf seinen Oberschenkel, blätterte einmal um und las: »›Den Blinden Göttern. Von Striwan Uwwli.‹« Er hob beschwichtigend die Hand. »Sobald die Untersuchungen abgeschlossen sind, können wir Ihren Namen dazusetzen – falls Sie dann einen haben.« Er grinste: »Vielleicht erfindet man ja einen für Sie. Oder noch besser: Man bittet mich, einen für Sie zu erfinden! Mir fällt bestimmt was Hübsches ein.« Er lächelte selbstverliebt, rief sich aber zur Räson und sagte feierlich und mit sichtlicher Vorfreude: »Nun zur Geschichte. Los geht's!«
»Einen Moment noch! Warum ›Den blinden Göttern‹?«
Der Wissenschaftler riss einen Moment lang ungläubig die Augen auf, erinnerte sich dann aber der Amnesie des anderen und sagte sich in Geduld übend: »Na, so lautet eines der Sonette, die Sie mehr als einmal rezitiert haben. Muss Ihnen sehr wichtig sein, wenn ich das anmerken darf.«
»Aha«, sagte Kulkur ratlos.
»Jetzt aber los!«, rief der andere und begann.
Zweieinhalb Stunden lang las der angeheuerte Sprachexperte dem Komapatienten mit der verbalen Diarrhö dessen eigene zusammenfantasierte Geschichte vor, wobei er sämtliche von ihm selbst verfasste »notwendige Ergänzungen« eindeutig markierte – nicht etwa, damit der Zuhörer nicht in Verwirrung geriete über Eigenes und Fremdes, sondern, weil er insgeheim fand, diese Passagen seien die besten. Als er fertig war, lehnte er sich erschöpft zurück und sagte: »Jetzt müssten Sie eigentlich sofort wieder ins Koma fallen, damit die Geschichte weitergeht.« Dabei sah er aus, als erwarte er Zustimmung.

Doch der andere hörte ihm nicht mehr zu. Er starrte auf das Fußende seines Bettes, spürte seine Beine, seine Arme, seinen ganzen Körper und fragte sich, was diese Geschichte mit seinem Leben zu tun hatte.
»Was bin ich hier von Beruf?«
»Hier?«
»Ja, hier, in dieser ... Wirklichkeit.«
»Ach so. Das weiß man nicht so genau, soweit ich weiß. Sie wurden am Ort des Verbrechens gefunden, trugen aber keine Papiere oder sonst irgendwelche persönlichen Merkmale bei sich. Mehr ist mir nicht bekannt.«
»Ich bin also niemand?«
»So würde ich das nicht sagen. Sie sind entweder Täter oder Opfer. Das ist doch schon etwas.«
»Wer sind denn meine möglichen Opfer?«
»Oh, das ist natürlich eigentlich unter Verschluss, aber ich kann Ihnen sagen, dass es sich um einen Mann und eine Frau handelt.«
»Wie soll ich je aus dieser abstrusen Geschichte mein Leben rekonstruieren! Und was suchen diese furchtbaren Sonette darin?«
»Hm. Sie sprechen da ein ernsthaftes Problem an, das auch mich seit geraumer Zeit beschäftigt.«
»Wirklich?«
»Ja, natürlich. Diese Geschichte ist eigentlich zu verworren, um ein Bestseller zu werden. Die Leute wollen etwas Handfestes, verstehen Sie, eine packende Lebensgeschichte, am besten eine Befreiungsgeschichte, in der sich jemand von äußeren oder inneren Zwängen emanzipiert. Die Leute wollen eigentlich keine Literatur – sie wollen Wirklichkeit, verstehen Sie? Aber eine geordnete Wirklichkeit, eine, die in ein literarisches Genre passt, eine, die ein Thema enthält. Nicht so ein Durcheinander wie das hier.« Er schlug mit dem Handrücken auf das Manuskript. Dann setzte er seufzend hinzu: »Das ist real in einer Weise, die fast unerträglich ist in ihrer ... ihrer Unzubereitetheit.«
Es gab eine betretene Pause.

Dann fuhr er fort: »Außerdem wäre es vorteilhafter, wenn Sie eine junge Frau wären, das ist gerade in Mode. Aber das lässt sich beim besten Willen nicht ändern, nicht wahr?«
»Ich bin ein männlicher Niemand, so viel ist sicher, und der Jüngste scheine ich auch nicht mehr zu sein.«
»Ja«, stimmte Ummel mit Bedauern zu. »Aber wenn wir wenigstens wüssten, ob Sie Täter oder Opfer sind, dann könnten wir eine schöne Geschichte basteln, eine Beichte oder eine Story nach dem Motto ›Wie ich den Mord an mir überlebte‹, verstehen Sie?«
»Mögen das die Leute?«
»Mögen? Sie lieben es! Wir könnten irgendeinen Titel wählen und darunterschreiben ›Nach einer wahren Begebenheit‹, ›Ein Tatsachenbericht‹ oder ›Die spannendste Autobiografie des Jahres‹, und das Buch würde uns aus den Händen gerissen werden, verstehen Sie?«
»Aha«, machte Kellner niedergeschlagen.
Ihn beschäftigte eher die Tatsache, dass die Passagen, die der Sprachexperte auf eigene Faust verfasst hatte, um scheinbare Lücken zu füllen, zum Teil so lang waren, dass sie an manchen Stellen fast die Hälfte des jeweiligen Kapitels ausmachten. Er hatte beinahe den Eindruck, dass der dringende Wunsch des anderen, endlich als Schriftsteller erfolgreich zu sein, ihn Zusammenhänge sehen ließ, wo vielleicht gar keine waren. Womöglich träumte er zusammenhanglos, und der andere glaubte bloß, es handele sich um ein- und dieselbe Geschichte. Wie sollte er auf diese Weise an seine wahre Identität herankommen?
»Die Gedichte müssten natürlich rausfliegen, die stören nur den Lesefluss«, fuhr der andere fort, wobei er »rausfliegen« mit einer gewissen Brutalität aussprach. »Niemand liest heutzutage noch Poesie. Das ist zwar durchaus beklagenswert, aber wir leben nun mal in einer prosaischen Zeit. Prosa ist die neue Lyrik gewissermaßen, verstehen Sie? Eine gute klare Geschichte wird sogar verfilmt. Die Filmindustrie ist das Meer, in das jeder gute Erzählfluss mündet, wenn ich das mal poetisch verdichten darf. Es ist ja nicht so, dass die Poesie mir fremd wäre, im Gegenteil, ich bin ein äußerst poetischer Mensch, mein Motto lautet: Sprache ist Dichtung, aber Prosa ist Geld. Prosa, verstehen Sie,

lässt uns an die Wirklichkeit glauben. Dichtung sagt uns nur immer wieder, dass Sprache und Wirklichkeit nicht dasselbe sind, oder noch genauer: dass Wahrheit und Wirklichkeit nicht dasselbe sind! Und das will keiner.«

Er hielt kurz inne und lauschte dem Echo seiner eigenen Worte. Zufrieden mit dem, was er hörte, fuhr er fort: »Außerdem müssten wir den Sprachstil Ihrer Geschichte vereinfachen. Sie reden viel zu geschwollen, einen Komatösen stelle ich mir beschränkter vor: keine langen Sätze, nicht mehr als ein Nebensatz, keine ausführlichen Beschreibungen, einfache Sachverhalte, nichts Komplexes, ein klarer Plot mit Happy End, mindestens einen Bösen, eine große Liebe, eine große Gefahr, viele gebräuchliche Adjektive. Und Gefühle, Gefühle, Gefühle! Liebe, Hass, Schuld, Sühne, Rache, Vergeltung, Sex, ein bisschen Perversion. So was kommt gut an, und das ließe sich auch alles machen. Aber ...«

Er machte ein betretenes Gesicht, zuckte mit den Schultern und schwieg kurz, sein Blick richtete sich nach innen, es war, als verließe er den Raum durch eine geheime Tür in seinem Kopf.

Die Sekunden verstrichen, und in diesen Sekunden wünschte sich Kallhaar, der geschwätzige Sprachwissenschaftler mit den literarischen Ambitionen würde einfach verschwinden und ihn in Ruhe lassen.

Plötzlich aber sagte Steuben Euly: »Ich habe Ihnen alles in der Hoffnung vorgelesen, dass Sie sich an etwas erinnern und wir vielleicht ein wenig Ordnung in das Chaos Ihrer Erinnerungen bringen – wenn es denn Erinnerungen sind und nicht etwas anderes. Vielleicht ist ja alles nur eine wilde Suche nach Halt. Vielleicht greifen Sie nach jedem Fetzen, der in Ihrem Kopf noch vorhanden ist und stückeln sich etwas zusammen, das weder Erinnerung noch Erfindung ist, sondern eine Mischung aus beidem. Und dann werden wir nie etwas herausfinden.«

Er schaute verdrießlich drein. Seine Begeisterung hatte sich vollkommen verflüchtigt, so, als wäre ihm erst beim Vorlesen bewusst geworden, was er da in Händen hielt.

Er schüttelte traurig den Kopf und sagte leise und wie zu sich selbst: »Das sind einfach zu viele Ideen.«

Küllür blickte aus dem Fenster. Grelles Licht flutete herein. Er wollte gerade etwas sagen oder denken oder fühlen oder tun, als ihm bewusst wurde, dass er seit vielen Stunden wach war, sich die Lichtverhältnisse dort draußen aber nicht im Geringsten geändert hatten. Die Sonne schien noch immer geradewegs durch die Gardinen herein, um das Zimmer mit ihrer grellen, körperlosen Substanz zu fluten. Als wäre sie stehen geblieben. Als würde die Zeit nicht verstreichen. Als geschähe dies alles gar nicht wirklich, sondern ...

Als wäre alles nicht

Er schlug die Augen auf, und im selben Moment nahm er mehrere Dinge wahr: die schlafende Frau an seiner Seite; das gleißende Licht, das durch die Balkontür hereinfiel und ihn blendete; die eigenartige Stille, die streng genommen gar keine Stille war, sondern eine Art beredte Stille. Keller lauschte und hörte: die lärmenden Kinder auf dem Sportplatz; die tellerklappernden Flüchtlinge im Erdgeschoss; das leichte Schnarchen, welches aus Irma Meyers Nase drang; die Vöglein im Garten; das klopfende Herz in der eigenen Brust; die Tür zum elterlichen Schlafgemach, die sich öffnete und schloss, und gleich darauf die Tür zum Badezimmer, die das Gleiche tat. Keller tippte auf Elvira Gómez, warum, wusste er auch nicht.
Doch allen diesen akustischen Reizen wohnte eine erstaunliche Tonlosigkeit inne, die durch die Töne selbst an sein Ohr transportiert zu werden schien. Es war, als wäre er, Friedrich Keller, ganz nah dabei und zugleich weit entrückt, so dass er sich alles gelassen anhören konnte, was ihn sonst so sehr einengte, dass er sich gewöhnlich nicht des Eindrucks erwehren konnte, es gebe irgendwo einen lautfreien Raum, der durch mehr und mehr Geräusche immer kleiner zu werden drohte, so dass er, Keller, von Inselchen zu Inselchen huschen musste, um seine Nerven zu schonen.
Nun schienen die Geräusche selbst die Stille zu erzeugen, und dieser Eindruck ließ Keller an eines der bis zu diesem Zeitpunkt rätselhaftesten Zeiler'schen Gedichte denken, welches er »Sonett *II« oder kurz »S *II« genannt hatte.
Keller rezitierte das fragliche Sonett leise in den blendenden Morgen mit seinen schweigsamen Geräuschen hinein, während sein liebevoller Blick auf dem anmutigen Antlitz der holden Braut weilte, die neben ihm lag und ihrerseits Stille absonderte. Das Gedicht handelte davon, dass in allem Schweigen lag. Das lyrische Ich schaute sich um und stellte fest: Die Welt war still. Es hörte die Worte, doch: »Jeder Laut / stummt.«
Im besonderen biografischen (und narrativen) Kontext einer wirklichen Person – Friedrich Keller – musste das Gedicht unter anderem bedeuten, dass es diesem gleichgültig war, ob die Kinder lärmten oder

nicht, ob die Flüchtlinge das Keller'sche Porzellan zerschmissen oder nicht, und schließlich, ob Irma Meyer eine Neigung zur Rhonchopathie aufwies oder nicht – ihm, dem Liebenden, war alles Friede und Sonett. S *II, welches ihm von jeher ausnehmend gut gefallen hatte, passte ganz besonders zu seiner Stimmung.

Mehr noch: Erst jetzt war Keller fähig, in seinem Verständnis über die bloße intellektuelle Begriffsleistung hinauszugehen und dieses lyrische Kleinod ganz in sich aufzunehmen. Plötzlich auch war er in der Lage, es richtig zu sprechen, und sprechend verstand er, weshalb es mitnichten erzwungen war, sondern, im Gegenteil, ihn, den Leser, zwang, die Stille in den Akt der Rezitation aufzunehmen und sowohl den Lauten als auch deren ureigenen inneren Pausen gleichsam performatorisch Raum zu geben.

So erhebend erschien Keller dieser Moment, dass er sich vorbeugte und dem geliebten Wesen einen hauchdünnen Kuss auf die blühende Wange gab.

Im nächsten Moment fuhr Irma Meyer mit einem Schrei hoch, ihre Augen schreckensgeweitet, sie japste und starrte Keller sekundenlang verstört und nicht verstehend an. Dann erst beruhigte sie sich allmählich, sank ins Kissen zurück, schloss die Lider und atmete mehrmals tief durch.

Keller, durch Irmas Reaktion buchstäblich erstarrt, wagte kaum zu atmen. Da er nichts verstand, befürchtete er sogleich, die Braut habe es sich gewissermaßen im Schlaf anders überlegt, weshalb sein Kuss eine Art spontane Abwehr hervorgerufen hätte.

Ängstlich beobachtete er seine Noch-Verlobte, die mehrmals schluckte, sich mit der Zunge über die trockenen Lippen fuhr und schließlich leise und immer noch mit geschlossenen Augen zu sprechen anhub:

»Verzeih, Liebster. Es war nur ein Traum.«

»Ein Traum?«, fragte Keller, betört vom ihn meinenden Elativ.

Irma Meyer nickte: »Ich stand in der Türöffnung eines großen Hauses, größer als deines, ich glaube, es war ein Mietshaus. Aber es wirkte wie aus der Mitte eines Hochhauses herausgerissen, oben und unten war es unregelmäßig wie ein Felsstück oder eine Ruine, und ich stand in

einer Türöffnung ohne Tür. Keines der Fenster hatte Glas, und das Haus fiel und fiel durch einen blauen Himmel!«
Beim letzten Satz war Irma immer lauter geworden, jetzt öffnete sie die Augen und starrte Keller an, als träumte sie immer noch oder als sei der Traum die reinste Wahrheit gewesen.
»Ich blickte nach unten, aber dort war keine Erde, nur Blau, und oben das Gleiche: Blau!« Sie schüttelte den Kopf, als wollte sie die Vision vertreiben. »Ich wusste nicht, was ich tun sollte.« Sie schluckte, schwieg kurz und fuhr fort: »Plötzlich hörte ich eine laute Stimme. Ich weiß nicht, ob sie nur in meinem Kopf oder im ganzen Haus war, aber sie war ganz klar. Sie sagte: ›Spring!‹« Sie blickte Keller an, als müsse er verstehen, wie unerhört diese Aufforderung war.
Keller nickte automatisch, er war völlig gebannt von Irmas Erzählung, dachte aber gleichzeitig, dass er niemals springen würde, wenn es doch keinen Boden gab.
»Ich sagte: ›Aber ich stürze!‹«, sagte Irma gerade.
Erneut nickte Keller. »Gute Antwort.«
»Und dann sagte die Stimme: ›Nein. Das Haus stürzt.‹«
»Stimmt«, stimmte Keller zu, der nichts verstand.
»Und aus irgendeinem Grund überzeugte mich das«, sagte Irma kopfschüttelnd. »Und deshalb sprang ich, und ...«
»Und du fielst natürlich«, fiel Keller ihr ins Wort.
»Nein! Das ist es ja! Sobald ich aus dem Haus raus war, hörte ich auf zu fallen und sah zu, wie es an mir vorbeisauste und immer tiefer fiel. Irgendwann sah ich es nicht mehr.«
»Wie? Und du schwebtest einfach in diesem Blau?«
»Ja!«, rief Irma. »Ich war frei! Ich war auch traurig, weil ich das Haus verloren hatte, aber ich war frei. Ich fühlte mich leicht und glücklich!« Sie strahlte Keller an, der mit dieser Wendung nicht gerechnet hatte.
»Und dann berührte mich plötzlich etwas im Gesicht.«
»Oh, das tut mir leid«, sagte Keller, der sich schuldig fühlte, weil er glaubte, Irma mit seinem Kuss geweckt zu haben.
Gleichzeitig dachte er darüber nach, wie sehr man sich doch täuschen konnte. Die Laute erzeugten gar keine Stille, sie überdeckten bloß

andere Geräusche. Und er war naiv genug gewesen, das für Schweigen zu halten.
Im nächsten Moment schlang Irma Meyer ihre Arme um Friedrich Keller und zog ihn zu sich. Dann küsste sie ihn, und während die Flüchtlinge im Erdgeschoss immer noch mit den Tellern klapperten, während die Vöglein im Garten weiterzwitscherten und die Kinder auf dem Sportplatz durcheinanderriefen, liebten sie sich nach den komplexen Gesetzen der Physik und den subtileren Regeln der Vereinigung von Mann und Frau.
Friedrich Keller erlebte Erstaunliches während dieser neuerlichen Kopulation. Es war ihm, als befinde nicht er sich teilweise in Irma Meyer, sondern umgekehrt, als umgebe ihn selbige, und zwar nicht nur mit ihrem Körper, sondern mit ihrem ganzen Sein. Je länger es andauerte, umso deutlicher wurde außerdem der Eindruck, dass jene Helligkeit, die er am Morgen bemerkt hatte, von ihr ausging. Und als sie – selbstverständlich gemeinsam – zum Höhepunkt kamen, wirkte Irma Meyer einen Augenblick lang wie eine Gestalt aus purem, weißem Licht. Er blickte tief in dieses Licht hinein und versank darin, und ihm schien, als sei Irma Meyer gar kein fester Körper mehr, sondern ein Durchlass, den er passieren konnte, wenn er nur wollte ...
Er schlug die Augen auf. Dicht über ihm schwebte das Gesicht von Úlvara Guímez. Sie schien zu schwitzen, denn auf ihrer großporigen Haut lag ein Schweißfilm und an ihrer Nasenspitze hing ein Tropfen, der sich jeden Moment lösen und ihm genau ins linke Auge fallen würde.
Ich muss das verhindern, dachte er, doch er war unfähig, sich zu bewegen. Die Furcht vor dem Schweiß der Physiotherapeutin war so groß, dass er den Tropfen stumm anflehte, nicht zu fallen, solange der Status quo andauerte. Er hatte seine Bitte kaum formuliert, als der Tropfen zu seinem Erstaunen wie die Wölbung in einem Tischtuch, das glatt gezogen wird, sich nach oben zurückzog, immer flacher und breiter wurde und schließlich verschwand. Perplex betrachtete er das Riechorgan der Therapeutin, das zwar immer noch einen Schweißfilm aufwies, von dem ansonsten aber keine Gefahr mehr ausging.

Erst jetzt bemerkte er, was die Dame mit ihm anstellte: Sie knetete seinen Nacken durch. Diesen Vorgang hatte er noch nie bewusst erlebt, und auch jetzt versuchte er, die Augen zu schließen, bevor sein Erwachen bemerkt werden konnte. Doch es war zu spät.
Plötzlich hielt Ilvira Gáumaz inne und schrie ihn aus nächster Nähe an: »Cherrdoktorrr! Esnell! Passiente isswach gewordeng!« Dann lächelte sie, wobei sie unabsichtlich eine Reihe großer, windschiefer Zähne entblößte, und sagte leise: »Hola Jefe! Errrkennessiemich?« Sie kicherte kokett und sagte fast flüsternd: »Ich kenne jede Teil vonihre Korrperr!«
Sie verdrehte die Augen genießerisch, grinste noch einmal frech und ein wenig vulgär und rückte endlich von ihm ab. Denn nun stürmten vier Männer in den Raum, zwei in weißen Kitteln und zwei in Polizeiuniform, wobei die eine Uniform grün und die andere blau war, was ein wenig karnevalistisch wirkte, die Herren jedoch nicht zu stören schien. Was nun geschah, war ebenso unangenehm wie verwirrend: Angeregt von den Worten der Physiotherapeutin bekam er eine Erektion, was dazu führte, dass die weiße Decke sich genau auf Höhe seiner Körpermitte anhob und auf dem zentralen Plateau seines Bettes einen ebenmäßigen kegelförmigen Hügel bildete, der hinsichtlich seiner Symmetrie und Farbe entfernt an den Kilimandscharo erinnerte. Was seine peinliche Unübersehbarkeit anging, übertraf er diesen jedoch bei Weitem.
Nach der ersten Schrecksekunde besann er sich seiner neuen Superkräfte und flehte die Erhebung stumm an, sie möge sich wieder senken und verschwinden. Allein, diesmal war ihm anderes beschieden, denn man ließ ihm keine Zeit, sich zu konzentrieren.
Der Oberarzt räusperte sich kurz und sagte dann mitten in die stumme Beschwörung hinein: »Ahem, es freut mich, dass Sie wieder wach sind, und das so schnell, obwohl Sie, nun, wie soll ich es sagen«, hier warf er einen düsteren Blick in Richtung des Linguisten, der schuldbewusst dreinblickte, »in letzter Zeit ein wenig überstrapaziert worden sind.« Er räusperte sich erneut. »Sehr schön, sehr schön. Also: Diese beiden Herren von der Polizei waren schon einige Male vergeblich hier.«

Er lächelte flüchtig und ungenau in deren Richtung. »Aber heute haben sie ja Glück. Sie möchten Ihnen nämlich ...«
Weiter kam er nicht, denn nun drängelte sich der Herr in der blauen Uniform nach vorn und sagte: »Wo waren Sie in der Nacht vom siebenundzwanzigsten auf den achtundzwanzigsten des letzten Monats?«
»Äh, entschuldigen Sie, Herr Krall, mein Patient weiß gar nicht, in welchem Monat er sich befindet.« Der Oberarzt warf einen entschuldigenden Blick in seine Richtung, als wollte er sagen: Nehmen Sie diesen ungehobelten Menschen nicht allzu ernst.
Doch Herr Krall oder Kroll – genau hatte er es nicht gehört – ließ sich nicht beirren: »Mai. Wir haben Mai. Letzter Monat war April. Wo waren Sie in der Nacht vom siebenundzwanzigsten auf den achtundzwanzigsten April, Herr Zeiler?« Er fixierte ihn wie ein Raubtier, das zum Sprung ansetzt.
Schweigen, wirkliches Schweigen senkte sich auf die Runde, und er wusste, dass Krall, Kroll oder Krull ohne eine überzeugende Antwort nicht von ihm ablassen würde. Doch alles, was er denken konnte war: Zeiler. Und alles, was er empfand war: Verwunderung. Er dachte Zeiler, weil dieser Name ihm eigentümlich bekannt vorkam, und er empfand Verwunderung, weil niemand auf seine Erektion zu achten schien, obwohl der Hügel inzwischen noch ein wenig weiter angewachsen war.
»Reden Sie schon, Zeiler!«, meldete sich nun der grüne Polizist mit einer überraschend tiefen Bassstimme, die ursprünglich einmal dem Oberarzt gehört hatte, was auch wieder bemerkenswert war, aber niemanden zu stören schien, nicht einmal den Linguisten, der ihn gemeinsam mit den anderen Herren gebannt anstarrte, als erwartete er tatsächlich ein weiteres spannendes Kapitel für seinen Bestseller.
Ich bin also Zeiler, dachte Zeiler langsam. Ich bin Zeiler, und ich habe etwas getan oder nicht getan. Er blickte nach rechts, wo er durch den Spalt der angelehnten Tür ein spähendes Auge von Elvira Gómez, oder wie auch immer sie heißen mochte, erhaschte. Alles starrte ihn an, alles wollte wissen. Sogar die Kinder, die draußen wie gewöhnlich lärmten, schienen zu rufen: Sag es, sag es, sag es! Und: Zeiler! Vielleicht riefen sie auch: Killer! Oder: Mörder! Das konnte er nicht

erkennen. Das Einzige, was er deutlich erkennen konnte, war die Erektion in seiner Körpermitte, die nun noch einmal anwuchs.
Inzwischen war der Hügel so hoch, dass die Decke sich von den Rändern des Bettes zurückzog und den Blick auf die Außenbezirke des Spannlakens freigab. So hoch war der Berg, dass der Mann, den sie Zeiler nannten, Schwierigkeiten hatte, das Fußende des Bettes zu sehen. Und noch immer schien niemand davon Notiz zu nehmen, mit Ausnahme vielleicht der Physiotherapeutin, die von draußen hereinspähte.
Um die Situation noch irgendwie zu retten, bevor sich vielleicht doch jemand fragte, was es denn mit der Erhebung auf seinem Bett auf sich hatte, sagte Zeiler: »Ich habe geträumt, dass ich aus einem fallenden Gebäude steige und im blauen Himmel schwebe, als wären die Gesetze der Gravitation eigens für mich aufgehoben worden.«
Er blickte den blauen Polizisten an, der verdutzt zurückglotzte, sich dann zum Oberarzt umwandte und fragte: »Sind Sie sicher, dass er noch bei Verstand ist?«
Der Oberarzt zuckte unwillkürlich mit den Schultern, bemerkte dann aber, dass eine solche Geste nicht professionell wirkte und sagte schnell: »Wir, ähm, führen derzeit noch Tests durch, und unser Linguist hier«, er wies flüchtig und lustlos auf den anderen weißen Kittel, »hat in letzter Zeit ausführliche Gespräche mit ihm durchgeführt, die alle sehr, nun ja, vielversprechend zu sein schienen.«
An diesem Punkt hielt Zeiler (falls er Zeiler war, aber wer überhaupt war Zeiler?) es nicht mehr aus, dass seine monströse Erektion nach wie vor übergangen wurde. Deshalb platzte er heraus: »Ich habe eine Erektion!«
»Was? Aber das weiß ich doch, Liebster!« Dann lachte Irma Meyer, als hätte ihr Verlobter einen Witz gemacht.
»Wo warst du denn gerade? Du wirktest so abwesend.«
»Keine Ahnung ...«, gestand Friedrich Keller, »... du bist so schön.«
Jetzt lächelte sie milde. »Lass uns aufstehen«, schlug sie vor. »Die Flüchtlinge werden gleich abgeholt, dann müssen wir aufräumen und die Bibliothek für die nächsten vorbereiten.«

»Oh!«, machte Keller.
An diesem Tag half Friedrich Keller seinem Bruder Heinrich-Hennie-Enrique, seiner Putzfrau, der dolmetschenden Kindergärtnerin Aludra Hamdaoui, seiner Verlobten, seinem neuen Halbbruder Tinus, den Flüchtlingen, die abgeholt wurden, jenen, die neu vom Bahnhof gebracht wurden, und vermutlich sich selbst. Es war ein perfekter Tag, der perfekteste Tag vielleicht, den Keller je erlebt hatte.
Dabei stimmte eigentlich nichts mehr: Der Garten war seit zwei Tagen nicht mehr gepflegt worden, was vermutlich einen gewissen Grad an Verwilderung zur Folge hatte, der noch kurz zuvor Schneid-, Hark- und Rupfattacken bei Keller ausgelöst hätte. Nun aber dachte er nicht einmal mehr daran. Im Gegenteil – als er an den gefüllten englischen Rosen vorbeikam, riss er eine von ihnen kurzerhand und gleichsam ohne Rücksicht auf Verluste ab und schenkte sie seiner Holden, die es ihm mit einem dankbar-glücklichen Lächeln vergalt.
Der Bruder warf zwar hin und wieder Blicke Richtung Irma Meyer, die auf Keller den Eindruck machten, als leckte der andere mit den Augen an der Geliebten – ein unangenehmes, beinahe perverses Gefühl –, doch Elvira Gómez war stets präsent und sorgte mit all ihrem kakofonischen Charme dafür, dass solche Momente nie zu lang währten.
Als der Abschied kam und sie alle durch den Garten zum Tor gingen, um die Flüchtlinge zum Reisebus zu geleiten, stellte Keller fest, dass die Keller'sche Garderobe mitging. Ihm war, als geleitete er sämtliche verstorbenen und lange schon abwesenden Familienmitglieder zur Tür hinaus und winkte ihnen noch hinterher, während der Bus abfuhr und schließlich um eine Ecke biegend verschwand.
Anschließend fühlte Keller sich geradezu befreit, ja, er hatte den Eindruck, als habe soeben ein Exorzismus stattgefunden, der endlich die Geister, die seit so vielen Jahren in der Keller'schen Residenz spukten, ausgetrieben hatte.
Darüber war er so froh und zugleich so überrascht, dass er so froh war, dass er es seinem Bruder sagte. Er sagte: »Hennie, du hattest recht. Es ist gut, dass einmal alles Alte das Haus verlässt.«

Da gingen sie gerade gemeinsam über den schmalen Gartenweg zurück zur Haustür, Tinus vorneweg, dahinter Heinrich fest in Elviras Griff, gefolgt von Friedrich Keller und Irma Meyer, Arm in Arm, und zum Schluss die vom vielen Dolmetschen sichtlich erschöpfte Aludra Hamdaoui.
Heinrich Keller blieb stehen, wandte sich um und sah seinen Bruder spöttisch an. »Noch ist nicht alles Alte raus«, sagte er dann und zwinkerte kurz Irma zu, als würde er einen Scherz machen und sie zum Mitlachen einladen.
Doch Friedrich Keller verstand nicht. »Wie meinst du das?«
»Ich meine, dass *wir* noch drin sind, mein lieber Bruder. Ich finde, wir sollten den Kasten verkaufen und das Geld aufteilen.«
Damit wandte er sich ab und schritt weiter Richtung Hauseingang. Friedrich Keller blieb einen Augenblick lang verdattert stehen.
»Aber ... das ist doch unser Haus!«, rief er dem Bruder hinterher.
»Eben deshalb!«, war die Antwort. »Es macht uns schwer. Vor allem dich, der du schon so lange darin gelebt hast. Du musst es loswerden, um endlich leicht zu werden.«
Dann verschwand der Bruder mit der Putzfrau durch die Tür.
»Das Haus loswerden?«, murmelte Friedrich Keller ratlos, während er ihnen folgte. »Leicht werden?«
Der Tag hörte auf, perfekt zu sein, aber nur so lange, bis Keller sich davon überzeugt hatte, dass der Bruder womöglich recht hatte und es wirklich an der Zeit war, dem guten alten Keller-Haus Lebewohl zu sagen. Er dachte an Irmas Traum, der ihm nun wie ein Orakel erschien.
Am späten Nachmittag trafen die neuen Flüchtlinge ein. Sie waren besser verpflegt worden und wirkten nicht mehr ganz so erschöpft. Keller beschränkte seine Hilfe darauf, freundlich zu lächeln, wann immer einer der Fremden seiner gewahr wurde. Die meiste Zeit über jedoch waren die Menschen damit beschäftigt, sich in der Bibliothek einzurichten. Diesmal waren auch zwei schwangere Frauen unter ihnen, und Aludra Hamdaoui, Heinrich und Irma entschieden, sie müssten getrennt von den anderen untergebracht werden. Man quartierte sie

und ihre Angehörigen – jeweils ein Mann und mehrere Kinder – in den beiden großelterlichen Zimmern unter dem Dach ein.
Niemand hatte Keller um Erlaubnis gefragt, und es war keineswegs so, dass er dies nicht wahrgenommen hätte, denn er hätte gerne Ja gesagt, um auf diese Weise dem Kreis der Helfenden ein wenig näherzurücken. Doch er nahm es hin und bildete sich ein, allein durch seine unterstützende Haltung einen nicht zu unterschätzenden Beitrag zu leisten.
Irma und Elvira hatten die Bibliothek gereinigt, Aludra die Küche hergerichtet, Geschirr und Besteck gespült, um gewappnet zu sein für den neuerlichen Ansturm der vielen hungrigen Menschen.
Als Heinrich einkaufen ging, lud er den Bruder ein, ihn zu begleiten. Friedrich Keller, der froh war, der eigenen Nutzlosigkeit zu entgehen, willigte ein, und so zogen sie erneut gemeinsam los.
Der Weg führte sie vorbei an den gefüllten Rosen, durch die Wohnstraßen des Viertels bis zur großen Hauptstraße, über die schmale Verkehrsinsel hinweg und hinein in den Supermarkt. Sie sprachen nicht viel, es gab ja nichts zu sagen.
Doch als sie den Einkaufswagen langsam durch die Gänge schoben (Friedrichs Aufgabe) und die notwenigen Lebens- sowie Sanitärmittel einluden (Heinrich), fragte Letzterer Ersteren wie nebenbei: »Und, wie läuft es so mit deiner Verlobten?«
Ersterer stutzte kurz, sagte dann aber wahrheitsgemäß: »Gut.«
»Na, das ist ja schön.«
»Und wie läuft es mit deiner Verlobten?«
»Sie ist nicht meine Verlobte.«
»Und wie läuft es mit deiner Nicht-Verlobten?«
»Auch gut.«
»Na, das ist ja auch schön.«
»Ja, das ist es.«
Anschließend schwiegen sie eine Weile, da ein jeder mit der Verarbeitung des Gesagten beschäftigt war. Friedrich Keller genoss das Gefühl, dass der Zwillingsbruder gewiss am liebsten die Frauen tauschen würde. Er genoss es, endlich einmal das bessere Los gezogen zu haben. Und er genoss die an Gewissheit grenzende Vermutung,

dass dem Bruder dies alles bewusst war, einschließlich der Tatsache, dass ihm, Keller, bewusst war, dass es ihm bewusst war, und dass ihn genau das maßlos wurmen musste.
Als sie bei den Milchprodukten angelangt waren, sagte Heinrich erneut wie nebenbei: »Findest du nicht auch, dass sie in letzter Zeit ein bisschen blass aussieht?«
»Wer?«
»Irma natürlich, wer sonst? Elvira kann ja gar nicht blass aussehen, so braun, wie sie ist.« Heinrich grinste seinen Bruder kurz an, als wäre dies ein Vorteil, den er für sich persönlich verbuchen konnte, wurde dann aber wieder ernst und sagte: »Ich finde, sie hat etwas geradezu Durchscheinendes bekommen, seit sie ...«
»Was? Seit sie was?«
»Seit sie in die Verlobung eingewilligt hat.«
»Ach! Und du willst mir jetzt nicht etwa einreden, dass die Verlobung nicht gut für sie ist und wir sie auflösen sollten, damit du sie dir krallen kannst, um ihr wieder Farbe zu verleihen?«
»Natürlich nicht, was soll denn das, Fritzi, das haben wir doch alles hinter uns gelassen.«
»Haben wir das? Wie schön für uns!«
»Sei nicht so ironisch, Fritzi, ich meine es ernst.«
»Wie kannst du das ernst meinen, ich sehe doch deine Blicke.«
»Meine Blicke sind wohlwollender Natur. Was denkst du eigentlich von mir? Ich bin dein Bruder! Ich würde doch niemals ...«
»Niemals? Ach, natürlich nicht! Ich vergaß.«
Für den Rest des Einkaufs und während des Gangs nach Hause schwiegen sie.
Die Verköstigung der Flüchtlinge war bereits in vollem Gang, als die Gebrüder Keller das elterliche Anwesen erreichten, und Friedrich wunderte sich darüber, dass die Szenerie, die eben erst neu und fremd und überwältigend gewesen war, nun, schon bei ihrer allerersten Wiederholung, bereits vertraut und, ja, beinahe alltäglich wirkte. Er fragte sich flüchtig, ob dies damit zusammenhing, dass der menschliche Geist so schnell lernte, oder ob es vielmehr dem Umstand zu

verdanken war, dass es sich hier um eine unbestreitbar gute, hilfreiche Handlung handelte, deren Sinnhaftigkeit nicht infrage gestellt werden musste? Er dachte flüchtig daran zurück, wie schwer es ihm in den ersten Jahren der Einsiedelei gefallen war, die Wiederholungen zu etablieren, die notwendig waren, um das Kellerhaus instand zu halten. Er hatte sämtliche regelmäßigen Verrichtungen des Vaters, der Mutter und der älteren Geschwister übernehmen müssen – allerdings unter der neuen Vorgabe, dass sie niemandem außer ihm selbst halfen. Und wobei hatten sie ihm geholfen? Die Zeit war nicht stehen geblieben, sie war einfach weitergeflossen und hatte jetzt hierzu geführt.
Keller war so in Gedanken versunken, dass er nicht bemerkte, wie günstig er im Ausgabebereich stand, ja, er stand genau an der Stelle, wo es jemanden geben musste, der den bis hin zum Flur aufgereihten Menschen die fertig bestückten Speiseteller in die Hand drückte.
Plötzlich reichte ihm Tinus, sein falscher Neffe und wahrer Halbbruder, ein Kantinentablett aus glänzendem Blech. Darauf befand sich ein Keller'scher Suppenteller, Keller'sches Besteck, ein wenig Blattsalat und eine Art Butterbrot mit geräuchertem Schinken. Ohne die Herkunft des Tabletts zu begreifen, nahm Keller es in Empfang und dachte einen Augenblick lang, es sei für ihn bestimmt. Schon wollte er sich bedanken, doch da wies Tinus an ihm vorbei und auf den Ersten der Flüchtlinge, der freundlich lächelnd und erwartungsvoll ihn und das Tablett betrachtete, ein älterer Mann mit grauen Schläfen und einem frisch gestutzten Schnäuzer.
Nun begriff Keller und übergab ihm das Tablett, erhielt zum Dank ein Kopfnicken, und schon stand der Nächste vor ihm, ein Junge von höchstens sechzehn Jahren, schmal gebaut, mit wachen Augen und ernstem Gesichtsausdruck. Er schenkte Keller nichts im Gegenzug, und dieser wäre ob solcher Undankbarkeit normalerweise in innere Wallung geraten, doch da alles sehr schnell gehen musste, blieb ihm dafür keine Zeit.
So wurde Friedrich Keller am Ende doch noch ein vollwertiges Mitglied der kleinen privaten Hilfsorganisation, die der Bruder am eigenen Wohnsitz aufgebaut hatte.

Als er und Irma Meyer am Abend einigermaßen erschöpft nebeneinander in Kellers Bett lagen und die Dunkelheit auf sich wirken ließen, sagte Irma plötzlich: »So ein Haus verkauft man nicht, Freddie.«
Dann küsste sie ihn, wie um die Überzeugungskraft ihres Argumentes noch zu steigern, und kletterte schließlich, da Keller immer noch nichts sagte, auf ihn.
Da sein Körper trotz der Müdigkeit wie gewünscht reagierte, vollzogen sie den Liebesakt erneut, und Keller genoss ihn nicht weniger als zuvor, wenngleich er im Hintergrund seines Bewusstseins den Verdacht hegte, dass Irma dieses Mal Ziele verfolgte, die ein gutes Stück in der Zukunft lagen. Welche Ziele das waren, vermochte er nicht zu ermitteln.
Als sie erneut nebeneinanderlagen und noch ein wenig erschöpfter waren, sagte Irma nicht nur: »Gute Nacht, Liebster«, sondern murmelte anschließend auch noch bittend: »Nicht das Haus verkaufen, Freddielein.« Dann schlief sie ein.
In dieser Nacht hatte Friedrich Keller Angst einzuschlafen. Er wusste selbst nicht, warum. Ihm war, als fürchtete er, in einem unangenehmen Traum zu landen – wie etwa dem vom stürzenden Stück Hochhaus. Das war natürlich lächerlich, wie er wusste, da ja nicht einmal er derjenige gewesen war, der diesen Albdruck erlebt hatte.
So lag Keller neben der leise schnarrenden Irma Meyer in der Dunkelheit und dachte lauter rastlose Gedanken. Als er glaubte, sicher sein zu können, dass niemand mehr wach war, stand er lautlos auf und wandelte durch das Haus.
Welch ein Unterschied zu früher! Seit seiner Kindheit war das Haus nicht mehr so bewohnt gewesen. Mit des Vaters Ableben – Flucht!, verbesserte er sich rasch – hatte ein Exodus in Tod (Mutter), Ausland (Schwester), Alkohol (Zwilling) und Arbeit (Gerhard) eingesetzt, der erst jetzt, mit Hennies Rückkehr, beendet zu sein schien. Keller fragte sich, was den Vater letztendlich wohl bewogen hatte, Reißaus zu nehmen.
Er stieg die knarrende Holztreppe ins Foyer hinunter und lauschte dem vielkehligen Schlaf, der aus der Bibliothek an sein Ohr drang. Alles Menschen, dachte er beinahe andächtig und hatte einen Augenblick lang

die Vision, dass sie nicht etwa aus Syrien, sondern aus den Büchern geflohen waren, um endlich einmal zur Ruhe zu kommen. Nun schliefen sie umzingelt von Werken, in denen es leidvoll und blutig und tödlich zuging, aber so manches Drama müsste aus Mangel an Personal kollabiert sein. Wenn es so weiterging und immer neue Flüchtlinge in seiner Bibliothek schliefen, würden die Bücher irgendwann menschenleer sein, und was sollte dann noch in ihnen geschehen? Alle Handlungen hätten sie in die Wirklichkeit mitgenommen, Fiktion gäbe es nicht mehr, nur noch reale Dramen.

Oder stimmte das nicht? Würden die Figuren, die der Literatur entflohen wären, ihre Handlungen nicht in die Wirklichkeit überführen, sondern sie stattdessen im Kopf mit sich herumtragen, während ihnen dort draußen ganz andere Dinge widerfuhren? Schließlich konnte ein einziger Mensch eine ganze Herde unglücklicher Geister in seinem Inneren bergen und sich eine grausige Tragödie daraus basteln, während er in einem Café saß und lächelte. Und machte es etwa einen Unterschied, ob die Flüchtlinge vor einem realen Bürgerkrieg oder einem eingebildeten Massenmord getürmt waren? Zählte nicht vielmehr das Ergebnis, nämlich, dass sie nun hier waren, in seiner Bibliothek? Dass sie immer noch atmeten und lebten?

Ich sollte sie kennenlernen, dachte Keller, der sich eingestehen musste, dass er sie bislang tatsächlich für quasi-fiktive Charaktere in der Einbildungswelt seines Bruders gehalten hatte.

Er betrat die Küche und setzte sich, ohne das Licht einzuschalten, an seinen Lieblingsplatz, dorthin, wo nun Heinrich wieder saß und, schwer bewacht von Elvira, seiner Irma schöne Augen machte. Und es auch noch leugnete! Und auch noch so tat, als fiele es ihm gar nicht ein, mit der Braut des Bruders ...!

Keller wischte den Gedanken beiseite. Er wollte keinen Lärm in seinem Kopf machen, wo es außerhalb doch gerade so angenehm ruhig war. Nur kein Drama im Kopf, dachte er mit Nachdruck.

Von dort, wo er saß, blickte er hinaus in den konturlosen schwarzen Garten und glaubte nicht daran, dass der Vater wirklich Gedichte hatte schreiben und Künstler hatte sein wollen. Das ist doch kein

Grund, die Familie zu verlassen, dachte er. Es musste einen anderen, tieferen Anlass gegeben haben. Hatten die Eltern sich womöglich nicht mehr geliebt? Hatte die Affäre mit Greta vielleicht viel früher begonnen, als er, Keller, dies aufgrund der Erzählung seines Bruders glaubte? War womöglich der Bruder gar nicht derjenige gewesen, der ihm die Braut ausgespannt hatte, sondern der leibhaftige Vater, der Greta womöglich über Heinrich kennengelernt hatte? Schließlich war der Bruder durchaus mit Greta befreundet gewesen zu jener Zeit, und es hätte ohne Weiteres passieren können, dass sie den Vater gemeinsam getroffen hatten, sei es durch Zufall, sei es, weil Heinrich sie zu einer Verabredung mitgenommen hatte.
Hatte der Bruder also zwar nicht hinsichtlich der Fakten gelogen – wenn er denn gelogen hatte –, wohl aber, was die zeitliche Anordnung betraf? Und war das möglicherweise der Grund dafür gewesen, dass alle außer ihm, Friedrich Keller, Bescheid gewusst hatten? Hatte Alma aus diesem Grund aufgehört, mit dem Vater zu sprechen? Weil er dem eigenen Sohn die Braut gestohlen hatte? Konnte man überhaupt von Diebstahl reden, wenn die Gestohlene offenbar gleichzeitig eine Komplizin des Diebes war?
Ich muss mit Greta sprechen, dachte Keller plötzlich. Das war eine gute Idee, fand er, sie enthielt eine Aufgabe, sie schien der Geschichte ein lösbares Geheimnis und somit eine Richtung zu verleihen, und nun musste er, Keller, dieser Richtung nur folgen, um am Ende Aufklärung betrieben zu haben, erlösende, lichtende, klärende Aufklärung. Und dann ist es ein Bestseller, dachte er plötzlich und schüttelte verdutzt den Kopf, weil er keine Ahnung hatte, woher dieser unsinnige Einwurf gekommen war.

Aus dem Leim gegangen

Er schlug die Augen auf. Er saß an einem kleinen, weißen Krankenhaustisch direkt neben dem gleißend hellen Fenster. Ganz rechts sah er das Bett und den Nachttisch.
Vor ihm saß der Sprachwissenschaftler und lächelte. Dann sagte er: »... dass Sie damit einverstanden sind.«
»Wie bitte?«
»Ich sagte: Vielen Dank, dass Sie damit einverstanden sind. Wo waren Sie denn gerade? Sie wirkten so abwesend, dass ich bereits befürchtete, Sie würden doch wieder ins Koma zurückfallen. Na ja, wie dem auch sei: Ich werde die besprochenen Überarbeitungen sogleich in Angriff nehmen. Mit dieser neuen Information entsteht endlich eine Klarheit, und ich kann alles Überflüssige herausschneiden.« Er beugte sich vor, als würden sie belauscht, und raunte ihm über den kleinen Tisch hinweg zu: »Sie sind sich schon darüber im Klaren, was das in der Sache bedeutet, nicht wahr?«
»Was meinen Sie?«
»Na ja«, sagte der andere gedehnt. »Wenn sich das bestätigen sollte, dann wäre es ja durchaus möglich, dass doch Sie der ... also ... Mörder sind. Finden Sie nicht?«
»Ich weiß nicht, was Sie meinen.«
Der andere lächelte, lehnte sich zurück, hob abwehrend die Hände. »Natürlich nicht! Seien Sie unbesorgt.« Erneut huschte sein Blick zum Ausgang. »Seit unserer langen Unterhaltung darf ich Sie eigentlich nicht mehr allein sehen.« Er kicherte. »Aber der Oberarzt ist gerade mit einem Notfallpatienten beschäftigt, schwerer Unfall auf der Autobahn. Da muss er ran. Meine Chance.«
Er lächelte gewitzt. Dann setzte er eine ernste Miene auf: »Ich kann unser Buch jetzt natürlich nicht mehr als Fiktion behandeln, das werden Sie verstehen. Die Wahrheit bringt Verpflichtungen mit sich, gewissermaßen.« Er räusperte sich dramatisch. »Der Zusatz ›Eine wahre Begebenheit‹ ist vermutlich noch zu vage. Ich dachte eher an: ›Die Wahrheit über ...‹, und zwar als Haupttitel, verstehen Sie? Dann haben wir die Aufmerksamkeit, die wir benötigen, um ... ja, um der Wahrheit die nötige Aufmerksamkeit zu verschaffen.«

Er nickte seinem Gegenüber oder sich selbst zu und sagte noch abschließend: »Genau.« Dann schwieg er gewichtig und verantwortungsbewusst.
»Wie heiße ich noch mal?«, fragte der andere unvermittelt.
»Wie? Das wissen Sie nicht mehr? Spielen Sie mir etwas vor? Sie können jetzt nicht mehr so tun, als könnten Sie sich an nichts mehr erinnern! Nicht, nachdem Sie mir erzählt haben, dass ...«
In diesem Augenblick flog die Tür auf und der Oberarzt stürmte gefolgt von einer Krankenschwester herein. »Habe ich Ihnen nicht ausdrücklich verboten, den Patienten allein zu besuchen?«, donnerte er. »Was treiben Sie hier eigentlich für ein Spiel?«
Der Linguist sah einen Wimpernschlag lang erschrocken, ertappt, entlarvt aus wie ein Verbrecher, der die ganze Zeit über ein falsches Alibi gehabt hat. Doch schon beim nächsten Zucken der Lider verwandelte sich sein Gesicht, wurde beschwichtigend, lächelnd, gutmeinend. Harmlos sagte er: »Guten Tag, Herr Doktor! Ich habe dem Patienten nur Auf Wiedersehen gesagt, da ich doch jetzt wieder in die Forschung zurückkehre. Man kann nicht monatelang mit einem Menschen so eng sein und sich dann einfach aus dem Staub machen, nicht wahr?«
Mit diesen Worten erhob er sich und reichte dem anderen mit offiziöser Geste die Hand.
Der Sitzende jedoch blickte auf die ausgestreckte Hand, die vor ihm in der Luft hing, er fühlte die Erwartung der Menschen, die sich im Raum befanden, und hatte den Eindruck, die Zeit bleibe stehen, gerade so, als wäre einen Augenblick lang die Schwerkraft ausgeschaltet worden und alle Menschen, alle Dinge begännen, unmerklich zu schweben, obwohl sie sich noch an Ort und Stelle befanden.
Der Augenblick verflog, die Schwerkraft kehrte zurück, Dinge und Menschen hafteten wieder am Boden, und ohne die ausgestreckte Hand vor ihm aus den Augen zu lassen, sagte er: »Ich werde jeden Einzelnen kennenlernen. Ich werde mit Greta sprechen, ich werde das Haus verkaufen.«
Erst jetzt blickte er den Oberarzt an, der mit offenem Mund dastand und sagte: »Fritzi! Was machst du denn um diese Zeit in der Küche?«

Er schlug die Augen auf. Vor ihm stand Heinrich und betrachtete ihn neugierig.
»Oh«, machte Keller und blickte sich suchend um. »Wo ist denn der Linguist?«
»Welcher Linguist?«
»Ach, ich muss wohl woanders gewesen sein.«
»So sah es aus. Du hast mit offenen Augen dagesessen und ins Nichts gestarrt. Ich war ein bisschen erschrocken. Geht es dir gut, Fritzi?«
»Jaja, mir geht es gut, natürlich geht es mir gut«, antwortete Keller zerstreut und ratlos. Er blickte sich flüchtig in der dunklen Küche um, als suche er etwas, und wandte sich dann erneut an seinen Bruder, der immer noch vor ihm stand und ihn abwartend, beobachtend und misstrauisch anblickte.
»Was machst du eigentlich um diese Zeit in der Küche, Hennie?«
Der andere blickte seinen Zwillingsbruder verdutzt an. »Das habe ich dich doch gerade gefragt!«
»Und jetzt habe ich dich gefragt.«
»Aber du hast mir noch gar nicht geantwortet!«
»Muss ich denn?«
»Nein, natürlich nicht, Fritzi. Es hat mich nur gewundert, dich hier mit offenen Augen sitzen zu sehen. Als würdest du schlafwandeln.«
»Schlafwandeln?«, Friedrich Keller schüttelte den Kopf. »Ich kann mich genau daran erinnern, dass ich aufgestanden und hierhergekommen bin.«
»Aber dann ist irgendwas passiert, oder, Fritzi?«
Keller zuckte mit den Schultern und setzte ein desinteressiertes Gesicht auf. »Keine Ahnung. Und du, was machst du hier?«
»Ich konnte nicht schlafen.«
»Ich glaube, das war bei mir auch so.«
»Ich konnte nicht schlafen, weil ich mir Sorgen mache.«
»Sorgen?«
»Die Regierung will die Grenzen, die sie gerade erst geöffnet hat, schon wieder schließen, weil so viele Flüchtlinge ins Land strömen. Sie sagen, die Krise sei außer Kontrolle.«

»Außer Kontrolle?«, wiederholte Friedrich Keller, als hätte er nicht verstanden.
Der Bruder nickte schwermütig. »Ja, sie haben Angst, dass die Rechten stärker werden, wenn noch mehr Ausländer kommen. Und ich fürchte, sie haben recht.«
»Aha«, machte Keller gleichgültig.
Er dachte immer noch an die Krise, die außer Kontrolle war, und ahnte, dass weder er noch irgendjemand anderes auf diesem Planeten wusste, was diese Worte bedeuteten. Gleichzeitig aber kamen sie ihm wie das Wahrste vor, was er jemals gehört hatte. Er sah seinen Bruder in der Dunkelheit an. Kaum konnte er dessen Gesicht sehen. Ein matter Schein drang von außen herein. Das musste der Mond sein, der irgendwo am Himmel stand.
»Ich verstehe die Leute«, sagte er und nickte den brüderlichen Schatten an.
»Du, was?«, fragte Heinrich Keller überrascht.
»Du hast richtig gehört: Ich verstehe die Leute.«
»Wie kannst du so etwas sagen?« Heinrich Kellers Stimme war lauter geworden.
Friedrich blickte in den schwarzen Garten hinaus und sagte nachdenklich: »Ich verstehe diejenigen, die Angst vor der Angst derjenigen haben, die Angst vor den Fremden haben, die vor lauter Angst vor dem Tod hierher geflohen sind. Alle haben Angst. Ein Treffen der Ängste. Ist Angst nicht immer ansteckend?« Er wandte sich wieder seinem Bruder zu.
»Ach so. Hm, so habe ich das noch nie betrachtet.«
Heinrich Keller blickte zu seinem Bruder herab, dessen Gesicht er kaum sah. Ihm fiel auf, dass der andere auf dem Platz saß, um den sie gestritten hatten, seit er denken konnte.
Er sagte: »Woher weißt du solche Dinge?«
»Wie meinst du das, Hennie? Ich weiß solche Dinge nicht. Ich denke bloß, dass alle so sind wie ich selbst«
»Ach so«, sagte Heinrich Keller erneut. »Wie läuft es denn mit Irma?«, fragte er, um das Thema zu wechseln.

»Wie meinst du das denn, Hennie?«, fragte Friedrich Keller.
»Na ja, so im Allgemeinen.«
»Im Allgemeinen? Sie will nicht, dass ich das Haus verkaufe.«
»Oh. Und warum nicht?«
»Ich nehme an, sie will hierbleiben.«
»Und du?«
Zur Antwort zuckte Friedrich Keller mit den Schultern, was der Bruder in der Dunkelheit nur erahnen konnte. »Wie läuft es denn mit dir und Elvira?«
»Sie will auch nicht, dass wir das Haus verkaufen.«
»Aha. Bestimmt will sie weiter hier putzen.«
»Lass das, Fritzi!«
»Hast du jemals mit Greta geschlafen?«
»Wie bitte?«
»Du hast mich gehört.«
»Ich ... äh ... Wie kommst du ausgerechnet jetzt darauf? Du weißt doch, wie es war.«
»Jaja, natürlich weiß ich, wie es war. Greta hat es mir selbst gesagt.«
»Na siehst du! Ich weiß gar nicht, warum du diese alten Geschichten immer wieder aufs Tapet bringen musst.«
»Hast ja recht, Hennie. Ich würde Greta gerne mal wiedersehen. Ist schon so lange her das alles. Was meinst du?«
»Hm. Ich weiß nicht, ob das eine so gute Idee ist.«
»Warum nicht? Sind doch nur alte Geschichten. Und sie ist doch immerhin die Mutter unseres Halbbruders.«
»Schon. Aber sie fühlt sich immer noch schuldig, glaube ich.«
»Dann wird es Zeit, dass ich ihr vergebe, findest du nicht?«
»Vielleicht. Aber vielleicht auch nicht, Fritzi.«
»Ja. So ist es wohl mit allem.«
Es entstand eine Pause. Die beiden Brüder standen in der Dunkelheit, und Friedrich Keller hatte plötzlich die Vision, dass er ebenso gut der andere sein könnte, dass er ebenso gut nach oben gehen und sich im elterlichen Schlafgemach neben Elvira Gómez zur Nachtruhe betten könnte, dass er ebenso gut Radi Zeiler gewesen sein könnte und

ebenso gut dessen Mörder oder ebenso gut derjenige Bruder, der die Machenschaften des Vaters deckte und so weiter. Es gab keinen Grund dafür, dass er nicht Heinrich, sondern Friedrich Keller war, und dieser Gedanke fühlte sich eigenartig an.

»Ich gehe mal wieder ins Bett«, sagte Heinrich plötzlich. »Bis morgen, Fritzi.«

»Bis morgen, Hennie.«

Des Bruders Schatten setzte sich in Bewegung und verschmolz mit dem schwarzen Hintergrund. Friedrich Keller hörte noch, wie er die knarrenden Treppenstufen hinaufging, die leise quietschende Tür des Schlafgemachs öffnete und wieder schloss. Dann herrschte Stille. Nur das leise Schnarchen der Flüchtlinge drang durch den Flur zu ihm herein.

Langsam erhob sich Friedrich Keller. Er hatte ein Gefühl, als trete er in die Fußspuren des Bruders, während er nun selbst die Treppe hinaufstieg. Oben angelangt, spähte er zum elterlichen Schlafgemach hinüber und sah zu seiner Überraschung einen gleißend hellen Lichtstreifen unter der Tür. Dumpfe Stimmen drangen an sein Ohr. Friedrich Keller schlich so leise, wie es die alten Bohlen zuließen, näher an die Tür heran, beugte sich hinunter und lugte durch das Schlüsselloch, aus dem ebenfalls helles Licht drang. Doch kaum hatte er hindurchgespäht, als er erschrocken zurückfuhr. So hell war das Licht, dass es gleichsam in sein Auge gestochen hatte.

Einen Moment lang sah Keller auf diesem Auge nichts als bunte Farben und verschiedene rasch aufeinanderfolgende Formen, während das andere in die Schwärze des Flurs starrte. Erst allmählich beruhigte sich das geblendete Auge wieder.

Da hörte Keller, wie die Stimme des Bruders sagte: »Es geht mir um nichts mehr.« Nach einer Pause fuhr er fort: »Aber aus irgendeinem Grund mache ich weiter.« Erneut wurde es still. Dann: »Und die Lage ist heikel. Man darf die Metapher nicht schließen, man darf sie nicht schlüssig werden lassen. Aber je offener sie bleibt, desto anfälliger wird sie mit jeder neuen Handlung.«

»Wie meinen Sie das?«, fragte eine andere Männerstimme, die Friedrich Keller vertraut vorkam, obwohl er sie noch nie gehört hatte. Er erschrak darüber, denn ihm war nicht bewusst gewesen, dass noch weitere Besucher ins Haus gekommen waren.
»Ein Autor, an dessen Namen ich mich nicht mehr erinnere, hat einmal geschrieben, dass am Grunde eines jeden Menschen eine Metapher liege«, sagte der Bruder jetzt.
»Das war, warten Sie ...«
»Ist doch egal. Ich habe lange darüber nachgedacht. Jahrelang. Und wissen Sie, was ich herausgefunden habe?«
»Nein.«
»Was ist eine Metapher? Ein Vergleich, nicht wahr?«
»Ja.«
»Ich vergleiche mich mit etwas oder jemandem. Ich bin mutig wie ein Löwe oder gefräßig wie ein Bär oder launisch wie eine Diva oder dumm wie ein Esel. Und so weiter. Nicht wahr?«
»Worauf wollen Sie hinaus?«
»Ich habe meine Metapher gefunden. Wollen Sie sie hören?«
»Natürlich.«
»Meine Metapher lautet: Ich werde nie so sein wie er.«
»Wie wer?«
»Das ist nicht die interessante Frage. Die interessante Frage lautet: Was bedeutet ›so‹?«
Plötzlich sagte eine dritte Männerstimme: »Jetzt ist aber Schluss!«
Es wurde still. Im nächsten Augenblick erlosch das Licht, und als Friedrich Keller es wagte, noch einmal durch das Schlüsselloch zu spähen, sah er nichts. Nachdenklich erhob er sich.
Einem Impuls folgend stieg er die Treppe in den zweiten Stock empor. Oben angelangt, stand er vor dem offenen Küchenbereich und dem kleinen Badezimmer mit dem Fenster zur Giebelseite des Hauses. Er wandte sich nach rechts, dorthin, wo sich der ehemalige Wohnbereich des verschmähten Großvaters mütterlicherseits befunden hatte. Wie lange war er nicht mehr hier gewesen! Zwei Türen gab es, sie lagen nebeneinander und führten ins Schlaf- und Wohnzimmer des Großvaters.

Obwohl die beiden Räume nebeneinander und beide zur Straßenseite des Hauses hin lagen, gab es keine Verbindungstür zwischen ihnen, so dass der Großvater stets auf die schmale Galerie hatte treten müssen, wann immer er den Raum hatte wechseln wollen. Seine Frau hatte im offenen Küchenbereich an dem kleinen Tischchen gesessen und ihre Krimis gelesen, ohne aufzublicken, wenn ihr Gatte in Erscheinung trat. Das war so regelmäßig geschehen, dass es den Zwillingen auffiel. Nicht selten hatten sie dicht an die Stufen gepresst auf der Treppe nach unten gelegen und ihre Großeltern beobachtet.

Und es war Heinrich gewesen, der es als Erster ausgesprochen hatte: »Das macht sie doch extra!«, hatte er geflüstert und maliziös gegrinst, als hätte die Großmutter ihm etwas Nützliches beigebracht.

Nun stand Friedrich Keller hier und gedachte der verflossenen Zeit und beugte sich vor, um durch das Schlüsselloch in das Schlafzimmer zu schauen, jenes Zimmer, das um die Ecke ging und genau über dem Alkoven im Erdgeschoss lag, dort also, wo noch immer die Gedichte von Radi Zeiler liegen mussten, falls niemand sie inzwischen zur Seite geräumt hatte. Als Keller sah, dass noch Licht brannte, klopfte er, ohne zu überlegen, an und wartete.

»Herein!«

Keller öffnete die Tür und betrat den Raum, den er seit so vielen Jahren nicht mehr von innen gesehen hatte. Es war ein kleiner Raum, der vollkommen von der Dachschräge und den beiden Fensterreihen dominiert wurde, die eine zur Straße hin und die andere zu den gefüllten Rosen und dem schmalen Weg. In der Mitte thronte ein schmiedeeisernes Ehebett mit hohen Kopf- und Fußenden. Links neben der Tür stand ein breiter, alter und recht grob gearbeiteter Kleiderschrank, der wirkte, als werde er demnächst auseinanderfallen. Vor dem rechten Dachfenster stand ein schmaler Louis-Quinze-Schreibtisch mit einem schlichten, unpassenden Metallrohrstuhl davor. Auf diesem saß Tinus und blickte den Besucher an. Er hatte sich halb umgedreht und wirkte überrascht, als er Friedrich Keller erblickte.

Dieser setzte ein Lächeln auf und sagte so fröhlich und zugleich gedämpft wie möglich: »Hallo, Tinus! Ich ... Alles in Ordnung?«

»Ja, Onkel, alles in Ordnung, aber es ist schon sehr spät. Gibt es irgendetwas Bestimmtes?«
Keller zögerte. Sollte er dem anderen die Wahrheit sagen, ohne zu wissen, ob die Wahrheit auch wirklich die Wahrheit war? Oder sollte er noch offener sein und dem Halbbruder Heinrichs Version als Heinrichs Version präsentieren und somit als mögliche Lüge?
Ohne weiter darüber nachzudenken sagte er: »Ach, ich konnte nicht schlafen, und als ich sah, dass du noch wach bist, wollte ich einmal nachschauen, ob es dir gut geht.«
Tinus nickte, als verstehe er, wisse aber immer noch nicht, worum es wirklich ging, und sagte: »Mir geht es gut, Onkel. Sehr gut sogar. Ich habe mit einem Schlag mehr Familie, als ich es mir hätte träumen lassen.« Er besann sich, stand auf und sagte: »Komm doch rein, Onkel!«
Friedrich Keller betrat das großväterliche Schlafzimmer. Er legte die linke Hand auf das hohe Fußende des Bettes, dessen schwarzes Metall sich kühl anfühlte, und wusste nicht recht, was er als Nächstes sagen oder tun sollte.
»Leider gibt es hier nur einen Stuhl«, begann Tinus etwas verlegen. »Setz dich doch aufs Bett!«
»Nein, danke, Tinus. Ich gehe direkt wieder, es ist wirklich schon spät.«
»Eine Sache gibt es«, sagte Tinus.
»Was denn?«
»Na ja«, druckste der junge Mann herum, »ich habe im ganzen Haus nach Bildern von meinem Vater gesucht. Aber ich habe keine gefunden.« Er blickte seinen vermeintlichen Onkel fragend an.
»Oh«, machte Keller unbeholfen. »Natürlich, ja. Ich verstehe. Du hast vermutet, dass es hier Fotos gibt.«
»Aber es sind keine da«, sagte Tinus und blickte sein Gegenüber Hilfe suchend an.
Keller wurde es schwer ums Herz. Hätte Tinus doch nur Hennie gefragt, dachte er, dem wäre bestimmt eine gute Lüge eingefallen.
»Ich weiß es auch nicht«, sagte er. »Es ist mir nie aufgefallen.«

Doch er wusste natürlich, dass es keine Fotos gab, weil die Mutter sie alle entfernt hatte, nachdem der Vater, wie er, Keller, damals dachte, gestorben war. Er erinnerte sich daran, dass er selbst ihr diese Frage viele Jahre zuvor gestellt hatte. Hatte er sie ihr gestellt oder Gerhard? Es musste Gerhard gewesen sein. Und war es nicht auch hier oben gewesen, kurz nachdem der Großvater verstorben war und die Mutter ihren Ältesten und die Zwillinge beauftragt hatte, alles aufzuräumen, die begonnene Mahlzeit, die immer noch auf dem kleinen Tisch gestanden hatte, Kichererbsen mit Buschbohnen? Die übel riechende Feuchtigkeit wegzuwischen, die mitten im Raum als großer dunkler Fleck auf dem Boden zu sehen gewesen war, weil der Opa dort gelegen hatte, als seine Frau ihn fand, nachdem sie zwei Tage lang in der offenen Küche gesessen und Krimis gelesen hatte, ohne dass ihr Gatte erschienen war? Der Schreck hatte ihr zunächst eine wilde Siegesgewissheit eingegeben und anschließend eine unendliche Müdigkeit, von der sie sich nicht mehr erholen sollte. Sie hatte ihren engsten Feind verloren, das verkraftete sie nicht.
Laut sagte er: »Ich habe diese Frage selbst schon einmal gestellt, vor vielen Jahren. Damals sagte Gerhard zu mir: Es gibt keine Fotos, weil Mama so traurig über seinen Weggang war, dass sie sie nicht mehr sehen konnte.« Und das kam der Wahrheit näher als alles, was er selbst bis vor Kurzem gewusst hatte.
Tinus nickte, als verstehe er, denke aber noch über etwas ganz anderes nach. Er sagte: »Aber es gibt auch keine Fotos von eurem Vater.«
Er sagte es arglos und ohne Friedrich Keller zu beobachten. Hätte er den Schreck auf dessen Gesicht gesehen, er hätte nur eins und eins zusammenzählen müssen, um zu erkennen, dass Tinus' Vater und der Vater der Keller-Kinder dieselbe Person waren. Doch so sollte es nicht sein.
Stattdessen sagte Keller: »Sie war auch über seinen Tod so traurig, dass sie alle seine Bilder entfernte.«
Diese Lüge klang so lahm in seinen eigenen Ohren, dass er sich wunderte, warum Tinus nicht aufbegehrte gegen eine derart dreiste Einfallslosigkeit.

Doch das Gegenteil geschah. Tinus erkannte das Muster, und allein deshalb erschien es ihm nun glaubwürdiger als beim ersten Mal. Ein Bild der Mutter des falschen Onkels entstand in seinem Inneren – das Bild einer Frau, die Bilderstürme beging, um Verluste zu überwinden. Und er fragte sich kurz, ob nicht jeder Bildersturm im Grunde eine Flucht nach vorn war.

»Bilder von eurer Mutter gibt es auch nicht.«

»Oh, das war ich.«

»Du?«

»Ja. Nach ihrem Tod wollte ich ...« Keller lächelte gezwungen. »Der Apfel fällt wohl nicht so weit vom Stamm, nicht wahr?«

Tinus reagierte nicht darauf. Sein Blick war konzentriert ins Unbestimmte gerichtet. Er sagte: »Es gibt auch keine Kleidung von meinem Vater. Ich habe darauf geachtet. Wo war sein Zimmer? Es gibt kein Zimmer.« Er blickte auf: »Onkel Friedrich?«

»Ja, Tinus?«

»Was ist wirklich passiert?«

»Ich ... ich weiß es nicht. Ich muss mit deiner Mutter sprechen.«

»Bist du deshalb gekommen?«

»Ja.«

»Gut. Morgen bringe ich dich hin.«

»Ich muss allein gehen, Tinus.«

Es gab eine Pause. Tinus blickte Keller prüfend, zweifelnd und hoffend an. Dann nickte er, nannte eine Straße, eine Hausnummer, einen Namen, beharrte aber darauf, ihn bis vor die Haustür zu bringen.

Keller kannte die Gegend aus seiner Kindheit. Er nickte dem heimlichen Halbbruder zu, verabschiedete sich, verließ das Zimmer, stieg die Treppe hinab, ging erneut zu Bett, legte sich neben die Frau, die dort schlief. Im Dunkeln hätte sie ebenso gut Greta sein können. Im Dunkeln hätte Tinus ihr beider Sohn sein können. Im Dunkeln hätten sie fünfundzwanzig Jahre jünger sein können.

Er seufzte und schloss die Augen, er öffnete die Augen, grelles Licht, der Oberarzt stand breitbeinig im Raum, mit dem Rücken zum Bett, rechts neben dem Bett die Physiotherapeutin, hinter der Physiotherapeutin die offene Tür, hinter der offenen Tür eine Gruppe neugieriger Krankenschwestern und Assistenzärzte, die mit großen Augen hereinschauten. Vor dem hell erleuchteten Fenster stand die schwarze Silhouette des Linguisten.

»Ich sagte, Schluss jetzt! Raus mit Ihnen!«, brüllte der Oberarzt.

Der Patient lag im Bett und wünschte sich ins Koma. Der Linguist stand unschlüssig und gierig im Raum. Er brauchte mehr Informationen, um seinen Bestseller zu schreiben, er brauchte mehr Klarheit, er brauchte einen Grund, ein Motiv.

Doch der Oberarzt stand zwischen ihm und dem Patienten und donnerte: »Ich rufe die Polizei! Ich lasse Ihre Aufzeichnungen beschlagnahmen! Ich bringe Sie hinter Gitter!«

Da schlüpfte die Physiotherapeutin unter die Decke und schmiegte sich an den Patienten, der erschrak, weil er sich so wohlfühlte, dass er mitten in diesem Trubel einschlief.

Die Liebe, ein Wimmelbild

Am nächsten Morgen sah Irma blass aus. Sie hatte erneut von dem Haus geträumt.
»Ich wollte wieder aussteigen«, sagte sie mit matter Stimme, »aber ich blieb am Knöchel hängen und hing halb draußen in der Luft und halb in der Tür.« Sie atmete heftig, als durchlebe sie den Traum in der Erzählung noch einmal. »Der Wind sauste um meine Ohren, dass ich gar nicht mehr klar denken konnte. Alles ging so rasend schnell abwärts. Es war schrecklich!« Sie begann zu weinen.
Keller nahm seine Verlobte vorsichtig in den Arm, als befürchtete er, sie könne im nächsten Moment zerbrechen. »Vielleicht sollte ich das Haus doch verkaufen«, sagte er nach einer Weile zaghaft.
»Auf gar keinen Fall!«, erwiderte Irma überraschend entschieden. »Es ist nur ein Traum. Ich muss einfach meine letzten Bindungsängste überwinden, dann wird er bestimmt verschwinden.«
Als sie Kellers zweifelnden Blick bemerkte, nahm sie seinen Kopf in beide Hände und sah ihm beschwörend in die Augen. »Verstehst du denn nicht? Das Haus bist du! Ich will nicht aussteigen. Ich will in diesem Haus bleiben.«
Keller erwiderte Irmas Blick verdutzt. Er wollte sagen: Aber wenn ich das Haus bin, dann können wir das Haus doch verkaufen. Doch er unterließ es, weil er ahnte, dass Irma dieses Argument nicht gelten lassen würde. Und im Hintergrund seines perplexen Geistes atmete kaum hörbar eine Stimme, die sagen wollte: Warum willst du mich verlassen?
Die Stimme schwieg, denn Irma küsste ihn auf den Mund. Einen kurzen Moment lang hatte Keller den Eindruck, sie küsse genauso, wie Greta geküsst hatte, doch im nächsten Augenblick dachte er, dies könne gar nicht sein, da er sich erstens nicht an Gretas Küsse erinnerte und zweitens zweifellos unterbewusst damit beschäftigt war, dass er Greta in wenigen Stunden wiedersehen würde. Bei der Kuss-Halluzination konnte es sich folglich nur um einen Ausdruck dieser inneren Vorgänge handeln.

Glücklicherweise hatte Keller nie mit Greta geschlafen, so dass während der nun folgenden Aktivitäten keine Interferenzen zu befürchten waren. Zumindest nicht dieser Art.
Mitten in den schweißtreibenden Liebesverrichtungen bemerkte Keller allerdings, dass er sich seltsam fühlte. Irma saß in diesem Zimmer im ersten Stock des Keller'schen Familiensitzes auf ihm, der Goldene Schnitt an der Wand hinter ihr wurde genau auf der Höhe ihrer Gurgel durchtrennt, sie betrachtete ihn erhitzt und glühend von oben, während sie sich bewegte. Doch so schön sie auch aussah in Kellers Augen, so konnte er sich doch nicht des Eindrucks erwehren, dass sie nicht mit ihm, sondern mit dem Haus intim war, oder zumindest, dass er ihr Mittel war, dieses Haus zu beschlafen.
Keller fühlte sich monströs, halb Mensch, halb Gebäude, halb Geliebter, halb begehrte Immobilie. Und als sie gemeinsam zum Höhepunkt kamen, war ihm, als hätte jemand einen Hahn im Badezimmer aufgedreht, um zu duschen.
Letzteres stellte sich anschließend als zutreffend heraus, so dass Friedrich und Irma eine Weile warten mussten, bis Elvira und Heinrich das Bad verlassen hatten. In dieser Zeit eröffnete Keller seiner Zukünftigen so beiläufig wie möglich, er müsse mit Tinus in die Stadt, um, wie er log, dessen Hab und Gut aus der Wohnung herbeizuschaffen, und war erleichtert, dass Irma nicht aufmerkte.
Als Friedrich und Irma schließlich frisch und sauber ins Erdgeschoss kamen, nahm das Keller'sche Hilfsprojekt gerade seine Arbeit auf.
Wie am Vortag standen fremde Menschen in einer langen Schlange an, deren Ende bis in die Bibliothek reichte, um Kleidung zu erhalten. Elvira Gómez stand in der Mitte des Vestibüls, betrachtete jeden, der vortrat, ohne zu lächeln, von oben bis unten und griff anschließend in einen der vier großen Stapel, die sich mitten im Raum türmten.
Friedrich hatte den Eindruck, als habe der Bruder diesmal tiefer in die Schränke greifen müssen, um noch Älteres zutage zu fördern.
Elvira reichte die von ihr kombinierte Wäsche an Aludra Hamdaoui, die sie mit einem Lächeln und freundlichen Worten nebst wegweisender Geste zur Treppe an die dort Stehenden weiterreichte. Der oder

die Angesprochene warf einen Blick in die angegebene Richtung und machte sich unverzüglich an die Erklimmung des ersten Stockwerks, zum Zweck der Selbstreinigung im Keller'schen Badezimmer.
In der Küche waren unterdessen Tinus und Heinrich damit beschäftigt, den Kantinenbetrieb in Gang zu bringen. Sie begrüßten das Eintreffen der Verlobten, da sie sich bedrohlich unterbesetzt fühlten. Nun galt es, die alltäglichsten Verrichtungen zigfach auszuführen, um eine gehaltvolle Suppe, frisch duftende Brotscheiben, Aufstriche und sonstige Zutaten zurechtzuschneiden, anzurichten und auf Blechtabletts bereitzustellen, die in einem Stapel auf dem Küchenblock, links neben dem Herd, auf ihren Einsatz warteten. Ein Klirren und Schaben, ein Schneiden und Rühren, ein Streichen und Schälen, ein Streuen und Schütten setzte ein und produzierte just in dem Moment, als der erste frisch gesäuberte und neu eingekleidete Flüchtling, ein schmaler, junger Mann mit kurz geschorenem, schwarzem Haar, die Küche betrat, das erste leidlich bestückte Tablett.
Erneut war es Keller, der den Leuten das Frühstück in die Hand drückte. Diesmal jedoch hatte er um diese Aufgabe gebeten getreu seiner Absicht, alle Gäste kennenzulernen und nicht bloß zu versorgen wie am Tag zuvor. Keller bemerkte, dass die Leute nicht mehr einheitliche Garnituren am Leib trugen, sondern ein wildes Durcheinander, so dass etwa eine Frau mittleren Alters den Rock der Mutter, die Bluse der Großmutter und Almas Schuhe trug. Eigenartig war das anzuschauen, zumal Elviras Gespür für gelungene Farbkombinationen sich als durchaus kritikwürdig erwies, da es ungefähr so nachlässig arbeitete wie ihr Instinkt für Sauberkeit. Keller überging seinen Widerwillen. Er wollte den Leuten lieber in die Augen schauen.
Das jedoch erwies sich als schwieriges Unterfangen. Die Gesichter dieser heimatlosen, fremdländisch dreinblickenden Menschen offenbarten eine Verschlossenheit, die Keller verwirrte und einschüchterte, wobei er unablässig im Zweifel darüber war, ob es sich hier um ein hermeneutisches Problem handelte und die Verschlossenheit also in seinem eigenen Blicken beheimatet war – begründet womöglich in der Tatsache, dass er, aufgrund interkultureller Differenzen, nicht die

Fähigkeit besaß, Gestik und Mimik dieser Menschen zu entschlüsseln – oder aber tatsächlich von außen an ihn herangetragen wurde, womöglich als Folge traumatischer Auswirkungen schlimmer Erlebnisse im zurückgelassenen Krieg. Vielleicht war es auch ein wenig die Summe von beidem?

Je mehr Tabletts Keller reichte, desto unsicherer wurde er. Die meisten Frauen traten mit gesenktem Blick vor ihn, ergriffen das Tablett, wandten sich ab und gingen zurück in die Bibliothek, so dass Keller sich ein wenig fühlte wie ein Darreichungsautomat. Ein paar wenige sahen ihn an, zwei lächelten und sprachen Worte des Dankes auf Englisch. Die Männer, die alle einen Kopf kleiner waren als er, huschten ihn mit den Augen an, murmelten etwas, nahmen das Tablett und zogen von dannen. Keller aber stand da und wusste nicht, ob er mit seiner analogischen Wahrnehmung die Menschen gleichmachte oder ob sie alle angesichts der außergewöhnlichen Situation dieselben Verhaltensmuster aus den Winkeln ihres kulturellen Fundus klaubten. Vielleicht fand auch hier wieder beides statt und griff wie eine gut geölte Maschine ineinander?

Erst gegen Ende der Essensausgabe glaubte Keller zu erkennen, dass seine Aufgabe allein darin bestand, den Flüchtlingen ihr Frühstück zu reichen, mehr nicht. Die Situation, in der sie sich befanden, war nicht privater Natur, obwohl sie alle persönliche Personen waren und dieses Haus sich – noch – in seinem Besitz befand. Dessen ungeachtet spielte keiner von ihnen eine persönliche Rolle, nicht einmal die Flüchtlinge. Der Helfer musste genauso bescheiden sein wie derjenige, dem er half, begriff Keller, sonst missbrauchte er die Umstände und womöglich die in ihnen vorkommenden Menschen, und dann kam es eben zu jener illegitimen Umwidmung hehrer Absichten, die er doch längst als Versuch der Selbsttherapierung auf Kosten anderer durchschaut zu haben glaubte!

Bescheidenheit war eine Tugend, von der seine Familie bislang verschont geblieben war, doch soeben hatte er einen flüchtigen Blick darauf werfen und fast erkennen können, dass sie nicht mehr als das

schlichte Ergebnis der Anerkennung besonderer Umstände zu sein schien. Und waren nicht alle Umstände besondere?
Keller suchte nach einem Zeiler'schen Sonett, das möglicherweise darüber sinnierte, und stellte fest, dass es keines gab. Oder sprachen sie alle davon? Er kam zu keinem endgültigen Schluss. Doch am Ende war er sich sicher, dass Irma recht gehabt hatte, als sie ihm das Reisebuch schenkte: Er, Keller, musste heraus aus der Beschränkung seiner Lokalität. Er musste reisen, die Welt und ihre Menschen kennenlernen, um vielleicht doch noch ein Quäntchen Weisheit in seinem neurotischen Gehirn entstehen zu lassen.
Hinter seinem Rücken kokettierte derweil der triebhafte Zwillingsbruder mit seiner Braut: Jedes Mal, wenn Heinrich-Enrique den Suppenteller aus Irma Meyers Händen empfing, legte er seine kurz auf die ihre, als griffe er falsch zu. Anschließend lächelte er gewitzt, verschlagen und verführerisch, was der guten Reisebuchhändlerin die Röte ins Antlitz steigen ließ.
Tinus, der auf der anderen, zum Tisch und zum Garten hinweisenden Seite des Küchenblocks stand und sich erneut als Brotaufschneider betätigte, beobachtete das böse Spiel mit heimlichem Entsetzen. Als er den Verrat nicht länger aushielt, bot er Irma einen Wechsel an mit dem fadenscheinigen Argument, er sei es leid, immerzu Brot schneiden zu müssen.
Doch bevor Irma etwas erwidern konnte, regte Heinrich mit onkelhafter Freundlichkeit an, man könne ja am folgenden Tag einmal durchrücken, nur um anschließend sein infames Treiben wieder aufzunehmen.
Irma würde anschließend vor der Frage stehen, warum sie den Bruder nicht hatte auffliegen lassen, und sich eingestehen müssen, dass jenes den weiblichen Wesen von der Zivilisation eingeimpfte Programm, welches da lautet: »Rette die Situation«, auch in ihrem emanzipierten Kopf aktiv geworden war, und anschließend würde sie sich der Frage nicht mehr erwehren können, für wen sie denn die Situation gerettet hatte, und die Antwort sollte bitter sein.

Als Friedrich Keller und der falsche Neffe Tinus sich am frühen Nachmittag auf den Weg in die Stadt machten, standen beide unter großem Druck. Der Jüngere, weil er nicht wusste, ob er etwas sagen sollte über das Beobachtete, und der Ältere, weil er nicht wusste, ob er das, was er im Begriff zu tun war, wirklich tun wollte. Dementsprechend schweigsam verlief ihre Taxifahrt Richtung Westend.
Dort angekommen gab Tinus dem falschen Onkel genaue Instruktionen über den Rest der Anreise: zweite Straße links, drittes Haus rechts, fünfte Klingel von unten, sechster Stock, genau gegenüber vom Fahrstuhl.
Sie verabschiedeten sich, dann betrat Tinus mit schwerem Herzen das Café. Er hatte seinen Onkel Friedrich lieb gewonnen und fühlte sich nun selbst wie ein Verräter, weil er letztendlich nichts gesagt hatte und nicht verstand, warum. Und der andere ging mit schweren Beinen den angegebenen Weg ab, um schließlich vor einer Haustür zu stehen, einen vertrauten Mädchennamen wiederzuerkennen und die dazugehörige Klingel zu drücken, die schwere Tür aufzustemmen, den Fahrstuhl zu besteigen, ihn im sechsten Stock wieder zu verlassen und ...
Aus der offenen Wohnungstür flutete gleißendes Licht, und in diesem Licht stand Irma. Nein, nicht Irma Meyer – Irma, die Grundschullehrerin. Nein, nicht Irma, die Grundschullehrerin – die junge Greta. Nein, nicht die junge, sondern die älter gewordene, jetzt sah er es. Seine Verwirrung verflog allmählich, als er näher trat und die Frau, die dort im Gegenlicht auf ihn wartete, besser erkannte. Als er endlich vor ihr stand, ergriff eine neue Verwirrung von ihm Besitz. Die treulose Greta, die Verräterin, Verlobungsbrecherin und Gestalterin seines alten Kinderzimmers, Mutter von Tinus und Beischläferin von Heinrich oder dem Vater oder beiden, hatte noch immer dieselbe Wirkung auf Keller wie damals. Ihm war, als müsste er ein Gedicht schreiben, ihm war, als wäre die Welt ein poetisches Rätsel, dessen Lösung sich irgendwo im Gesicht dieser Frau verbarg, ihm war, als sei er nach vielen Jahren im Exil endlich heimgekehrt. Ihm war übel.
Er bewahrte Haltung und sagte: »Hallo, Greta.«

Jetzt erst schien die Frau im Gegenlicht ihn zu erkennen. Sie riss Augen und Mund auf, und im nächsten Moment fiel sie Keller um den Hals und drückte ihn an sich.
Schluchzend flüsterte sie: »Oh, Hennie!«
Friedrich Keller glaubte, sich verhört zu haben. Er hielt Greta im Arm, ohne sie an sich zu drücken, und wartete ab.
Als sie erneut »Oh, Hennie!« seufzte, hielt er sie von sich weg, sah ihr in die nassen Augen und sagte: »Schau mich an, Greta! Ich bin's, Friedrich! Fritzi! Freddie! Erkennst du mich denn nicht?«
Die Frau hörte auf zu schluchzen. Ratlosigkeit breitete sich auf ihrem Gesicht aus. Dann schien zu begreifen: »Oh, Hennie! Lass das doch! Ein einziges Mal nur!«
»Aber ich bin es wirklich!«
»Friedrich? Wer soll das denn sein? Doch nicht etwa die Figur von früher? Dein sogenannter Zwillingsbruder? Ich bitte dich, Hennie! Da kommst du nach Jahren endlich einmal vorbei und spielst mir gleich so was vor. Was willst du von mir?«
»Aber ... aber, Greta. Ich bin wirklich Friedrich, der, mit dem du einmal verlobt warst vor fünfundzwanzig Jahren. Erkennst du mich denn nicht mehr?«
Jetzt wurde die Frau wütend. »Hennie! Du willst mir doch nicht etwa beichten, dass du dich als dieser imaginäre Friedrich mit mir verlobt hast? Oder bist du jetzt vollkommen übergeschnappt?«
Friedrich Keller schaute die Frau an und verstand nichts mehr. In seiner Verwirrung gab es nur eine einzige Klarheit. Er sagte: »Wer ist Tinus' Vater?«
Greta, die auf diese Frage nicht vorbereitet war, hielt inne. Dann sagte sie zögernd: »Du natürlich, Liebster.«
»Mach mir nichts vor!«, schrie Friedrich Keller unbeherrscht. »Wer ist es?«
Greta blickte sich gehetzt im Flur um, dann zog sie Keller in die Wohnung und schloss die Tür. Sie lehnte sich mit dem Rücken dagegen, blickte den Mann vor sich an, der nun seinerseits im Gegenlicht eines

genau in der Flucht liegenden Fensters stand, durch welches die Nachmittagssonne hereinschien, groß und grell und gleißend.
»Hennie«, sagte Greta beschwörend leise. »Warum zweifelst du ausgerechnet jetzt daran?«
»Du hast immer behauptet, ich sei der Vater!«, rief Friedrich, der nicht wusste, wie ihm geschah. »Und jetzt erzählt mir Hennie, dass unser Vater Tinus' Vater ist! Dass unser Vater dich mir ausgespannt hat!«
»Hennie hat dir das gesagt? Aber Hennie bist doch du! Was ist los mit dir?«
Friedrich Keller verstummte. Er starrte Greta an und begriff, dass diese Frau, die er seit einem Vierteljahrhundert nicht mehr gesehen hatte, immer noch Dreh- und Angelpunkt seines Lebens war. Durch sie war er davor zurückgeschreckt, sich auf die Frauen einzulassen. Durch sie hatte er gelernt, die Machenschaften der Mutter im Nachhinein in einem allgemeineren Licht zu sehen. Durch sie hatte er sich in die Lyrik zurückgezogen, weil es dort nicht um Erniedrigung ging, sondern um Erhebung.
Er fragte leise: »Ist es wahr?«
Greta erwiderte seinen Blick einen Moment lang, dann senkte sie die Augen und sagte kaum hörbar: »Nein. Der Vater ist ...«
»Sag es!«
»Es ist ...«
»Sag es endlich!«
»Es ist Radi Zeiler.«
»Wie bitte?«, fragte Friedrich Keller überrascht und glotzte die Frau wie blöde an. »Aber ... aber Radi Zeiler war doch deine Erfindung! Radi Zeiler gibt's doch gar nicht! Du hast doch diesen Namen erfunden, damit Tinus nicht erfährt, wer sein wirklicher Vater ... Greta!«
Greta schlug die Hände vors Gesicht und senkte den Kopf. Dann schüttelte sie ihn gewaltsam, als wollte sie etwas loswerden. Ihr Gesichtsausdruck war verändert, als sie die Hände sinken ließ und Friedrich Keller erneut in die Augen sah.

Ruhig und gefasst sagte sie: »Hennie.« Dann atmete sie tief durch. »Es gibt Radi Zeiler. Das heißt: Es gab ihn, bevor er ermordet wurde. Bevor jemand ihn aufspürte und sich an ihm rächte.«

Sie starrten einander an.

Allmählich begriff Friedrich Keller, worauf Greta anspielte. Er sagte: »Du willst sagen, dieser ›jemand‹ war unser Vater?«

Anstatt zu nicken, machte Greta eine unwirsche Handbewegung und sagte: »Was spielt das jetzt noch für eine Rolle? Dein Vater ist tot. Radi Zeiler ist tot. Deine Geschwister sind tot. Du bist der Letzte, der ...«

»Meine Geschwister? Du meinst Gerhard und Alma?«

»Natürlich, tu nicht so, als wüsstest du das nicht. Damals, als die Buchhandlung schließen musste, weil Gerhard sie ruiniert hatte mit seinem wahnsinnigen Plan, immer mehr Lyrik zu verkaufen und dafür die Schulbuchhandlung zu schließen. Nur, weil er glaubte, euer Vater hätte das so gewollt.«

»Was? Aber das kann gar nicht sein! Er hat mich doch erst vor ein paar Tagen entlassen, um die Lyrikabteilung zu schließen. Nach fünfundzwanzig Jahren! Was redest du da, Greta?«

»Dich entlassen? Du hast doch nie in der Buchhandlung gearbeitet?«

Friedrich Keller taumelte rückwärts, er taumelte auf das gleißend helle Fenster zu, und im letzten Augenblick, als er versuchte, sich am Fensterglas abzustützen, bemerkte er, dass das Fenster offen stand. Das Letzte, was er wahrnahm, war ein schriller Schrei.

Er schlug die Augen auf. Er lag auf einem Balkon, gleißend schien die Sonne auf ihn nieder.

Über ihm hockte Greta und rief seinen Namen. Sie rief: »Friedrich! Friedrich! Hast du dir wehgetan?«

»Friedrich? Aber du hast doch gesagt, dass es mich gar nicht gibt?«

»Natürlich gibt es dich nicht. Aber ich dachte, dass du vielleicht auf diesen Namen besser hörst als auf deinen eigenen. So komisch, wie du drauf bist.« Sie half ihm auf die Beine.

»Du hältst mich also nach wie vor für Hennie?«

»Natürlich, für wen denn sonst? Damals, als wir verlobt waren, bist du manchmal als dein imaginärer Zwillingsbruder zu mir gekommen. Ich fand das immer seltsam, bis du mir einmal erzähltest, dass es diesen Friedrich wirklich gegeben hatte und dass er bei der Geburt gestorben war. Aus irgendeinem Grund war er nicht herausgekommen. Und als sie ihn holten, war er erstickt. Da verstand ich es irgendwie.«

Sie wischte sich die Hände an ihrem Kleid ab, das in Wahrheit eine Schürze war, wie Friedrich Keller jetzt erst bemerkte.

»Du?«, sagte er.

Sie schaute ihn blinzelnd an. »Ja, was denn?«

»Liebst du mich noch?«

Sie lächelte verlegen, ihre Hände wischten länger als nötig. »Das weißt du doch.«

Da ließ Friedrich Keller alle Gewissheiten los, die er zu haben meinte, und schlang seine Arme um Greta und küsste sie.

Sie wehrte sich kurz, sie wollte etwas sagen, sie wollte die Arme gegen seine Brust stemmen, doch sie unterließ alles und gab sich dem Kuss hin, und nach dem Kuss allem, was folgte. Als sie gemeinsam zum Höhepunkt kamen und Greta »Oh, Hennie!« stöhnte, stöhnte Keller: »Oh, Irma!«, und fühlte sich wie ein Schuljunge, der von seiner Grundschullehrerin verführt worden ist.

Irma blickte ihn liebevoll an, sie streichelte sein Gesicht, sie flüsterte: »Mein Hennie.«

Die Tür flog auf. In der Tür stand der Bruder. Als er den Bruder mit der Braut sah, brüllte er auf wie ein verwundetes Tier und stürzte sich auf das Paar. Mit beiden Fäusten schlug er blindlings auf die Körper ein. Die Zwillinge kämpften verbittert, einer von beiden bekam die Nachttischlampe zu fassen und schlug nun mit deren Fuß auf den anderen und auf die Frau ein. Die Frau schrie, die Männer brüllten, das Bettzeug färbte sich rot. Immer weiter schlug der Arm mit dem Lampenfuß zu, immer röter wurde das Bettzeug, die Frau wurde still, die Männer kämpften weiter.

Plötzlich hielt einer der beiden eine Flasche in der Hand, die neben dem Bett gestanden hatte, und schlug zurück, einmal, zweimal, bevor die Lampe ein weiteres Mal herabfuhr und auf die Flasche traf, die bei dieser Begegnung barst, so dass nur noch der Flaschenhals übrig war.

Damit wurde weitergekämpft. Doch nicht lange. Als die Familie herbeieilte, lagen auf dem mintgrünen Bett drei stille Körper auf blutrotem Bettzeug. Noch hoch über dem Goldenen Schnitt zeugten rote Spritzer von der Bluttat, die sich soeben ereignet hatte.

Ein Bad in hellstem Licht

Er schlug die Augen auf. Er lag auf einer schmalen Verkehrsinsel inmitten blendender Weiße, über ihm ragte eine Fußgängerampel auf, die von Zeit zu Zeit von Grün auf Rot und wieder auf Grün sprang.
Vor ihm saß Gott. Nein, nicht Gott, sondern Radi Zeiler. Er trug seinen großen Rauschebart und sein langes, strähniges Haar, doch jetzt war beides nicht mehr schmutzig grau, sondern weiß, wie auch der lange Mantel und die übrige Kleidung weiß waren, so weiß, dass er fast nicht wusste, ob sie wirklich existierten oder nicht ein Teil des allgemeinen Hintergrunds waren.
Gott oder Radi lächelte ihn freundlich an und sagte mit tiefer Bassstimme: »Da bist du ja endlich, mein Sohn.«
»Wo bin ich?«
»Hier natürlich.«
»Wo soll das sein?«
»Wer weiß das schon? In der Welt? In deinem Kopf? Spielt das eine Rolle?«
»Selbstverständlich spielt das eine Rolle! Wer sind Sie überhaupt?«
»Nenn mich, wie du willst.«
»Bin ich etwa tot?«
»Keine Ahnung. Bist du tot?«
»Ach, ich weiß es nicht.«
»Na, na! Wer wird denn gleich weinen? Lass uns lieber ein gutes Gespräch führen.«
»Worüber denn?«
»Am liebsten über Sonette.«
»Ich weiß ja nicht einmal, ob Sie der echte oder einer von den falschen Radi Zeilers sind.«
»Ich bin immer der echte gewesen. Alle Falschheit war authentisch.«
»Mein Bruder war Radi Zeiler?«
»Alle Menschen sind Brüder. Zwillinge – was soll das sein? Wenn ich euch anschaue, sehe ich Milliardlinge. Aber lassen wir das. Erinnerst du dich daran, dass du meine Gedichte göttlich nanntest? Das war gut getroffen, mein Junge, sehr gut getroffen. Ich war stolz auf dich.«

»Wenn Sie Gott sind, dann bin ich also gestorben, und das hier ist ... der Himmel?« Er blickte zweifelnd zu der Verkehrsampel hinauf, die in diesem Augenblick auf Grün sprang.
»Nicht so hastig, mein Sohn! Du glaubst doch nicht, dass diese Geschichte sich so einfach auflösen lässt?«
»Geschichte? Ist das für Sie nicht mehr als eine Geschichte? Das ist mein Leben! Warum lachen Sie denn?«
»Dein Leben! Weißt du denn mit Gewissheit, was davon wirklich dein Leben war? Was deiner Einbildung entsprang? Oder vielleicht meiner Dichtung?«
»Das ist nicht fair! Sie spielen mit mir!«
»Spiele ich *mit* dir? Oder *spiele* ich dich? Oder du mich? Oder wir uns?«
»Was soll das heißen? Etwa, dass auch Sie nur in meiner Einbildung existieren?«
»Was heißt ›nur‹, das kränkt mich jetzt fast. Die Einbildung ist das Größte überhaupt, mein Sohn. Sie ist das Einzige, was erzählt.«
»Nennen Sie mich nicht ›mein Sohn‹! Mein Vater ist ...«
»Jaja, ich weiß. Aber ich weiß auch, dass euer Vater die Familie nicht verließ, weil er starb, wie die Mutter log, oder weil er Gedichte schreiben wollte, wie dein ungeborener Zwilling log, sondern aus einem ganz anderen Grund.«
»Was soll das für ein Grund gewesen sein?«
»Radi Zeiler.«
»Wie?«
»Deine Mutter und Radi Zeiler. Deine Mutter und ich. Na?« Er blickte halb fragend, halb belustigt drein und wartete kurz. Dann: »Du und dein spiegelgleicher Bruder, ihr seid mein Sohn. Und als euer vermeintlicher Vater das herausfand, verließ er über Nacht die Familie und ...«
»Und was? Sind Sie verrückt? Sie lügen! Sie ... Sie ... Sie bringen mich ganz durcheinander!«
»Also gut, ich lüge, du hast mich durchschaut. Ich sah deine Mutter nicht in der Buchhandlung ihres Mannes, sie war zu jener Zeit nicht die Leiterin der Reisebuchabteilung, ich machte ihr keine schönen Augen,

ich verführte sie nicht, ich schrieb nicht all diese wunderschönen Sonette für sie, sie hieß nicht Greta oder Irma und erst recht nicht Helga. Und vor allem gebar sie keinen Sohn, der eigentlich zwei war, einer von ihrem langweiligen Buchhändler und einer von mir, dem göttlichen Radi Zeiler. Und du bist nicht Herakles, du hast nicht im Kindbett eine von der Göttin gesandte Schlange erwürgt, du hast noch nie die Ställe eines Königs ausgemistet, hast keinen Eber besiegt, bist nicht an deinem menschlichen Ende und göttlichen Anfang vergiftet worden. Nein, du hast Rosen gepflegt, die zur gleichen Zeit blühen wie der Bärlauch, obwohl das eigentlich nicht vorkommt. Aber schau dich um: Ich habe dich trotzdem auf den Olymp geholt. Zufrieden?«
»Nein! Wie kann ich denn wissen, ob es wirklich nicht die Wahrheit ist?«
»Ach, das tut mir leid. Man müsste die Dinge ungesagt lassen, dann wären sie alle wahr, nicht wahr? Aber dann gäbe es weder falsche Götter noch Autoren oder Väter, und wir würden uns mit nichts langweilen. Nein, nein, so ist es viel schöner. Ich habe dir eine neue Geschichte eingepflanzt, eine Geschichte, die dir etwas über deinen Ursprung sagt, nicht wahr? Was glaubst du, was dein Vater tat, als er erfuhr, dass du nicht sein Sohn bist, sondern der eines anderen? Was glaubst du, was für eine Rolle die Gedichte darin spielen? Ich jedenfalls stelle mir vor, wie dein falscher Vater diesen Stapel Gedichte im Kleiderschrank deiner wahren Mutter findet, gut versteckt unter ihren Fünfzigerjahre-Dessous. Er zieht die Gedichte heraus, liest und ist augenblicklich begeistert. Ab sofort wird er nichts anderes mehr lesen wollen. Das Deckblatt hat einen Titel und einen Namen: ›Den blinden Göttern. Radi Zeiler‹. Er fragt seine Frau nach diesem Namen, und seine Frau erschrickt, sie stammelt eine schlechte Lüge, die er sogleich durchschaut, seine Verehrung für Radi Zeiler schlägt in Misstrauen um, er bedrängt deine Mutter, er schreit sie an, er schleudert den Stapel Gedichte zu Boden, dass die ersten Seiten durch den Raum segeln und ihre Ordnung unwiderruflich korrumpiert wird, er hält sie an den Handgelenken fest, als sie ihm ausweichen will, er bedroht sie. Und dann gesteht sie deinem falschen Vater ihre Affäre mit Radi

Zeiler, die nun schon eine lange Weile zurückliege und keine Bedeutung mehr habe, weil sie nur ihn, deinen falschen Vater, liebe, wie sie immer wieder unter reichlich fließenden Tränen beteuert. Doch dein falscher Vater glaubt ihr nicht mehr, er will genaue Daten wissen, er wundert sich seit deiner Geburt darüber, dass du so anders aussiehst und so anders bist als deine älteren Geschwister, er rechnet nach, ein ungeheurer Verdacht erhärtet sich, und als er deiner Mutter die Wahrheit auf den Kopf zusagt, kann sie nicht mehr leugnen. Du bist nicht der Sohn eines Buchhändlers, mein Junge – du bist der Sohn eines Dichters! Eines göttlichen Dichters! Mein Sohn! Das stelle ich mir vor!«

Stille.
Und noch mehr Stille.

Schließlich: »Sie meinen das alles ernst, nicht wahr?«
»Gewiss. Doch, dass ich es ernst meine, heißt nicht, dass es auch ernst ist. Tatsächlich ist es alles andere als ernst.«
»Das verstehe ich nicht.«
»Wie solltest du auch. Das Eigene ist der Ort der Fremde, deshalb ist das Eigene jenes, was man nicht hat, merk dir das fürs nächste Mal, mein Sohn.«
»Ich erinnere mich an komische Träume. Ich lag in einem Raum, der so weiß war wie das hier.«
»Oh, das waren keine Träume. Du warst ein wenig durcheinandergekommen mit den zeitlichen Abläufen, nichts weiter. Nach deinem Doppelmord oder Doppelselbstmord – das spielt jetzt keine Rolle mehr – lagst du lange im luziden Koma. Nun ja, so luzide, wie jemand mit deinen geistigen Fähigkeiten im Koma liegen kann. Doch das ist schon eine Weile her, fast fünfundzwanzig Jahre. Obwohl – je nach Blickwinkel war es eigentlich erst gestern.«
»Fünfundzwanzig Jahre? So lange habe ich allein in dem Haus meiner Eltern gelebt. Warum schauen Sie so mitleidig?«
»Ach, es ist nichts. Es freut mich, dass du es dir so schön darin eingerichtet hast.«

»Wo? Im Haus? Da war doch alles schon eingerichtet. Ich habe möglichst nichts verändert.«
»Wie hättest du auch?«
»Sie verschweigen mir etwas, das sehe ich doch!«
»Du verschweigst dir selbst etwas, mein Sohn. Du hast dich in einem Gestrüpp aus Lügen und Wahrheiten verstrickt, und wenn man das ordnen wollte, wäre man eine Ewigkeit beschäftigt. So viel Zeit habe ich nicht, das heißt, nicht für solche Angelegenheiten. Hier geht es nicht um Aufklärung, mein Junge. Hier geht es nicht darum, den Fake vom Fakt zu unterscheiden. Wie sollten wir das anstellen? Schau dich um! Siehst du einen Ausgang?«
»Es ist alles so weiß hier. Ich ... ich sehe nicht, ob es offen oder geschlossen ist.«
»So sieht die Welt aus, wenn man sie sich zu oft in zu vielen Farben vorgestellt hat. Sie wird weiß wie Licht und manchmal sogar regenbogenfarben, das finde ich besonders ergreifend.«
»Aber die Gedichte! Die gibt es doch wirklich! Ich habe sie so oft gelesen, ich kann sie auswendig aufsagen. Alle!«
»Sehr schön! Braver Junge! Doch hast du dich nicht darüber gewundert, dass Tinus' Sammlung genauso geordnet war wie deine eigene, obwohl deine auf den Boden geflattert war? Du hast dir eingebildet, du seist fast so genial wie der Meister, weil du intuitiv seine Ordnung wiedererkannt hast, nicht wahr? Aber die Wahrheit lautet: Du kanntest die Ordnung bereits, bevor du von diesen Gedichten erfuhrst. Ich will nicht sagen, dass du alles rückwärts aufgezogen hast in deiner Geschichte, aber einen Teil schon. Ein bisschen so, als würde man die rechte Hälfte eines Blattes über die linke falten. Verstehst du? Vermutlich nicht. Nun ja, am Ende schließt sich der Kreis immer, da kann man nichts machen. Das ist das Fest des Denkens, wie ich es einmal so treffend genannt habe. Und deshalb bist du jetzt hier bei mir auf dieser schönen Verkehrsinsel ohne Verkehr. Oder ich bei dir. Oder in dir oder umgekehrt, wer weiß das schon? Spielt es eine Rolle! Nein, mein Sohn, tut es nicht.«

Stille.
Noch mehr Stille.
Viel mehr Stille.

Dann: »Diese Sonette – die habe ich geschrieben, nicht wahr? Damals, für Greta, nicht wahr? Deshalb hat Hennie gesagt, er hätte fast alles übernommen, nicht wahr?«
»Ach was, so funktioniert die Wirklichkeit nicht. Die Literatur, die schon, die löst immer alles auf wie ein Puzzle oder wie eine Gleichung oder wie ein Fluss, der zum Meer fließt, als gäbe es einen Ausweg. Aber das Leben hinterlässt immer einen Rest, der ungelöst, unaufgelöst bleibt. Das Leben spricht immer ein Siegel auf sich selbst. Das ist die Geburtsstunde des Mythos. Der Mythos, mein Sohn, besorgt die Lösung des Ungelösten, er erzählt den Rest, den niemand versteht, als Wunder, als Drama, als Krimi, als Epos, als Sonett, als Gemälde, als Musikstück, als Film. Als Magie. Und verschiebt das Rätsel ins Spiel hinein, dass es erträglich werde und mit Jammer und Schauder genossen werden möge, wie ich es einmal ganz vorzüglich ausgedrückt habe. Da fällt mir ein, dass dein Linguist sich selbständig gemacht hat. Er hat deine Geschichte unter seinem Namen veröffentlicht und das, obwohl er dir alles verdankt, alles, sogar sich selbst. Ganz schön dreist, findest du nicht?«
»Der Linguist? Ach, dieser Tölpel. Ich kannte ihn gar nicht. Er wollte eine wahre Geschichte schreiben. Ihm war alles zu verworren, was ich ihm erzählte. Ich glaube, er wollte etwas Bekanntes, etwas, dessen Wahrheit schon erwiesen war, damit man sie nur wiederholen müsste. Aber das hatte ich nicht.«
»Mach dir um den keine Sorgen mehr. Sein Buch wird nichts mit der wahren Geschichte zu tun haben, selbst wenn es wahr sein sollte. Vielleicht auch, weil man keine wahre Geschichte so schreiben kann, dass es immer noch dieselbe Geschichte oder dieselbe Wahrheit ist. Vielleicht auch, weil die wahre Geschichte gar keine Geschichte ist. Jedenfalls müsste die wahre Geschichte erklären, was die doppelte Elvira in deinen beiden Wirklichkeiten zu suchen hatte. Und warum sie

ausgerechnet aus diesem unbedeutenden Ipiales stammen musste. Mit solchen Dingen hat dein Linguist sich nicht herumgeschlagen. Er hat auf seine Weise eine Lösung gefunden, indem er einfach herausgestrichen hat, was er nicht verstand, und einiges andere, was er zwar verstand, ihm aber nicht passend erschien. Um genau zu sein: Er hat deine gesamte Erzählung gelöscht und nur seinen eigenen von deiner Erzählung inspirierten Text stehen gelassen. Tja, so geht es manchmal. Das Ergebnis hat er übrigens ›Den blinden Göttern‹ genannt. Soll er damit glücklich werden, wenn er kann.«

»Gibt es ihn denn wirklich?«

»Ich bitte dich! Wir waren doch schon so weit, warum gehst du wieder zurück? Sein oder Nichtsein, das ist nicht die Frage. Nicht mehr. Wir sind jetzt selbst Mythos geworden, Dichtung, Bild, Symbol. Uns bekümmert der Dualismus der Lebenden und der Toten nicht mehr.«

»Was sind wir denn?«

»Vielleicht eine Verkehrsinsel ohne Verkehr? Eine Brücke ohne Ufer? Ein Übergang ohne Über und ohne Gang? Du brauchst keine Entscheidungen mehr zu treffen. Lass sie einfach fallen!«

»Die Entscheidungen?«

»Natürlich, wen sonst?«

»Alle Entscheidungen?«

»Alle. Entscheide, nicht mehr zu entscheiden. Dann machst du auch keinen Unsinn mehr.«

Stille.

Lange Stille.

Noch längere Stille.

Noch viel längere Stille.

»Ich verstehe einfach nichts mehr.«

»Nein, nein! Das ist nicht wahr, mein Junge. Du hast vorher nichts verstanden, weil du ständig etwas verstanden hast. Jetzt verstehst du etwas. Das ist hervorragend!«

»Aber die Flüchtlinge! Was ist mit denen? Gibt es die wirklich? Sie waren doch in meinem Haus!«
»Ein bisschen bekommt man eben auch mit, wenn man sein Leben im Koma verbringt. Da bist du nicht der Einzige, dem es so geht. Doch was heißt hier ›wirklich‹, mein Junge? Ist dir nicht aufgefallen, dass sie, genau wie du selbst, in deinem Haus Zuflucht suchten? Das ist doch bemerkenswert, findest du nicht?«
»Und Sie! Sie sehen aus wie Gott, aber Sie sind Radi Zeiler oder mein Vater oder alle drei. Oder ich selbst! Was bedeutet das?«
»Es bedeutet, dass du noch nicht bereit bist.
Du suchst noch nach einem Sinn für deine Sinne. Das ist ganz normal. Mit der Zeit – oder ohne sie – wirst du erkennen, dass es keinen Grund gibt, sich auf irgendeine Suche zu begeben. Die Dinge finden sich dann von allein – ganz so, als würde man nach Indien reisen, um esoterische Erleuchtung zu finden. Ganz so, als wäre man ein ungewaschener Hippie aus den Siebzigern, der sein Glück sucht und findet, obwohl alle anderen den Kopf schütteln, weil sie glauben, er sei bloß auf einem LSD-Trip hängen geblieben. Und dann werde ich verschwinden. Oder du. Oder wir beide. Oder etwas ganz anderes.« Er blickte auf seine Uhr. »Jetzt muss ich aber gehen. Hab noch was zu tun.«
»Wie bitte? Was denn?«
»Ich muss mir ein paar Sonette ausdenken, damit die Sammlung auch vollständig ist, wenn der Linguist sie löscht.«
»Sie? Ich dachte ...«
»Dass du das warst? Tja, so ist das mit der Kunst. In Wahrheit weiß man weder, wer sie macht, noch, wen sie macht.«
»Und warum will er die Sonette löschen? Sie sind doch so schön.«
»Gedichte sind zu groß und zu leer, mein Sohn. Das Ego, selbst das größte, verliert sich darin. Ein Sonett ist kein Gangsta-Rap, ein Sonett ist eine schmale Tür ins Nichts, und das ist nichts für heutige Gemüter. Die Insassen dieser Irrenanstalt, die wir ›Wirklichkeit‹ nennen, wollen lieber eine verdauliche Welt, eine korrigierte Welt, eine Welt, in der jener verschlungene Liebesakt von Gut und Böse klar aufgetrennt, genau expliziert und eindeutig illustriert ist, damit ein jeder

seine Seite wähle und zu ihr halte und dann zwar blind, aber siegreich aus diesem Kampf hervorgehe. Ein Drama, in dem alle sterben, ist nur als Klassiker akzeptabel, obwohl es das Realistischste ist, was es gibt. Das ist auch der Grund, weshalb ich aufhören werde zu schreiben.«

»Sie? Oder ich?«

»Spielt das eine Rolle?«

»Ich weiß nicht.«

»Siehst du!«

»Nein, ich sehe nicht!«

»Vielleicht hilft dir ja ein Sliwowitz. Nur ein klitzekleiner. Hm?«

»Wenn Sie meinen.«

»Natürlich meine ich! Schließlich bin ich der göttliche Radi Zeiler! Hier, nimm einen Enkel voll! Prost!«

Ein Sturz durch alle Zeit

An einem schönen Tag im Mai wurde in München-Schwabing, ganz in der Nähe der Münchner Freiheit, in einem jener altehrwürdigen Gründerzeithäuser, die dort so zahlreich stehen, ein zartes Kind geboren. Die Geburt verlief problemlos, der Junge war gesund und kräftig. Er schrie, nachdem er sich aus der embryonalen Geborgenheit des Mutterleibs in die weite Welt gezwängt hatte. Die glücklichen Eltern konnten sich lange nicht auf einen Namen einigen.

Und jeder Tropfen aufgefangen

Der Wind
fährt
wie ein Gedanke
durch

die Felder
und alles
gerät
in Bewegung

bis
der Wind
sich legt

und
die Felder
still werden.

In allem
ist
Schweigen.
Ich

schau
mich
um:
Die

Welt
ist still.
Ich höre

die Worte:
Jeder Laut
stummt.

Der
Körper
ist
ein Lebewesen

der
Geist
ist
weder

ein
Lebewesen
noch

ist er
kein
Lebewesen.

Der Körper
ist wer
und
was

der Geist
niemand
und
nichts.

Alle Dinge
sind Dinge
durch
die Leere

die sie
umgibt.

Ich kann
nicht behaupten
die Welt
existiere

jenseits
meiner selbst
ohne
gleichzeitig

zu behaupten
auch
ich selbst

existierte
jenseits
meiner selbst.

Am
Anfang
war
das

ist
wahr
das
Wort

so
spät
fand

die
Schöpfung
statt.

Es gibt keine
Schätze mehr
im Boden
keine im Meer

die ersten
und letzten
Schätze
liegen in uns.

Sie sind leer
diese Schätze
leer wie die Meere

leer
wie die Erde
aber Schätze.

Wir alle
wollen heimkehren
ins Reich der Liebe
ganz gleich

wie früh
wie oft
wie lange
wir von dort vertrieben wurden.

Doch das Reich der Liebe
liegt
hinter uns

vor uns liegt
das Reich
der Erkenntnis der Liebe.

Ich beendete
was ich
begonnen hatte
und begann

etwas Endloses.
Ich wusste
ich würde
verzweifeln

wenn ich
gewissenhaft
vorging

doch vielleicht
meine Schwäche
auch schwächen.

Alles
lebt
vom Ausweg
her

er
ist
der Ursprung
den

wir
suchen
wie

ein Fluss
das
Meer.

Die Welt ist
voller Zufluchten
die keine
Sicherheit

gewähren.
Die Welt
ist voller
Sicherheiten

vor denen
Zuflucht
geboten ist.

Die Welt
ist nichts
was bleibt.

Ich
gehe
weiter
bis zum

Ende.
Wie
lange
wird das

sein?
Spielt
es eine

Rolle?
Ja und
nein.

Ich habe
meinen inneren
Schatten gesehen
nur ganz kurz

als das Licht
der Wahrheit
günstig fiel
und ich erkannte

wer ich
im Versuch
zu sein
geworden war:

meine eigene
Verdunklung.

Ich habe
nichts
in der Hand
sieh her:

Sie ist groß
und leer
und greift
vergeblich

nach den Dingen
die sie
begehrt.

Warum
sie es tut
weiß ich nicht mehr.

Trauere
ich
weil
ich

gelitten
habe
oder
weil

auch
das
Leid

nun
verloren
ist?

Es müsste
weggegangen
und neu
angefangen werden.

Aber es wird
hiergeblieben
und irgendwie
weitergemacht.

Es müssten
Fragen
gestellt werden

aber es werden
Antworten
gegeben.

Ich verstehe
nichts
von der Leere
so sehr ich

sie suche
sie zeigt sich
mir nicht
so sehr

ich versuche
nichts zu versuchen
um die Leere
leer zu lassen

läuft sie mir
doch voll.

Die Zukunft
wird dich
an die Gegenwart
verraten

und dann
reichen sie dich
durch
in die Vergangenheit

wo du
wieder warst
wie du geworden wärest

hätte sich alles
so zugetragen
wie du wolltest.

Ich bewache
die Tür
ich stemme
den Rücken dagegen

ich lächle
in die fragenden
Blicke
der Menschen

ich lege
alle Kraft
die mir bleibt

hinein
und spreche:
ein Siegel.

Ich weiß nicht mehr
was uns zusammenhält
ich nenne es
immer noch Liebe

und schenke mir Glauben
aber ich glaube
nicht mehr daran
dass ich weiß, was das ist.

Manchmal spüre ich
tief unter meinem
alltäglichen Zweifel
an deiner Treue

ein Vertrauen sogar
in deinen Verrat.

Man müsste
klar sein
mit sich selbst
und dann sprechen.

Doch wir sprechen
um Klarheit
zu finden
und scheitern

weil Scheitern
verboten ist.
So haben wir

nichts
nicht einmal
Verwirrung.

Es hilft nicht
die Götter anzurufen
ohne an sie
zu glauben.

Ich habe es versucht.
Es erzürnt sie
wenn einer sich
nicht entscheidet.

Dann schicken sie
Hindernisse
auf alle Wege

und schneiden Grimassen
die man so
oder so deuten kann.

Wenn
ich
nicht
Angst

vor
meiner
Angst
hätte

ich
hätte
längst

nur
noch
Angst.

Es gibt
nichts Fremdes
und
nichts Eigenes

es gibt
nur das
was wir
nicht erkennen

als das
was es
ist:

weder fremd
noch
eigen.

Mir fehlt nicht
die Sicht
mir fehlt
die Sicht

auf die Sicht
ich sehe
mich nicht
sehen.

Wenn es
doch geschieht
ist es wie
Glück

und zu viel
Gewicht.

Da kamen Sänger
und sangen
den Weltkrieg
von morgen

und klangen
so siegreich dabei
dass die Hälfte
der Leute meinte

es müsse
die Wahrheit sein.
Es waren nur Lieder

doch nach Kunst
hatte niemand
ein echtes Verlangen.

Sie tasteten sich
durch die helle Nacht
als glaubten sie
nicht an den Mond

nicht an die Augen
nicht ans Gehör.
Mit leeren Worten
sprachen sie sich

Furcht zu
und hätten das Gegenteil
meinen können.

Kaum einer sah
dass diese Leute
Gefolgschaft hatten.

Die Schnellen
machen
das Rennen.
Aber

keiner weiß
wohin
die Reise
geht.

Welches
Rennen also
machen
die Schnellen?

Rätselhaft
das alles.

Nichts
funktioniert
zwei
mal.

Es sieht
nur
so aus.
Nichts

funktioniert
zwei
mal.

Es sieht
nur
so aus.

Du
bist
nicht
was

du
tust?
Dann
bist

du
vielleicht
warum

du
es
tust.

Ich habe das Orakel
der Vergänglichkeit
befragt
es hat gesagt:

Fürchte dich
du wirst Orte
betreten
wo sie beten

es möge rasch
zu Ende sein
doch die Worte

wirst du nicht
verstehen.
Du wirst sehen.

Ich musste ihn verbrennen.
Er ließ sich nicht fesseln
er wollte nicht fortfliegen
er starb nicht von selbst.

Ich legte ein Feuer
das ihn verzehrte
und fühlte die Freiheit
die sein Tod mir gab.

Ich hätte wissen müssen
dass dieses Tier nur stirbt
um stärker und schöner
wiederaufzuerstehen.

Doch ich vergesse jedes Mal
aufs Neue seinen Namen.

Du musst
einen Preis zahlen.
Wem
zahlst du den Preis?

Den blinden Göttern
die nehmen
was immer
dir wertvoll erscheint.

Ihre Bedeutung
erschöpft sich
in deiner Bilanz
von Soll und Haben.

Ihnen musst du huldigen
unterm Strich.

Um es
wirklich
ernst
zu meinen

muss man
viel mehr
aufgeben
als man will:

das
was man
zurückhält

das
wofür
man es tut.

secession